D1180955

LE LIVRE DE LA JUNGLE

La littérature anglaise
dans la même collection

C. BRONTË, *Jane Eyre.*

E. BRONTË, *Hurlevent des monts.*

CARRINGTON, *Le cornet acoustique.*

CARROLL, *Tout Alice.*

CONRAD, *Amy Foster. Le Compagnon secret. — Au cœur des ténèbres. — La Ligne d'ombre. — Lord Jim. — Nostromo. — Typhon.*

DEFOE, *Robinson Crusoé.*

DICKENS, *David Copperfield* (deux volumes).

FIELDING, *Joseph Andrews.*

HARDY, *À la lumière des étoiles.*

J.K. JEROME, *Trois Hommes dans un bateau.*

JOYCE, *Gens de Dublin.*

KIPLING, *Le Livre de la jungle. — Le Second Livre de la jungle.*

MARLOWE, *Le Docteur Faust* (édition bilingue).

SHAKESPEARE, *Antoine et Cléopâtre. — Beaucoup de bruit pour rien* (édition bilingue). *— Les Deux Gentilshommes de Vérone. La Mégère apprivoisée. Peines d'amours perdues. — Hamlet* (édition bilingue). *— Henry V* (édition bilingue avec dossier). *— Macbeth* (édition bilingue). *— Le Marchand de Venise* (édition bilingue). *— Le Marchand de Venise. Beaucoup de bruit pour rien. Comme il vous plaira. — La Mégère apprivoisée* (édition bilingue). *— La Nuit des rois* (édition bilingue). *— Othello. Le Roi Lear. Macbeth. — Richard III. Roméo et Juliette. Hamlet. — Le Roi Lear* (édition bilingue). *— Roméo et Juliette* (édition bilingue). *— Le Songe d'une nuit d'été* (édition bilingue). *— Le Songe d'une nuit d'été. Les Joyeuses Commères de Windsor. Le Soir des rois. — La Tempête* (édition bilingue). *— Titus et Andronicus. Jules César. Antoine et Cléopâtre. Coriolan.*

M. SHELLEY, *Frankenstein.*

STERNE, *Vie et opinions de Tristram Shandy. — Le Voyage sentimental.*

STEVENSON, *Le Creux de la vague. — Le Cas étrange du Dr Jekyll et de M. Hyde. — L'Île au trésor. — Le Maître de Ballantrae. — Voyage avec un âne dans les Cévennes.*

SWIFT, *Les Voyages de Gulliver.*

THACKERAY, *Barry Lyndon. — Le Livre des snobs.*

WILDE, *L'Importance d'être constant* (édition bilingue avec dossier). *— Le Portrait de Dorian Gray. — Le Portrait de Mr W.H.,* suivi de *La Plume, le crayon et le poison. — Salomé* (édition bilingue).

WOOLF, *La Traversée des apparences.*

RUDYARD KIPLING

LE LIVRE
DE
LA JUNGLE

Traduit par
Louis FABULET et Robert d'HUMIÈRES

Introduction, notes, bibliographie
et chronologie par
Alexis TADIÉ

GF-Flammarion

Titre original :
THE JUNGLE BOOK

© Mercure de France, 1899
© Flammarion, Paris, 1994, pour cette édition.

ISBN 2-08-070747-7

INTRODUCTION

Le Livre de la jungle est de ces ouvrages que tout le monde a lus, et dont personne ne se souvient précisément. On n'oublie pas le personnage de Mowgli, ni les animaux qui veillent sur lui ou le combattent à l'occasion ; on ne se rappelle pas toujours qu'il disparaît après la troisième histoire, que dans le deuxième volume il alterne, sans rapport apparent, avec d'autres personnages, animaux ou humains. Le souvenir précis s'estompe parce que la réputation de l'œuvre repose aussi sur les adaptations de l'ouvrage, qui sont nombreuses. Si l'on diffuse peu tous les films qui s'en inspirent, si l'on ne donne plus en concert le poème symphonique de Charles Koechlin, le seul succès du dessin animé de Walt Disney suffit à cacher l'œuvre. Le personnage de Mowgli, incarnation du mythe de l'enfant sauvage, fait oublier les autres enfants du livre. Le phoque blanc, la mangouste ou Toomai renvoient au maître de la jungle, lui font écho d'une histoire à l'autre, si bien qu'on ne garde que le souvenir du Petit d'Homme, véritable héros de ce roman d'aventures qu'est *Le Livre de la jungle*.

L'enfant sauvage et les animaux.

L'unité et la réputation du recueil tiennent d'abord au thème animalier. C'est une constante de la littérature de faire parler les animaux et certaine

utilisation de ceux-ci dans la fable pourrait s'appa-
renter au rôle que leur confie l'auteur : le Moyen
Age définissait la fable comme le récit où s'expriment les animaux. En ce sens, Kipling retrouverait
Esope, La Fontaine, les auteurs anonymes des *Pan-
chatantra* : ce dernier recueil de contes, source pro-
bable d'une partie de la tradition de fables d'animaux, a gagné l'Europe par des traductions
persanes et arabes connues sous le titre de *Kalila et
Dimna*. Lorsqu'il compose ses histoires, Kipling
pense aussi aux contes bouddhistes, les *Jâtaka* qui
relatent les vies antérieures de Bouddha : ils foi-
sonnent de scènes de bêtes, et Bouddha lui-même
s'incarne dans des animaux (un éléphant blanc, par
exemple). C'est surtout la forme achevée de ces
contes qui se concluent sur une morale, que
Kipling admire ; il se dit également fasciné par les
récits de chasseurs indiens qui nourrissent son imagination [1].

Kipling y trouve l'idée de l'enfant-loup. Ce
mythe très répandu intéresse d'abord le XVIIIe siècle
parce qu'il permet d'observer l'état de nature.
L'enfant élevé parmi les animaux montre la pureté
principielle, comme une *tabula rasa* de la raison, et
incarne pour les philosophes la possibilité que
l'homme existe sans le langage. Certains cas
d'enfants sauvages sont mentionnés par Linné dans
son *Système de la nature*. Condillac, qui consacre un
chapitre du *Traité des sensations* à un enfant trouvé
dans les forêts de Lituanie, élevé parmi les ours,
montre que la raison se développe en fonction de
ses besoins et que les connaissances viennent des
sensations [2].

---

1. Dans une lettre du 16 janvier 1895 à Edward Everett Hale
(*Letters*, p. 168), Kipling s'en explique et attribue malheureusement
la connaissance de la jungle à une concordance de pensée : « l'idée
des contes d'animaux me paraît neuve parce que c'est une idée très
ancienne et depuis longtemps oubliée. Les contes vraiment fasci-
nants sont ceux où le Bodhisat raconte ses incarnations antérieures
et termine toujours sur une belle morale. La pensée de la plupart
des chasseurs indigènes de nos jours rejoint celle des animaux, et
j'ai picoré librement dans leurs contes ».

2. Etienne Bonnot, abbé de Condillac, *Traité des sensations*,

Le cas célèbre de l'enfant sauvage de l'Aveyron permet à Itard de déterminer la part des idées qu'un homme doit à son éducation. L'un des principes qu'il préconise pour éduquer le jeune sauvage repose sur l'apprentissage du langage, car il veut « le conduire à l'usage de la parole, en déterminant l'exercice de l'imitation par la loi impérieuse de la nécessité [1] ». L'éducation de Mowgli suit les mêmes principes, il apprend le langage humain de la sorte : « dès que Messua prononçait un mot, Mowgli l'imitait à peu près parfaitement et, avant la nuit, il avait appris le nom de bien des choses dans la hutte » (p. 100).

Confronté à ce mythe, le XIXe siècle pense également pouvoir comprendre la fonction de la société, de l'éducation, thèmes qui ne sont pas sans liens avec la mission civilisatrice que se donne l'Angleterre à l'époque. Un rapport de sir William H. Sleeman, alors Résident de Lucknow, consigne des cas d'enfants élevés par des loups [2]. Pour cet officiel britannique qui s'était distingué dans la répression des bandes de brigands du centre de l'Inde (les *thugs*), on ne trouve pas d'exemple d'enfant-loup qui vive jusqu'à l'âge adulte. Son enquête et son rapport, émanations du rationalisme triomphant qui caractérise toutes ses entreprises, visent à décrire scientifiquement de tels phénomènes et à éliminer rumeurs et superstitions. Sleeman y montre l'impossibilité d'un retour à une vie en société (les enfants-loups ne peuvent par exemple apprendre à parler).

Kipling, qui confirme à une correspondante

1754, IVe partie, chapitre VII. Dans son *Essai sur l'origine des connaissances* il analyse le cas d'une fille sauvage qui avait une compagne pour montrer que les facultés intellectuelles se développent par le commerce mutuel.

1. E.-M. Itard, *De l'éducation d'un homme sauvage, ou des premiers développements physiques et moraux du jeune sauvage de l'Aveyron*, Paris, Goujon, Vendémiaire an X, p. 22.

2. *An Account of Wolves Nurturing Children in Their Dens*. Plymouth, 1852. Repris dans *Zoologist*, vol. xii, 1888, p. 87-98.

l'existence de ce phénomène[1] en Inde, connaissait
sans doute le rapport : certaines scènes du *Livre de
la jungle* évoquent des faits rapportés par Sleeman[2].
Mais ce romancier fait du monde de la jungle, régi
par la Loi, une forme de société supérieure à celle
des hommes. Ce qui attire Kipling c'est la proximité de l'enfant et des animaux, l'immédiateté de
leurs rapports, et la possibilité d'individualiser l'animal par la confrontation avec le Petit d'Homme.

Dans ses lettres, l'écrivain né à Bombay confie
avoir mis dans les contes tout ce qu'il sait, a
entendu dire ou rêvé au sujet de la jungle
indienne[3]. Car la jungle de Kipling est soigneusement documentée et la description repose sur la
lecture de quelques ouvrages, notamment les livres
de R.A. Sterndale publiés à Calcutta dans les
années 1880 et celui du père de l'auteur, John
Lockwood Kipling. Pour la description très précise
de l'Alaska et des mœurs des phoques, il a fait
usage du gros livre de Henry W. Elliott, *An Arctic
Province*[4]. Les récits qu'il a écoutés, les photos que
ses amis Hill lui ont montrées, les souvenirs
d'autres régions de l'Inde se sont ajoutés à ces
sources dans la description de lieux où il ne s'était
jamais rendu. Contrairement à *Kim* qui se déroule
dans des parties de l'Inde qu'il connaissait probablement assez bien pour les avoir parcourues
comme correspondant du *Civil and Military
Gazette* de Lahore puis du *Pioneer* d'Allahabad, *Le
Livre de la jungle*, à une ou deux exceptions près,
prend pour cadre des lieux inconnus de leur auteur.
Seeonee, où se déroulent les aventures de Mowgli,
se trouve bien au cœur du sous-continent mais la
description n'est pas de première main. Au
moment où il écrit ces nouvelles, il a déjà quitté

1. Lettre du 24 novembre 1892 à Mary Mapes Dodge, *Letters*,
p. 71.
2. Voir en annexe des extraits de ce texte.
3. 5 mars 1893, *Letters*, p. 94.
4. Voir bibliographie.

l'Inde depuis quelques années et ce sont le rêve et le souvenir qui importent.

Réception de l'œuvre.

Dès leur parution, les nouvelles rencontrent un accueil favorable : l'Angleterre comme la France y voient une œuvre importante. « En France, à l'occasion de la version du *Jungle Book* de MM. Fabulet et d'Humières, il a été publié par tous les critiques, dans tous les organes périodiques et quotidiens, des comptes rendus et des articles. Le plus surprenant, c'est que tout cela soit un concert de louanges sans une note différente[1]. » Avec *Le Livre de la jungle*, la France découvre Kipling : la parution en livraisons dans la *Revue de Paris*, puis en volume au Mercure de France, est un grand succès et les réimpressions se succèdent. L'anecdote est connue : c'est Oscar Wilde qui aurait, au cours d'un dîner à la NRF organisé par André Gide, conseillé la lecture de l'ouvrage à Louis Fabulet. Celui-ci en aurait ensuite parlé à Robert d'Humières[2].

En Angleterre et en Inde, l'auteur est déjà célèbre depuis son premier recueil de nouvelles paru en 1888 : *Plain Tales from the Hills* (*Simples contes des montagnes*). L'enthousiasme de la critique française et des ventes excellentes ajoutent à sa renommée et conduisent à la traduction et à la diffusion des autres textes dans les années précédant la guerre. Les commentaires élogieux se succèdent ; ils insistent toutefois sur les valeurs patriotiques présentes dans les textes de Kipling, pour s'en étonner souvent, pour les approuver parfois. L'image de l'Inde en France et le type colonial s'en trouvent renouvelés. Selon Robert d'Humières, l'importance

1. H. Davray, *Mercure de France*, septembre 1899, p. 841.
2. Selon Henry Davray (« How Kipling conquered France », *Kipling Journal*, March 1935, p. 12-24), c'est d'Humières qui aurait découvert Kipling au cours d'un voyage en Angleterre. La version ci-dessus est plus amusante...

des *Livres de la jungle* pour la perception de l'Inde
est aussi grande que celle des *Mille et Une Nuits*.

Le traducteur est d'ailleurs sensible dans *Le Livre
de la jungle* à l'expression de l'énergie et à la pein-
ture du monde de la jungle ; les propos qu'il tient
sur l'Inde ne sont peut-être pas très éloignés de ce
que pensait Kipling, ils sont en tout cas représenta-
tifs de certains discours dominants :

> Nul artiste n'échappe à la suggestion impérieuse de
> ce monde animal et végétal qui vous enserre et vous
> presse de toutes parts. Après les auteurs de Ramayana
> et du Çakountala, un Anglais a écrit le poème de la
> Jungle. Selon la pente naturelle de son tempérament,
> Rudyard Kipling va à l'action, à l'énergie. Ses deux
> livres de la Jungle la glorifient parmi le plus prestigieux
> décor. L'histoire du nourrisson de la louve, c'est
> l'enfance d'un Siegfried anglo-saxon, la victoire préci-
> sément de l'ingéniosité et de la bravoure humaine sur
> cette nature écrasante. En réalité le héros du romancier
> anglais n'est hindou que par convention. La race sou-
> mise par l'Angleterre l'était déjà par le soleil, les fatali-
> tés de l'atmosphère et du sol, de la nature morte et
> animée. Il y a véritablement des enfant-loups aux
> Indes, mais ils sont idiots, marchent sur leurs genoux
> et leurs coudes, ne parlent pas et ne supportent que la
> viande crue [1].

En Angleterre, *Le Livre de la jungle* est un des
derniers ouvrages de Kipling à être bien reçu par la
critique qui voit dans les activités ultérieures de
l'écrivain une trop grande passion pour l'idée impériale, une trop grande violence. Les lecteurs, en
revanche, ne l'abandonnent jamais.

Structure de l'œuvre.

La matière des livres est à la fois composite et
unie. Des quinze nouvelles qui constituent les deux

---

1. Robert d'Humières, *L'Ile et l'Empire de Grande-Bretagne*, Paris, Mercure de France, 1904, p. 177. La dernière phrase reprend
exactement les conclusions du rapport de Sleeman. Il convient de
noter que la préface à l'édition anglaise de l'ouvrage de Robert
d'Humières est constituée par une lettre de Kipling à l'auteur.

livres, huit seulement font figurer Mowgli. Elles forment un cycle, comme un roman à part entière où l'enfant trouvé rejoint sa famille à la dernière histoire. Cette série s'interrompt à l'occasion pour s'attarder sur d'autres contes, sur d'autres personnages : étrange structure où, comme dans un roman, on suit un fil narratif et chronologique, l'histoire d'une enfance, mais où le lecteur est transporté d'Alaska en Assam en attendant la réapparition de Mowgli dans la nouvelle ou le volume suivants. L'originalité du livre, qui peut sembler un défaut à l'enfant impatient, tient à cette double composition, intermédiaire entre le recueil de nouvelles et le roman.

Dans certaines éditions du *Livre de la Jungle*, toutes les histoires de Mowgli sont groupées en un volume et les autres nouvelles reléguées dans le second livre : c'est notamment le cas de l'édition « Sussex » des œuvres complètes supervisée par l'auteur. Cette structure entretenait l'idée, suggérée par le titre, que le véritable sujet du livre était Mowgli. Les éditions modernes ne suivent en général pas ce plan et se conforment à l'ordre de l'édition originale [1].

Le Livre de la jungle s'ouvre sur trois histoires qui traitent de la façon dont la jungle accepte l'enfant, au travers de trois événements importants : Mowgli trouvé par les loups puis renvoyé chez les hommes, Mowgli enlevé par les *Bandar-log*, Mowgli arrivant chez les hommes puis s'en retournant dans la jungle après son combat victorieux contre le tigre Shere Khan. Les quatre autres nouvelles de ce premier livre traversent le grand nord pour conter un épisode de la vie des phoques avant de retourner en Inde observer la mangouste, les éléphants en Assam, et de terminer parmi les animaux au service de la reine Victoria.

---

1. La présente traduction, contemporaine de la parution du livre, suit naturellement l'ordre initial.

La structure procède de la méthode de Kipling. Il publie au fur et à mesure de leur composition les nouvelles dans des revues, à la fois en Angleterre et aux Etats-Unis, puis les réunit rapidement en volume. Le projet global est probablement postérieur à l'écriture : si l'on en croit son autobiographie [1], Kipling commence par écrire « Toomai des éléphants » et « Les Frères de Mowgli », et laisse ensuite sa plume poursuivre les histoires de Mowgli et des animaux, qui en viennent à constituer *Les Livres de la jungle*. Une nouvelle antérieure, « Dans le Rukh », introduit déjà Mowgli et présente l'histoire de l'enfant élevé par des loups, jusqu'à un âge adulte où il se met au service du gouvernement de l'Inde. Un peu plus tard, après avoir lu notamment un roman de Rider Haggard, *Nada the Lily*, Kipling reprend le canevas de la première nouvelle et l'augmente.

Cette méthode de composition explique aussi que l'ordre chronologique ne soit pas fermement respecté : l'action de la deuxième nouvelle « La Chasse de Kaa » est par exemple antérieure à certains événements de la première. A l'imbrication de l'histoire de Mowgli dans d'autres récits correspond un entrelacement des contes du Petit d'Homme entre eux. Dans une lettre de janvier 1895, Kipling dit avoir envisagé un troisième volume de contes, qui aurait débuté par « Le Chat maltais ». Un peu plus tard dans l'année il a définitivement renoncé à ce projet. On peut supposer que les deux extrémités du récit de Mowgli, l'intégration dans la jungle et le retour chez les hommes, étaient fixées dès le début — c'est ce qu'indiquent « Dans le Rukh » et « Les Frères de Mowgli » — et qu'entre ces deux bornes Kipling compose librement des épisodes, en puisant dans une réserve d'idées. Il ne décide pas de mettre un terme à ces récits, qui auraient pu

---

1. *Something of Myself for my Friends Known and Unknown (Un peu de moi-même pour mes amis connus et inconnus)* (1936) ; Harmondsworth, Penguin, 1977, p. 100-101.

aisément se poursuivre, par manque d'inspiration, mais parce qu'il cherche de « nouvelles formes ». Cet écrivain très conscient de son art projette à la fin de 1895 de se tourner vers des histoires « mécaniques[1] » et abandonne la jungle qu'il dit avoir eu un plaisir très grand à décrire. Comme *Kim* et les histoires de Puck, les *Livres de la jungle* font partie, selon Kipling, des livres « inspirés », écrits sous la dictée de son « démon ».

Une philosophie du style.

On ne peut manquer d'être surpris par la précision extrême apportée à certaines descriptions d'animaux ou de lieux (ceux de « Phoque Blanc » sont tous répertoriés dans le livre de Henry Elliott) alliée à l'invention et à l'imagination. Là réside tout le travail de l'écrivain qui procède par croisements et mélanges, qui semble avoir besoin d'une source documentée, d'un savoir minimum sur lequel s'appuyer pour écrire contes et fables.

Il y a chez Kipling, dont la culture n'était pas systématique, un souci de la précision qui peut être de nature documentaire ou imaginaire, un intérêt pour le mot juste, pour la notation exacte, qui donnent forme à ses œuvres. Comme si le monde devait être appréhendé au moyen d'un microscope pour en relever toutes les aspérités. Ce souci d'exactitude n'est pas un principe théorique abstrait, il ne correspond pas à une volonté « réaliste » exacerbée : la recherche du fonctionnement réel du monde guide plutôt la démarche de l'auteur. Kipling ignore toute dialectique de l'apparence et de l'essence, ne vise pas de réalité sous-jacente, ne tente pas de définir mais veut saisir la diversité et

1. Voir lettres du 18 juin 1895 à Mary Mapes Dodge et du 3 novembre 1895 recueillies dans T. Pinney (éd.), *The Letters of Rudyard Kipling*, Londres, Macmillan, vol. 2, p. 191 et p. 210. Certaines de ces histoires se trouvent dans *The Day's Work (La Tâche quotidienne)* publié en 1898.

les intrications du réel. Il n'y a d'essence que dans
la vérité de l'apparence : seule la compréhension
précise du monde et de ses relations importe, et la
justesse du style donne accès à la nature réelle de
l'univers. En ce sens l'art de Kipling, contrairement
à celui de Conrad, est un art de la description, du
phénomène, de la surface. La jungle indienne
semble ne connaître que deux saisons, la saison
sèche et la saison des pluies : « mais, *à y regarder
attentivement*, vous vous apercevez que, sous les
torrents de pluie, les nuages de poussière et les
verdures torréfiées, on peut les découvrir toutes
quatre se succédant selon leur ordre accoutumé[1] ».
Ne pas comprendre le monde ce n'est pas ne pas
saisir son essence, c'est un défaut de vision, un
défaut d'attention, un défaut de connaissance.

Ainsi, l'attention minutieuse qu'exige et met en
œuvre Kipling dans le rapport au monde ne peut
être épuisée par un seul récit, par le traitement isolé
d'un sujet unique : il aimait revenir, pour varier la
perspective, sur un thème ou une forme, sur les
animaux ou sur le conte pour enfant. *Le Livre de la
jungle* comme les *Just So Stories* ou les histoires de
Puck (*Puck of Pook's Hill* et *Rewards and Fairies*) est
destiné avant tout aux enfants. Dans les *Histoires
comme ça*, Kipling reprend le thème animalier. Les
fables y jouent le rôle de mythe fondateur : y appa-
raissent le commencement, la source de certaines
particularités du monde animal (les taches du léopard, la trompe de l'éléphant, le gosier de la
baleine, etc.), l'invention de l'écriture. Dans les
histoires de la jungle, le savoir, réel le plus souvent,
inventé à l'occasion, nourrit la narration, lui sert de
support, de décor, de fondement pour inventer les
fables, mais n'est pas une fin en soi. Kipling a
souvent besoin d'un point de départ « scientifique »
auquel il superpose la vérité du souvenir. Les *His-*

---

1. « La course de printemps », *Le Second Livre de la jungle*,
p. 227. Je souligne.

toires comme ça et *Les Livres de la jungle* se complètent, offrent au lecteur, en petit, l'origine et la description du monde. C'est dire que le réalisme de Kipling n'exclut pas l'imagination et la fable.

Un mouvement se dessine dans l'œuvre entier : la vie des soldats anglais en Inde est complétée par la vision d'une Inde sans soldats dans *Kim*, l'éducation de Mowgli répond à la vie de collège donnée dans *Stalky et Cie*, la vie animale s'oppose au monde des ingénieurs et des machines. Une des forces de Kipling est d'avoir pu varier les modes d'écriture, les sujets ou les thèmes, sans menacer l'unité de l'œuvre qui est peut-être donnée par quelques préoccupations identifiables, sûrement par la complémentarité des ouvrages. Il reste toujours chez Kipling un point de vue à explorer, un hors-champ sur lequel va se porter un autre recueil, un contre-champ donné dans un autre livre. L'art de Kipling tient autant dans les œuvres individuelles que dans le rapport qu'elles entretiennent, dans les points de contact qu'elles imaginent, dans le système qu'elles constituent.

Il reste cependant un silence dans cette totalité, une absence jamais compensée, la disparition de l'auteur, c'est-à-dire de la dimension introspective de la narration. Mowgli note les changements survenus en lui à la fin de ses aventures, mais il n'analyse guère et songe à une maladie ; Kim, à la fin du roman, s'interroge sur son essence, mais il ne comprend pas, perd pied et ne retrouve le bien-être que grâce aux forces telluriques et peut-être au sacrifice du lama. L'autobiographie inachevée livre d'intéressants renseignements, décrit les traumatismes de l'enfance, ne pose pourtant jamais la question de l'identité. Si le monde ne peut être appréhendé par ses essences, pourquoi le « moi » le serait-il davantage ? Refuser les définitions ne peut mener à l'introspection : l'art de Kipling est un art de la surface.

Des fables coloniales ?

La simplicité de l'histoire racontée, la pureté du récit d'aventures ont parfois échappé à la critique qui préfère considérer *Le Livre de la jungle* comme un recueil de fables : si Kipling écrit des histoires d'animaux, c'est qu'il chercherait à communiquer une morale. L'auteur ni le narrateur ne la livrent. La fable est humaine ; elle est aussi politique. Pour comprendre en quel sens la leçon de Kipling peut être reçue comme une allégorie politique, il faut mettre en rapport la célébrité considérable de Kipling, la notoriété acquise par les ventes importantes de ses ouvrages et l'étendue de son lectorat avec la situation politique et économique de la Grande-Bretagne. Il n'y a bien sûr pas de projet politique conscient de la part de Kipling, mais ses textes s'inscrivent dans les perceptions et l'imaginaire de l'Empire au tournant du siècle.

L'histoire de l'Inde à cette époque est animée par une contradiction. D'un côté la métropole a la certitude que l'Angleterre régnera toujours sur le pays, de l'autre elle prend conscience de la fragilité de l'édifice au moment de la révolte des cipayes — même si celle-ci a eu pour conséquence de rattacher directement l'administration du pays à la Couronne. Les révoltes, premiers pas dans la lutte pour l'Indépendance, se multiplient à l'échelon local et sont traitées par le pouvoir britannique comme de simples incidents isolés. Parallèlement à cette tension permanente, les célébrations à la gloire de l'Empire (le « Raj ») et de la Reine-Impératrice se multiplient. Trois événements, parmi d'autres, permettent de mesurer à quel point le sens du spectacle qui caractérise les Anglais est peu en accord avec la réalité sociale et politique : la construction du « Victoria Memorial » à Calcutta, celle de la « Gateway of India » (Porte de l'Inde) à Bombay et celle de la ville de New Delhi. Le premier monument, gigantesque, en marbre blanc, érigé à la gloire de la reine Victoria peu de temps après sa mort, tient du Taj Mahal et de la cathédrale Saint Paul : il s'agissait d'affirmer visuellement la pérennité de l'Empire. Le deuxième, imitation des colossales portes de ville du Gujarat, fut édifié en 1911, sur le front de mer, pour accueillir le roi George V. Plus extravagante encore est la construction de la ville de New Delhi par le grand architecte Lutyens, achevée en 1931. Après le transfert de la capitale de Calcutta à Delhi, annoncé par George V au cours de sa visite, un énorme chantier fut lancé pour créer une capitale impériale, qui remplit d'ailleurs cette fonction seize ans à peine. Le décalage entre le goût pour la représentation de la supériorité impériale et la réalité politique est manifeste — comme si la détérioration de l'une entraînait l'inflation de l'autre. Le contraste est également frappant entre la pompe des manifestations citadines et la réalité coloniale à l'échelon local. Kipling respectait les soldats, discrets serviteurs de l'Empire qui se dévouaient, pensait-il, pour l'Inde, les Anglais installés dans un pays qu'ils connaissaient et aimaient, comme son père resté un modèle pour lui ; il ne supportait pas en revanche les fonctionnaires arrogants, le personnel venu de la métropole qui administrait sans comprendre, dont le savoir n'était pas adapté aux réalités du pays, qui ne connaissait de l'Inde que la saison froide.

C'est dans ce contexte contradictoire qu'écrit Kipling, et les histoires du *Livre de la jungle* peuvent être comprises comme des éléments significatifs dans le fonctionnement de l'imaginaire impérial. La première nouvelle insiste sur la notion d'appartenance que soulève toute réflexion sur le colonialisme — et trouve un écho dans l'histoire personnelle de Kipling, qui n'accepta jamais totalement l'Angleterre. Elle s'ouvre sur l'arrivée de Mowgli parmi les animaux et sur son intégration, grâce à Mère Louve qui s'oppose à Shere Khan, grâce à Bagheera qui offre un taureau. Elle se

referme sur la descente de Mowgli vers les « siens »
qu'il ne connaît pas : « l'aurore commençait à
poindre quand Mowgli descendit la colline tout
seul, en route vers ces êtres mystérieux qu'on
appelle les hommes » (p. 63). Avec cette structure
circulaire, la tension principale de Mowgli est
posée : Petit d'Homme, il est appelé à retourner
vers ceux dont il ignore tout. Dans la jungle à
laquelle il croit appartenir, il est à la fois différent
des autres habitants et leur maître. Le personnage
se trouve dans une position limite, à l'intersection
de plusieurs courants. Mowgli n'est pas animal, il
ne peut s'intégrer totalement à la jungle même s'il la
connaît et la domine ; il n'est pas non plus homme
puisqu'il ignore tout du monde humain qui le
rejette : seule sa variabilité, où les villageois super-
stitieux voient de la sorcellerie, pourrait le définir
(« Ils disent que tu es un sorcier qui peut se changer
en bête à volonté », p. 115).

Derrière l'ambiguïté de la situation de Mowgli on
voit poindre la complexité de la position coloniale à
la fois discrètement intégrée et toujours étrangère,
la fiction de l'impérialisme éclairé qui croit à la
possibilité de contenir les escarmouches ponc-
tuelles, parfois violentes, tout en maintenant une
domination censément invisible. En ce sens les histoires de Kipling participent de l'élaboration et de
l'appréhension de cet imaginaire colonial : l'auteur
n'affirme rien et n'est pas, dans *Le Livre de la jungle*
au moins, pamphlétaire, mais les termes dans lesquels il s'exprime désignent peut-être une conscience des difficultés et des devoirs de l'identité
coloniale [1].

La violence et la loi.

Dans *Le Livre de la jungle* il est souvent question
de devoirs, de service, de visibilité et d'invisibilité.

---

1. Pour une lecture post-coloniale de Kipling, voir S.P. Mohanty en bibliographie.

La mangouste Rikki-tikki-tavi est le meilleur serviteur possible. Elle fait preuve d'abnégation, combat
les forces du mal incarnées dans les cobras et
triomphe au terme d'une « grande guerre ». Sauvée
par la famille qui la recueille, elle la protège à son
tour, élimine les serpents et garde le jardin. Il y a,
dans la nouvelle qui porte son nom, comme l'arché-
type du serviteur dévoué à une cause, à la fois
discret et modeste, invisible, visible à qui sait le
voir, veillant sur les hommes. Kipling reprend le
thème du « petit » dévoué à la cause des « grands »
dans « Phoque Blanc », où Kotick, le petit phoque,
parcourt le monde à la recherche d'un havre de
paix vers lequel il finit par mener la colonie des
phoques. Comme dans « Rikki-tikki-tavi », la nouvelle repose sur le service rendu par le petit aux
grands — une autre façon de redire que l'« on a
toujours besoin d'un plus petit que soi ».

Ces nouvelles sont ambiguës : car si le thème
principal est bien la recherche de la paix, celle-ci est
acquise par la violence. Rikki-tikki-tavi mène la
guerre, Kotick est fils de guerrier, et ce n'est que
par une guerre sanglante qu'il parvient à
convaincre les autres phoques de le rejoindre. On
pourrait bien sûr mettre en évidence une parabole
impériale, où la paix désirée serait obtenue au prix
de combats dont on ne peut faire l'économie :
comme s'il fallait d'abord domestiquer le monde,
les colonies. Une telle lecture trouverait un écho
dans certaines positions politiques de Kipling. La
guerre est parfois nécessaire : il en défend le principe à l'occasion, à l'approche de la Première
Guerre mondiale par exemple, ce qui radicalise sa
position par rapport aux « libéraux » anglais.

Une telle tension résulte peut-être d'une contradiction d'un conflit non résolu entre un désir de
paix et d'unité et la violence inhérente au monde.
Selon l'écrivain Angus Wilson, l'aspiration à la
paix, la nostalgie d'un paradis perdu qui caractérisent l'auteur du *Livre de la jungle*, proviennent du

souvenir idyllique de sa petite enfance en Inde, et du traumatisme des années de pension en Angleterre : toute sa vie il cherche à concilier l'homme et l'enfant.

La confrontation de la violence et du rêve de paix donne forme à nombre de nouvelles du *Livre de la jungle*. Il faut tuer pour survivre : l'harmonie du monde de la jungle s'appuie sur la violence naturelle dont Henry James supportait mal la présence constante. Dès la première nouvelle du cycle, l'intégration de Mowgli a pour prix un taureau mort. La violence constitue le thème principal des trois premières nouvelles où la haine de Shere Khan, celle des humains, viennent s'opposer à l'harmonie rêvée de Mowgli parmi les animaux. L'ennemi, dans « La Chasse de Kaa », est représenté par les *Bandar-log*, les singes gris qui enlèvent Mowgli. La lecture allégorique de ces singes antipathiques en a fait une image à peine déguisée du peuple américain qu'un Kipling à l'époque résident de l'autre côté de l'Atlantique n'aurait pas beaucoup aimé. Les critiques français, à la parution, ont préféré reconnaître là un coup supplémentaire porté par la perfide Albion qui peignait de la sorte l'ennemi héréditaire. D'autres ont parlé de représentation du peuple indien, notamment des « babus », Indiens éduqués à l'anglaise et souvent méprisés à cause de leur acculturation... Faut-il toujours chercher chez Kipling un sens caché ? Si les *Bandar-log* sont peu recommandables, c'est avant tout parce qu'ils ne se conforment pas à la Loi de la jungle, parce qu'ils sont, dit Bagheera, le « peuple sans loi ».

Les limites de la jungle sont définies d'un côté par les hommes qui incarnent la violence aveugle et l'ignorance, tel le personnage de Buldeo ; de l'autre, diverses bandes d'animaux, les chiens rouges du *Second Livre de la jungle*, les singes de ce volume-ci qui ressemblent tant aux hommes, échappent au fonctionnement organique du monde. Ils sont en dehors de la société, habitent une zone qui échappe au contrôle des autres animaux, usurpent tout, y compris le langage :

> Je t'ai appris toute la Loi de la jungle pour tous les Peuples de la Jungle... sauf le Peuple Singe, qui vit dans les arbres. Ils n'ont pas de loi. Ils n'ont pas de patrie. Ils n'ont pas de langage à eux, mais se servent de mots volés, entendus par hasard lorsqu'ils écoutent et nous épient, là-haut, à l'affût dans les branches. Leur chemin n'est pas le nôtre. Ils n'ont pas de chefs. Ils n'ont pas de mémoire. Ils se vantent et jacassent, et se donnent pour un grand peuple prêt à faire de grandes choses dans la Jungle ; mais la chute d'une noix suffit à détourner leurs idées, ils rient, et tout est oublié. Nous autres de la Jungle, nous n'avons aucun rapport avec eux. Nous ne buvons pas où boivent les singes, nous n'allons pas où vont les singes, nous ne chassons pas où ils chassent, nous ne mourrons pas où ils meurent. (p. 70)

Plutôt que la satire d'un peuple précis, Kipling donne un aperçu des limites de la société. Etre en dehors de la jungle, c'est refuser la Loi, les gouvernants, l'histoire, la volonté. Le monde des *Bandarlog* ne peut qu'être ignoré et la résistance qu'il offre à toute forme d'organisation le condamne aux yeux de Baloo. La liberté dont ils croient jouir et que célèbre leur chanson n'est qu'illusion.

Point de liberté, pour Kipling, sans soumission : le peuple de la jungle est appelé le « peuple libre » parce qu'il sait se donner un chef, respecte la Loi, obéit à des règles. Il faut pouvoir reconnaître à la fois une hiérarchie et la juste nature de la domination. La position de Mowgli, maître des animaux, pourrait par exemple être lue comme un équivalent de la situation coloniale. La hiérarchie nécessaire apparaît clairement dans la dernière nouvelle du recueil, « Service de la reine », où la conversation des animaux fait ressortir les vertus de l'obéissance. La nouvelle se termine sur une morale formulée par le narrateur qui souligne le caractère organique de l'Empire et la supériorité qu'il confère aux Britanniques sur les Afghans. Ce qui compte pour

Kipling n'est pas tant la nature intrinsèque des lois, que la nécessité d'en posséder pour protéger la civilisation. Elles garantissent à l'individu, encore plus qu'à la société, la liberté et la survie, elles éloignent la peur ; ce thème qui appartient au courant de la pensée politique anglaise hérité de Hobbes, parcourt les deux volumes consacrés à la jungle.

« Comment vint la crainte », dans *Le Second Livre de la jungle*, illustre cette idée : Hathi y conte le mythe des origines de la Loi amenée par la faute du Premier Tigre qui tua, et par l'incompétence du deuxième maître de la jungle, le Singe Gris. La Loi en devint nécessaire, pour prévenir les débordements, éloigner la mort et la honte, instaurer la liberté. Les contes de la jungle mettent au premier plan des valeurs l'obéissance — glorifiée à l'époque par Baden-Powell dans son manuel *Scouting for boys* qui appelle les jeunes scouts à servir l'Empire — et cette idée d'un ordre à respecter se retrouve souvent chez Kipling. Elle fait écho à la situation coloniale, aux idées politiques de l'auteur — conservatrices, malgré son refus de toute position officielle —, à la constitution d'un imaginaire qui pouvait puiser dans les récits une image familière. La fable politique ou coloniale, si elle permet de comprendre la présence de certains thèmes, si elle rend peut-être compte de la célébrité de ses textes à la fin du XIXᵉ siècle, n'épuise pas le sens ni la forme de ces contes.

L'enfance et la nouvelle.

Le désir de paix, l'harmonie rêvée par Mowgli reposent sur l'intégration du Petit d'Homme parmi les animaux. Il n'y a pas à proprement parler de rites d'initiation, l'éducation du garçon se déroule sans qu'il ait conscience du processus ; il rêve même d'abandonner sa nature humaine : « il se serait donné à lui-même le nom de loup, s'il avait su parler quelque langue humaine » (p. 51). La pre-

mière nouvelle montre Mowgli confronté à la pré-
diction de Bagheera, reprise par Akela au moment
de sa mort : « tu dois à la fin retourner aux
hommes, aux hommes qui sont tes frères ». (p. 54)
Ce que retient cependant Mowgli, c'est le privilège
de sa position, que son expédition chez les
Hommes (« Au tigre, au tigre ! ») auxquels il a conscience de ne pas appartenir lui permet de mieux
comprendre.

Mowgli, qui annonce Kim, aiguise sa curiosité au
contact de spectacles et d'une vie inconnus des
hommes, ce qui le rend fascinant au lecteur enfant.
Toomai partage cet honneur avec Mowgli, lui qui
grâce à la protection de l'éléphant est témoin d'une
danse étonnante : « ce que jamais homme ne vit, lui
l'a vu durant la longue nuit, et la faveur du peuple
éléphant et des dieux des jungles l'accompagne »
(p. 191). La scène est amenée par le contraste avec
la vie active du camp militaire et la routine des
préparatifs pour la nuit racontées dans les premières pages. Puis le silence s'installe, un silence à
la texture particulière, bruyant des sonorités de la
nuit : « l'air était rempli de tous les bruits de la nuit,
qui, rassemblés, font un seul grand silence : le clic-
clac d'une tige de bambou contre l'autre, le froufrou d'une chose vivante dans l'épaisseur de la
brousse, le grattement et le cri étouffé d'un oiseau à
demi réveillé [...], une chute d'eau très loin »
(p. 181). Ce silence sonore, Saint-John Perse dont
la connaissance du lointain évoque Kipling, le retrouve dans d'autres contrées : « Aux pays fréquen-
tés sont les plus grands silences, aux pays fréquen-
tés de criquets à midi » (*Anabase*). Il fait ressortir la
« piqûre d'épingle » de l'appel de l'éléphant sauvage, l'inhabituel ou l'improbable ; Kala Nag
l'entend, répond, et emporte au cœur de la nuit, au
cœur de la forêt, l'enfant émerveillé. Dans l'obscurité les bruits se détachent, et le *crescendo* musical
est noté grâce à l'attention que portent Toomai et le
narrateur aux barrissements, au langage des élé-

phants, aux heurts des défenses, au sifflement des queues. Puis la danse commence et rappelle dans la nuit le son du *tom-tom* que jouait le Petit Toomai devant Kala Nag. L'initiation de Toomai appartient à ces moments privilégiés où se creuse la durée et se constitue l'expérience : il a vu une scène unique, il a *su* la voir et percevoir les sensations infimes grâce à sa présence effacée.

L'éducation de Mowgli est mentionnée et jamais développée, car le narrateur préfère s'attarder sur des scènes exceptionnelles, comme celle dont Toomai est le témoin. Ces moments isolés, ces instants prélevés dans une durée mal maîtrisée permettent de mettre en valeur la spécificité des enfants. Plus qu'une éducation, c'est une expérience qui s'y constitue et que reproduit le rythme du texte. Elle est étroitement liée au genre adopté par Kipling, car c'est dans l'*aventure* que se forme l'expérience : « l'aventure présuppose qu'une voie puisse conduire à l'expérience, écrit Giorgio Agamben, et que cette voie passe par l'extraordinaire et l'exotique (opposés au familier et au commun[1]) ».

Amis des dieux comme des animaux, les enfants sont partout où l'homme ne peut se trouver. Leur privilège, voir sans être vu, donne forme aux nouvelles du *Livre de la jungle*. Phoque Blanc, comme Toomai, comme Mowgli, découvre un lieu rêvé auquel les adultes refusent de croire. L'attitude des hommes vis-à-vis de Mowgli dans « Au tigre, au tigre ! » est caractérisée par la même incompréhension, et leur ignorance aveugle s'oppose au savoir de Mowgli, ne peut reconnaître les compétences de celui-ci, refuse par l'appellation de sorcellerie la magie simple et immédiate de son rapport avec les animaux. L'enfant est celui qui sait, qui peut être aidé de loups et de buffles pour tuer un tigre, qui donne force de réalité au rêve mais que le monde

---

1. *Enfance et Histoire* (1978), tr. Y. Hersant, Paris, Payot, 1989, p. 39.

adulte ne peut accepter. L'enfant a également besoin de forces protectrices, de compagnons tutélaires qui veillent sur lui comme Bagheera ou Baloo. On les retrouve au cinéma dans le *Moonfleet* de Fritz Lang, on les reconnaît dans la littérature chez Stevenson ou Twain que Kipling aimait.

A l'enfant qui ne connaît pas la durée, la forme de la nouvelle convient merveilleusement. La nouvelle, contrairement au roman, ne trace pas d'itinéraire, mais isole et suggère, annonce et prévoit. Le roman peut développer la durée et sa variété, la nouvelle est de l'instant. Elle vise l'unité, l'unicité de l'effet en isolant une péripétie, un moment privilégié, et tous les éléments de l'histoire concourent à produire l'effet recherché. Dans « Service de la reine », la conversation entre les animaux a pour but de mettre en valeur le fonctionnement de l'armée en se plaçant du point de vue de ceux qui ne parlent jamais, et de souligner les vertus de l'obéissance. Si « Rikki-tikki-tavi » présente plusieurs combats de la mangouste contre les cobras, c'est pour établir sa supériorité comme gardien du jardin. Cet art de la nouvelle, Kipling l'a développé et perfectionné au cours de sa carrière d'écrivain, un peu comme s'il ne voulait pas dominer la forme achevée du roman et préférait laisser à l'imagination le soin de poursuivre l'histoire de Phoque Blanc et de ses compagnons dans leur nouveau pays, comme si le lecteur pouvait écrire lui-même d'autres combats de la mangouste dans les jardins de l'Inde. La nouvelle, comme l'enfance, refuse la clôture, la limite.

Les nouvelles qui présentent Mowgli constituent un cycle, presque un roman. La chronologie en est cependant brisée, parce que les limites de l'expérience de Mowgli dans la jungle sont posées dès la première nouvelle, parce que la deuxième nouvelle se situe quelque part dans le temps au milieu de la première et avant la troisième dont elle annonce d'entrée la teneur : « Tout ce que nous allons dire

ici arriva quelque temps avant que Mowgli eût été
banni du Clan des Loups de Seeonee, ou se fût
vengé de Shere Khan, le Tigre » (p. 65). Cette
progression chronologique imparfaite reparaît à
l'identique dans *Le Second Livre de la jungle* où
l'alternance des nouvelles contribue à rompre une
trame qui serait celle du roman. Les limites des
aventures de Mowgli sont celles de l'enfance : il ne
peut y avoir de suite aux histoires du Petit
d'Homme au-delà de l'adolescence. L'enfant est ce
héros particulier qui perd sa force au moment où il
la gagne, à l'adolescence : Mowgli quitte définitivement la jungle à la fin du deuxième livre parce que
l'adolescence l'arrache à la simplicité de ses réactions d'enfant. Mais le cycle des nouvelles ne se
termine jamais, leur mouvement reste garanti par
des événements que l'on pourrait encore conter si
on avait le temps. On entrevoit ces possibilités de
récits jamais réalisées dans *Le Second Livre de la
jungle*, où le narrateur mentionne des événements
de la vie de Mowgli qui eussent pu être contés :

> Par exemple vous ne saurez jamais comment il
> échappa à l'éléphant enragé de Mandla, celui qui tua
> vingt-deux bœufs traînant onze chariots de monnaie
> d'argent à destination du Trésor et dispersa dans la
> poussière les roupies neuves ; comment il combattit
> Jacala, le Crocodile, toute une longue nuit dans les
> marais du Nord, et brisa son couteau de chasse sur le
> dos cuirassé du monstre ; comment il trouva un autre
> couteau, neuf et plus long, au cou d'un homme qui
> avait été tué par un sanglier, et comment il traqua le
> sanglier et le tua en juste paiement du couteau ; com-
> ment, pendant la grande famine, il se trouva pris dans
> la migration des Cerfs et faillit périr écrasé parmi le
> reflux des hordes fumantes ; comment il sauva Hathi le
> Silencieux d'une fosse dont le fond était armé d'un
> pieu, et comment, le jour suivant il tomba lui-même
> dans une trappe à léopards des plus ingénieuses, dont
> Hathi brisa autour de lui les épais madriers ; comment
> il alla traire les buffles sauvages dans les marécages et
> comment...
> Mais il faut raconter une histoire à la fois (page
> 191).

Les recueils se constituent par le milieu, à la fois dans l'histoire de leur conception et dans les possibilités de développement qu'ils laissent entrevoir. L'évolution générale du texte est indiquée par ce principe ; chaque événement de la vie de Mowgli est susceptible de constituer une nouvelle, chaque instant peut être développé sans qu'aucune durée soit appréhendée. Les instants séparés de toute conscience de la durée caractérisent la formation de l'expérience dont les limites sont seules données : l'enfant trouvé, la fin de l'enfance. La violence de la crise finale, à la fin du *Second Livre de la jungle,* en est la conséquence, car Mowgli ne perçoit pas l'évolution dans laquelle il est pris. Il n'a pas de conscience véritable d'un avenir ou d'un passé ; il existe seulement des instants donnés dans l'expérience.

La forme en ce sens inachevée des nouvelles exprime la liberté et l'innocence de l'enfant. Celui-ci peut rencontrer le mal mais il le refuse, comme Rikki-tikki-tavi, comme Mowgli :

> Le Clan des Hommes est irrité. Ils jettent des pierres et parlent comme des enfants. Ma bouche saigne. Laissez-moi partir.
>
> A travers la nuit, la chaude nuit, courez vite avec moi mes frères. Nous quitterons les lumières du village, nous irons vers la lune basse.
>
> Eaux de la Waingunga, le Clan des Hommes m'a chassé. Je ne leur ai point fait de mal, mais ils avaient peur de moi. Pourquoi ? (« La chanson de Mowgli », p. 118)

Comme Huck Finn aussi, modèle de Mowgli et de Kim, qui prend la route vers de nouveaux territoires, comme Antoine Doinel dans la dernière scène des *Quatre cents coups.*

Au-delà de la fable ou de la nouvelle, les histoires du *Livre de la jungle* entretiennent un rapport avec les formes orales de discours. Les chansons que l'on trouve à la fin de chaque épisode, l'intervention de certaines d'entre elles au sein des nouvelles

(comme dans « Toomai ») montrent que le récit
s'appuie sur l'oral. C'est une constante de l'œuvre
de Kipling dont la poésie transcrit les accents, les
voix, les musiques et les rythmes. Nombre de
poèmes, un recueil (*Barrack Room Ballads*), portent
des titres de formes musicales : « The Ballad of East
and West », « Sestina of the Tramp-Royal », etc.
Beaucoup d'entre eux ont été mis en musique.
T.S. Eliot le premier, dans son introduction à une
sélection de poèmes de Kipling, avait attiré l'attention sur la dimension musicale, orale, de sa poésie
et sur les liens qu'elle entretient avec sa prose. La
musique n'est pas une fin en soi pour l'auteur, elle
accompagne plutôt un propos indépendant de la
forme choisie : en ce sens Eliot voulait parler de
verse plutôt que de *poetry*.

L'utilisation des chansons éloigne les histoires de
la jungle du genre de la nouvelle et les rapproche de
formes orales comme le conte. Ce genre ancien
repose avant tout sur la parole vive ; une fois transcrit, il conserve son pouvoir narratif, car la forme
écrite sert à enregistrer, à conserver, plutôt qu'à
composer. Le conte est toujours prêt à être dit,
raconté à un public : le romancier est solitaire, le
conteur nécessairement entouré. Le texte de
celui-ci ne présente jamais le texte comme inventé,
mais comme hérité de quelqu'un, transmis le long
d'une chaîne, acquis par l'expérience. L'histoire de
« Phoque Blanc », par exemple, a été contée au
narrateur par un oiseau : « Limmershin, le roitelet
d'hiver, m'a raconté l'histoire quand il fut jeté par le
vent dans le gréement d'un steamer en route pour
le Japon... Limmershin est un drôle de petit oiseau,
mais qui sait dire la vérité » (p. 120). Le narrateur
de « Service de la reine » peut raconter l'histoire car
il comprend le langage des animaux : « j'entendais
assez le langage des bêtes — non pas des bêtes
sauvages, mais celui des bêtes de camp, naturellement — que m'avaient appris des indigènes, pour
savoir ce qu'il disait » (p. 195). Le meilleur exemple

de transmission des histoires est celui de « Qui-quern », dans *Le Second Livre de la jungle*, où est retracé le long voyage de l'histoire dessinée par Kotuko, perdue un jour au bord du lac Netilling, cédée à un marin, puis à un autre marin qui la vendit à un bijoutier de Ceylan, retrouvée par le narrateur dans une maison de Colombo, et traduite intégralement par les soins de celui-ci. Le conte puise à la source de l'expérience, ne veut pas inventer, se rapproche de la fable et s'oppose à la nouvelle : « nous avons été témoins de la naissance de la *short story*. Elle brise le prestige du conte, à savoir de rattacher des générations de narrateurs entre eux [1] ». C'est là la faute de Buldeo, le chasseur-conteur, ennemi de Mowgli, tourné en ridicule entre autres parce qu'il raconte des histoires absurdes sur la jungle, parce qu'il croit détenir un savoir : pour compenser la pauvreté de son expérience, il séduit les enfants, mais par le mensonge, par la fiction. La force des *Livres de la jungle* que Kipling adresse aux enfants par-dessus les adultes, est de faire partager au jeune lecteur l'expérience de Toomai ou de Mowgli. L'auteur écrit à ce sujet en 1892 : « je préférerais offrir un bon livre pour enfants qu'une nouvelle religion ou une révision complète du cadre social et politique dans lequel nous vivons [2] ». On ne saurait dire plus clairement le refus d'une position de principe, la force du projet et l'attachement à la fonction du conteur. Seule cette dernière, par le biais de la parole, permet de partager l'expérience vécue et d'unir l'enfance et le narrateur, les animaux et le lecteur, la nature et l'homme :

> L'homme des contes se libère du devoir de silence propre aux mystères, le transforme en enchantement :

---

1. Walter Benjamin, « Le narrateur » dans *Écrits français*, Paris, Gallimard, 1991, p. 214.
2. Lettre du 21 octobre 1892 à Mary Mapes Dodge, *Letters*, p. 63.

c'est un ensorcellement qui lui ôte la parole, non la participation à un savoir initiatique. Subi comme un mauvais sort, le silence des mystères replonge l'homme dans la langue pure et muette de la nature ; mais comme enchantement, il doit être en fin de compte brisé et dépassé. Voilà pourquoi, dans les contes, l'homme est frappé de mutisme tandis que les animaux sortent de la pure langue de la nature et se mettent à parler. En confondant provisoirement les deux sphères, le conte valorise le monde de la *bouche ouverte*, de la racine **bha* (d'où dérive le mot « fable »), contre le monde de la bouche close, de la racine **mu*[1].

La structure ouverte des récits de la jungle procède de la même forme : la réticence à poser une limite, la possibilité toujours suggérée d'enchaîner une autre narration, l'absence de fin véritable caractérisent le genre du conte. L'essentiel tient dans la moralité discrète qu'ils expriment, qui accompagne l'auditoire et se conserve à l'occasion dans le proverbe : Baloo, dont les maximes sont données plusieurs fois au cours du livre, est le dépositaire privilégié de cette sagesse. Elle libère l'auditeur, elle lui permet d'affronter la vie car elle le rassure. La violence du *Livre de la jungle* est en quelque sorte exorcisée par la forme narrative, comme par la protection dont bénéficie Mowgli : ainsi s'expliquerait la contradiction entre la violence des histoires et le désir de paix qu'elles expriment. La liberté du peuple de la jungle, les désirs de paradis de Kotick ou de Rikki-tikki-tavi, l'insouciance des enfants de Kipling trouvent dans la forme du conte une parfaite unité. Malgré la brutalité et la noirceur de certains comportements, humains par exemple, *Le Livre de la jungle* montre au lecteur cette liberté possible qu'exprime Walter Benjamin :

1. G. Agamben, *op. cit.*, p. 82.

Le conte nous renseigne sur les premières tentatives de l'humanité pour se délivrer du cauchemar dont le mythe avait opprimé sa poitrine. [...] les animaux qui viennent en aide à l'enfant du conte nous y montrent que la nature ne se veut pas seulement liée envers le mythe, mais qu'elle préfère de beaucoup se grouper autour de l'homme. Le charme libérateur dont dispose le conte ne fait pas entrer la nature en action de façon mythique, mais la désigne comme complice de l'homme libéré. Cette complicité, l'homme mûr ne l'éprouve que par moments, en fait lorsqu'il est heureux, mais l'enfant la rencontre tout d'abord dans les contes et en fait son bonheur[1].

Alexis TADIÉ.

---

1. W. Benjamin, *op. cit.*, p. 224.

LE LIVRE DE LA JUNGLE

PRÉFACE

Un ouvrage de ce type exige beaucoup de générosité de la part des spécialistes, et l'éditeur ne serait aucunement à la hauteur de l'aide généreuse qu'il a reçue s'il ne consentait à révéler totalement l'étendue de sa dette.

Il lui faut avant tout remercier le savant accompli, Bahadur Shah, éléphant de transport n° 174 du registre indien, qui, avec sa charmante sœur Pudmini [1], m'a aimablement fourni l'histoire de « Toomai des éléphants » et une grande partie des informations de « Au service de la reine ». Les aventures de Mowgli ont été recueillies à diverses époques et en divers lieux auprès d'une multitude d'informateurs qui désirent, pour la plupart, demeurer anonymes. Cependant, avec l'éloignement, l'éditeur se sent libre de remercier un gentleman hindou de noble extraction, honorable résident des hauteurs du Jakko [2], pour sa description convaincante quoiqu'un peu caustique des caractéristiques nationales de sa caste — les Presbytes [3]. Sahi, un savant, chercheur et travailleur infatigable ; un membre de la meute de Seeonee, récemment dissoute ; et un artiste célèbre dans la plupart des foires du sud de l'Inde où sa danse muselée en compagnie de son maître attire tout ce que comptent de jeune, de beau et de cultivé un grand nombre de villages, ont fourni de précieuses informations sur les gens, les us et les coutumes. Les histoires « Au tigre ! au tigre ! », « La chasse de Kaa » et « Les frères de Mowgli » en sont largement inspirées. Pour les grandes lignes de « Rikki-tikki-tavi » l'éditeur est redevable à l'un des herpétologues les plus connus du nord de l'Inde, chercheur intrépide et solitaire qui, préférant « non pas vivre mais apprendre », a récemment sacrifié sa vie à l'étude de notre Thanatophidia [4] orientale. Une heureuse rencontre a permis à l'éditeur, lors d'un passage à bord de l'*Empress of India* [5], d'être de quelque secours à un compagnon de voyage. De la splendeur de la récompense de ses pauvres services, les lecteurs de « Phoque Blanc » pourront juger par eux-mêmes.

LES FRÈRES DE MOWGLI

Chil [1] Milan conduit les pas de la nuit
Que Mang [2] le Vampire délivre —
Dorment les troupeaux dans l'étable clos :
La terre à nous — l'ombre la livre !
C'est l'heure du soir, orgueil et pouvoir
A la serre, le croc et l'ongle.
Nous entendez-vous ? Bonne chasse à tous
Qui gardez la Loi de la Jungle !

CHANSON DE NUIT DANS LA JUNGLE.

Il était sept heures, par un soir très chaud, sur les collines de Seeonee [3]. Père Loup s'éveilla de son somme journalier, se gratta, bâilla et détendit ses pattes l'une après l'autre pour dissiper la sensation de paresse qui en raidissait encore les extrémités. Mère Louve était étendue, son gros nez gris tombé parmi ses quatre petits qui se culbutaient en criant, et la lune luisait par l'ouverture de la caverne où ils vivaient tous.

— Augrh ! dit Père Loup, il est temps de se remettre en chasse.

Et il allait s'élancer vers le fond de la vallée, quand une petite ombre à queue touffue barra l'ouverture et jappa :

— Bonne chance, ô chef des loups ! Bonne chance et fortes dents blanches aux nobles enfants. Puissent-ils n'oublier jamais en ce monde ceux qui ont faim !

C'était le chacal — Tabaqui [4] le Lèche-Plat — et

les loups de l'Inde méprisent Tabaqui parce qu'il
rôde partout faisant du grabuge, colportant des
histoires et mangeant des chiffons et des morceaux
de cuir dans les tas d'ordures aux portes des villages. Mais ils ont peur de lui aussi, parce que
Tabaqui, plus que tout autre dans la jungle, est
sujet à la rage ; alors, il oublie qu'il ait jamais eu
peur et il court à travers la forêt, mordant tout ce
qu'il trouve sur sa route. Le tigre même se sauve et
se cache lorsque le petit Tabaqui devient enragé,
car la rage est la chose la plus honteuse qui puisse
surprendre un animal sauvage. Nous l'appelons
hydrophobie, mais eux l'appellent *dewanee* — la
folie — et ils courent.

— Entre alors, et cherche, dit Père Loup avec
raideur ; mais il n'y a rien à manger ici.

— Pour un loup, non, certes, dit Tabaqui ; mais
pour moi, mince personnage, un os sec est un
festin. Que sommes-nous, nous autres *Gidur-log* [5]
(le peuple chacal), pour faire la petite bouche ?

Il obliqua vers le fond de la caverne, y trouva un
os de chevreuil où restait quelque viande, s'assit et
en fit craquer le bout avec délices.

— Merci pour ce bon repas ! dit-il en se léchant
les babines. Qu'ils sont beaux, les nobles enfants !
Quels grands yeux ! Et si jeunes, pourtant ! Je
devrais me rappeler, en effet, que les enfants des
rois sont maîtres dès le berceau.

Or, Tabaqui le savait aussi bien que personne, il
n'y a rien de plus fâcheux que de louer des enfants
à leur nez ; il prit plaisir à voir que Mère et Père
Loup semblaient gênés.

Tabaqui resta un moment au repos, sur son
séant, tout réjoui du mal qu'il venait de faire ; puis
il reprit malignement :

— Shere Khan [6], le Grand, a changé de terrain
de chasse. Il va chasser, à la prochaine lune, m'a-t-il
dit, sur ces collines-ci.

Shere Khan était le tigre qui habitait près de la
rivière, la Waingunga [7], à vingt milles plus loin.

— Il n'en a pas le droit, commença Père Loup avec colère. De par la Loi de la Jungle, il n'a pas le droit de changer ses battues sans dûment avertir. Il effraiera tout le gibier à dix milles à la ronde, et moi... moi j'ai à tuer pour deux ces temps-ci.

— Sa mère ne l'a pas appelé Lungri (le Boiteux) pour rien, dit Mère Louve tranquillement : il est boiteux d'un pied depuis sa naissance ; c'est pourquoi il n'a jamais pu tuer que des bestiaux. A présent, les villageois de la Waingunga sont irrités contre lui, et il vient irriter les nôtres. Ils fouilleront la jungle à sa recherche... il sera loin, mais, nous et nos enfants, il nous faudra courir quand on allumera l'herbe. Vraiment, nous sommes très reconnaissants à Shere Khan !

— Lui parlerai-je de votre gratitude ? dit Tabaqui.

— Ouste ! jappa brusquement Père Loup. Va-t'en chasser avec ton maître. Tu as fait assez de mal pour une nuit.

— Je m'en vais, dit Tabaqui tranquillement. Vous pouvez entendre Shere Khan, en bas, dans les fourrés. J'aurais pu me dispenser du message.

Père Loup écouta.

En bas, dans la vallée qui descendait vers une petite rivière, il entendit la plainte dure, irritée, hargneuse et chantante d'un tigre qui n'a rien pris et auquel il importe peu que toute la jungle le sache.

— L'imbécile ! dit Père Loup, commencer un travail de nuit par un vacarme pareil ! Pense-t-il que nos chevreuils sont comme ses veaux gras de la Waingunga ?

— Chut ! Ce n'est ni bœuf ni chevreuil qu'il chasse cette nuit, dit Mère Louve, c'est l'homme.

La plainte s'est changée en une sorte de ronron bourdonnant qui semblait venir de chaque point de l'espace. C'est le bruit qui égare les bûcherons et les nomades à la belle étoile, et les fait courir quelquefois dans la gueule même du tigre.

— L'homme ! dit Père Loup, en montrant toutes

ses dents blanches. Faugh ! N'y a-t-il pas assez d'insectes et de grenouilles dans les citernes, qu'il lui faille manger l'homme, et sur notre terrain encore ?

La Loi de la Jungle, qui n'ordonne rien sans raison, défend à toute bête de manger l'homme, sauf lorsqu'elle tue pour montrer à ses enfants comment on tue, auquel cas elle doit chasser hors des réserves de son clan ou de sa tribu. La raison vraie en est que meurtre d'homme signifie, tôt ou tard, invasion d'hommes blancs armés de fusils et montés sur des éléphants, et d'hommes bruns, par centaines, munis de gongs, de fusées et de torches. Alors tout le monde souffre dans la jungle... La raison que les bêtes se donnent entre elles, c'est que, l'homme étant le plus faible et le plus désarmé des vivants, il est indigne d'un chasseur d'y toucher. Ils disent aussi — et c'est vrai — que les mangeurs d'hommes deviennent galeux et qu'ils perdent leurs dents.

Le ronron grandit et se résolut dans le « Aaarh ! » à pleine gorge du tigre qui charge.

Alors, on entendit un hurlement — un hurlement bizarre, indigne d'un tigre — poussé par Shere Khan.

— Il a manqué son coup, dit Mère Louve. Qu'est-ce que c'est ?

Père Loup sortit à quelques pas de l'entrée ; il entendit Shere Khan grommeler sauvagement tout en se démenant dans la brousse.

— L'imbécile a eu l'esprit de sauter sur un feu de bûcherons et s'est brûlé les pieds ! gronda Père Loup. Tabaqui est avec lui.

— Quelque chose monte la colline, dit Mère Louve en dressant une oreille. Tiens-toi prêt.

Il y eut un petit froissement de buisson dans le fourré. Père Loup, ses hanches sous lui, se ramassa, prêt à sauter. Alors, si vous aviez été là, vous auriez vu la chose la plus étonnante du monde : le loup arrêté à mi-bond. Il prit son élan avant de savoir ce qu'il visait, puis tenta de se retenir. Il en résulta un saut de quatre ou cinq pieds droit en l'air, d'où il retomba presque au même point du sol qu'il avait quitté.

— Un homme ! hargna-t-il. Un petit d'homme. Regarde !

En effet, devant lui, s'appuyant à une branche basse, se tenait un bébé brun tout nu, qui pouvait à peine marcher, le plus doux et potelé petit atome qui fût jamais venu la nuit à la caverne d'un loup. Il leva les yeux pour regarder Père Loup en face et se mit à rire.

— Est-ce un petit d'homme ? dit Mère Louve. Je n'en ai jamais vu. Apporte-le ici.

Un loup, accoutumé à transporter ses propres petits, peut très bien, s'il est nécessaire, prendre dans sa gueule un œuf sans le briser. Quoique les mâchoires de Père Loup se fussent refermées complètement sur le dos de l'enfant, pas une dent n'égratigna la peau lorsqu'il le déposa au milieu de ses petits.

— Qu'il est mignon ! Qu'il est nu !... Et qu'il est brave ! dit avec douceur Mère Louve.

Le bébé se poussait, entre les petits, contre la chaleur du flanc tiède.

— Ah ! Ah ! Il prend son repas avec les autres... Ainsi, c'est un petit d'homme. A-t-il jamais existé une louve qui pût se vanter d'un petit d'homme parmi ses enfants ?

— J'ai parfois ouï parler de semblable chose, mais pas dans notre clan ni de mon temps, dit Père Loup. Il n'a pas un poil, et je pourrais le tuer en le touchant du pied. Mais, voyez, il me regarde et n'a pas peur !

Le clair de lune s'éteignit à la bouche de la caverne, car la grosse tête carrée et les fortes épaules de Shere Khan en bloquaient l'ouverture et tentaient d'y pénétrer. Tabaqui, derrière lui, piaulait :

— Monseigneur, Monseigneur, il est entré ici !

— Shere Khan nous fait grand honneur, dit Père Loup, les yeux mauvais. Que veut Shere Khan ?

— Ma proie. Un petit d'homme a pris ce chemin. Ses parents se sont enfuis. Donnez-le-moi !

Shere Khan avait sauté sur le feu d'un campement de bûcherons, comme l'avait dit Père Loup, et la brûlure de ses pattes le rendait furieux. Mais Père Loup savait l'ouverture de la caverne trop étroite pour un tigre. Même où il se tenait, les épaules et les pattes de Shere Khan étaient resserrées par le manque de place, comme les membres d'un homme qui tenterait de combattre dans un baril.

— Les loups sont un peuple libre, dit Père Loup. Ils ne prennent d'ordres que du Conseil supérieur du Clan, et non point d'aucun tueur de bœufs plus ou moins rayé. Le petit d'homme est à nous... pour le tuer s'il nous plaît.

— S'il vous plaît !... Quel langage est-ce là ? Par le taureau que j'ai tué, dois-je attendre, le nez dans votre repaire de chiens, lorsqu'il s'agit de mon dû le plus strict ? C'est moi, Shere Khan, qui parle.

Le rugissement du tigre emplit la caverne de son tonnerre. Mère Louve secoua les petits de son flanc et s'élança, ses yeux, comme deux lunes vertes dans les ténèbres, fixés sur les yeux flambants de Shere Khan.

— Et c'est moi, Raksha (le Démon) qui vais te répondre. Le petit d'homme est mien, Lungri, le mien, à moi ! Il ne sera point tué. Il vivra pour courir avec le Clan, et pour chasser avec le Clan ; et, prends-y garde, chasseur de petits tout nus, mangeur de grenouilles, tueur de poissons ! Il te fera la chasse, à toi !... Maintenant, sors d'ici, ou, par le Sambhur [8] que j'ai tué — car moi je ne me nourris pas de bétail mort de faim —, tu retourneras à ta mère, tête brûlée de Jungle, plus boiteux que jamais tu ne vins au monde. Va-t'en !

Père Loup leva les yeux, stupéfait. Il ne se souve-

nait plus assez des jours où il avait conquis Mère
Louve, en loyal combat contre cinq autres loups, au
temps où, dans les expéditions du Clan, ce n'était
pas par pure politesse qu'on la nommait le Démon.
Shere Khan aurait pu tenir tête à Père Loup, mais il
ne pouvait s'attaquer à Mère Louve, car il savait
que, dans la position où il se trouvait, elle gardait
tout l'avantage du terrain et qu'elle combattrait à
mort. Aussi se recula-t-il hors de l'ouverture en
grondant ; et, quand il fut à l'air libre, il cria :

— Chaque chien aboie dans sa propre cour.
Nous verrons ce que dira le Clan, comment il
prendra cet élevage de petit d'homme. Le petit est à
moi, et sous ma dent il faudra bien qu'à la fin il
tombe, ô voleurs à queues touffues !

Mère Louve se laissa retomber, pantelante,
parmi les petits, et Père Loup lui dit gravement :

— Shere Khan a raison. Le petit doit être montré au Clan. Veux-tu encore le garder, mère ?

Elle haletait :

— Si je veux le garder !... Il est venu tout nu, la
nuit, seul et mourant de faim, et il n'avait même pas
peur. Regarde, il a déjà poussé un de nos bébés de
côté. Et ce boucher boiteux l'aurait tué et se serait
sauvé ensuite vers la Waingunga, tandis que les
villageois d'ici seraient accourus, à travers nos
reposées, faire une battue pour en tirer vengeance !... Si je le garde ? Assurément, je le garde.
Couche-toi là, petite Grenouille... O toi, Mowgli [9],
car Mowgli la Grenouille je veux t'appeler, le temps
viendra où tu feras la chasse à Shere Khan comme
il t'a fait la chasse à toi !

— Mais que dira notre Clan ? dit Père Loup.

La Loi de la Jungle établit très clairement que
chaque loup peut, lorsqu'il se marie, se retirer du
Clan auquel il appartient ; mais, aussitôt ses petits
assez âgés pour se tenir sur leurs pattes, il doit les
amener au Conseil du Clan, qui se réunit généralement une fois par mois à la pleine lune, afin que les
autres loups puissent reconnaître leur identité.

Après cet examen, les petits sont libres de courir où il leur plaît, et, jusqu'à ce qu'ils aient tué leur premier daim, il n'est pas d'excuse valable pour un loup adulte et du même Clan qui tuerait l'un d'eux. Comme châtiment, c'est la mort pour le meurtrier où qu'on le trouve, et, si vous réfléchissez une minute, vous verrez qu'il en doit être ainsi.

Père Loup attendit jusqu'à ce que ses petits pussent un peu courir, et alors, la nuit de l'assemblée, il les emmena avec Mowgli et Mère Louve au Rocher du Conseil — un sommet de colline couvert de pierres et de galets, où pouvaient s'isoler une centaine de loups. Akela [10], le grand loup gris solitaire, que sa vigueur et sa finesse avaient mis à la tête du Clan, était étendu de toute sa longueur sur sa pierre ; un peu plus bas que lui se tenaient assis plus de quarante loups de toutes tailles et de toutes robes, depuis les vétérans, couleur de blaireau, qui pouvaient, à eux seuls, se tirer d'affaire avec un daim, jusqu'aux jeunes loups noirs de trois ans, qui s'en croyaient capables. Le Solitaire était à leur tête depuis un an maintenant. Au temps de sa jeunesse, il était tombé deux fois dans un piège à loups, et une autre fois on l'avait assommé et laissé pour mort ; aussi connaissait-il les us et coutumes des hommes.

On causait fort peu sur la roche. Les petits se culbutaient l'un l'autre au centre du cercle où siégeaient leurs mères et leurs pères, et, de temps en temps, un loup plus âgé se dirigeait tranquillement vers un petit, le regardait avec attention, et regagnait sa place à pas silencieux. Parfois une mère poussait son petit en plein clair de lune pour être sûre qu'il n'avait point passé inaperçu. Akela, de son côté, criait :

— Vous connaissez la Loi, vous connaissez la Loi. Regardez bien, ô loups !

Et les mères reprenaient le cri :

— Regardez, regardez bien, ô loups !

A la fin (et Mère Louve sentit se hérisser les poils

de son cou lorsque arriva ce moment), Père Loup poussa « Mowgli la Grenouille », comme ils l'appelaient, au milieu du cercle, où il resta par terre à rire et à jouer avec les cailloux qui scintillaient dans le clair de lune.

Akela ne leva pas la tête d'entre ses pattes mais continua le cri monotone :

— Regardez bien !...

Un rugissement sourd partit de derrière les rochers — c'était la voix de Shere Khan :

— Le petit est mien. Donnez-le-moi. Le Peuple Libre, qu'a-t-il à faire d'un petit d'homme ?

Akela ne remua même pas les oreilles ; il dit simplement :

— Regardez bien, ô loups ! Le Peuple Libre, qu'a-t-il à faire des ordres de quiconque, hormis de ceux du Peuple Libre ?... Regardez bien !

Il y eut un chœur de sourds grognements, et un jeune loup de quatre ans, tourné vers Akela, répéta la question de Shere Khan :

— Le Peuple Libre, qu'a-t-il à faire d'un petit d'homme ?

Or, la Loi de la Jungle, en cas de dispute sur les droits d'un petit à l'acceptation du Clan, exige que deux membres au moins du Clan, qui ne soient ni son père ni sa mère, prennent la parole en sa faveur.

— Qui parle pour celui-ci ? dit Akela. Du Peuple Libre, qui parle ?

Il n'y eut pas de réponse, et Mère Louve s'apprêtait pour ce qui serait son dernier combat, elle le savait bien, s'il fallait en venir à combattre. Alors, le seul étranger qui soit admis au Conseil du Clan — Baloo [11], l'ours brun endormi, qui enseigne aux petits la Loi de la Jungle, le vieux Baloo, qui peut aller et venir partout où il lui plaît, parce qu'il mange uniquement des noix, des racines et du miel — se leva sur son séant et grogna :

— Le Petit d'Homme... le Petit d'Homme ?... dit-il. C'est moi qui parle pour le Petit d'Homme. Il n'y a pas de mal dans un petit d'homme. Je n'ai pas le don de la parole, mais je dis la vérité. Laissez-le courir avec le Clan, et qu'on l'enrôle parmi les autres. C'est moi-même qui lui donnerai des leçons.

— Nous avons encore besoin de quelqu'un d'autre, dit Akela. Baloo a parlé, et c'est lui qui enseigne nos petits. Qui parle avec Baloo ?

Une ombre tomba au milieu du cercle. C'était Bagheera [12], la panthère noire. Sa robe est tout entière noire comme l'encre, mais les marques de la panthère y affleurent, sous certaines clartés, comme font les reflets de la moire. Chacun connaissait Bagheera, et personne ne se souciait d'aller à l'encontre de ses desseins, car Tabaqui est moins rusé, le buffle sauvage moins téméraire, et moins redoutable l'éléphant blessé. Mais sa voix était plus suave que le miel agreste, qui tombe goutte à goutte des arbres, et sa peau plus douce que le duvet.

— O Akela, et toi, Peuple Libre, ronronna sa voix persuasive, je n'ai nul droit dans votre assemblée. Mais la Loi de la Jungle dit que, s'il s'élève un doute dans une affaire, en dehors d'une question de meurtre, à propos d'un nouveau petit, la vie de ce petit peut être rachetée moyennant un prix. Et la Loi ne dit pas qui a droit ou non de payer ce prix. Ai-je raison ?

— Très bien ! très bien, firent les jeunes loups, qui ont toujours faim. Ecoutons Bagheera. Le petit peut être racheté. C'est la Loi.

— Sachant que je n'ai nul droit de parler ici, je demande votre assentiment.

— Parle donc ! crièrent vingt voix.

— Tuer un petit nu est une honte. En outre, il pourra nous aider à chasser mieux quand il sera d'âge. Baloo a parlé en sa faveur. Maintenant, aux paroles de Baloo, j'ajouterai l'offre d'un taureau, d'un taureau gras, fraîchement tué à un demi-mille d'ici à peine, si vous acceptez le Petit d'Homme conformément à la Loi. Y a-t-il une difficulté ?

Il s'éleva une clameur de voix mêlées, parlant ensemble :

— Qu'importe ! Il mourra sous les pluies de l'hiver ; il sera grillé par le soleil... Quel mal peut nous faire une grenouille nue ?... Qu'il coure avec le Clan !... Où est le taureau, Bagheera ?... Nous acceptons.

Et alors revint l'aboiement profond d'Akela.

— Regardez bien... regardez bien, ô loups !

Mowgli continuait à s'intéresser aux cailloux ; il ne daigna prêter aucune attention aux loups qui vinrent un à un l'examiner.

A la fin, ils descendirent tous la colline, à la recherche du taureau mort, et seuls restèrent Akela, Bagheera, Baloo et les loups de Mowgli.

Shere Khan rugissait encore dans la nuit, car il était fort en colère que Mowgli ne lui eût pas été livré.

— Oui, tu peux rugir, dit Bagheera avec ses moustaches ; car le temps viendra où cette petite chose nue te fera rugir sur un autre ton, ou je ne sais rien de l'homme.

— Nous avons bien fait, dit Akela : les hommes et leurs petits sont gens très avisés. Le moment venu, il pourra se rendre utile.

— C'est vrai, dit Bagheera ; le moment venu, qui sait ? on aura besoin de lui : car personne ne peut compter mener le Clan toujours !

Akela ne répondit rien. Il pensait au temps qui vient pour chaque chef de Clan, où sa force l'abandonne et où, plus affaibli de jour en jour, il est tué à la fin par les loups et remplacé par un nouveau chef, tué plus tard à son tour.

— Emmenez-le, dit-il à Père Loup, et dressez-le comme il sied à un membre du Peuple Libre.

Et c'est ainsi que Mowgli entra dans le Clan des Loups de Seeonee, au prix d'un taureau et pour une bonne parole de Baloo.

Maintenant, il faut vous donner la peine de sauter dix ou douze années entières, et d'imaginer seulement l'étonnante existence que Mowgli mena parmi les loups, parce que, s'il fallait l'écrire, cela remplirait je ne sais combien de livres. Il grandit avec les louveteaux, quoique, naturellement, ils fussent devenus loups quand lui-même comptait pour un enfant à peine ; et Père Loup lui enseigna sa besogne, et le sens de toutes choses dans la Jungle, jusqu'à ce que chaque frisson de l'herbe, chaque souffle de l'air chaud dans la nuit, chaque ululement des hiboux au-dessus de sa tête, chaque bruit d'écorce égratignée par la chauve-souris au repos un instant dans l'arbre, chaque saut du plus petit poisson dans la mare prit juste autant d'importance pour lui que pour un homme d'affaires son travail de bureau. Lorsqu'il n'apprenait pas, il se couchait au soleil et dormait, puis il mangeait, se rendormait ; lorsqu'il se sentait sale ou qu'il avait trop chaud, il se baignait dans les mares de la forêt, et lorsqu'il manquait de miel (Baloo lui avait dit que le miel et les noix étaient aussi bons à manger que la viande crue), il grimpait aux arbres pour en chercher, et Bagheera lui avait montré comment s'y prendre. S'allongeant sur une branche, la panthère appelait : « Viens ici, Petit Frère ! » et Mowgli commençait par grimper à la façon du *paresseux* ; mais par la suite il osa se lancer à travers les branches presque aussi hardiment que le Singe Gris.

Il prit sa place au Rocher du Conseil, lorsque le Clan s'y assemblait, et là, il découvrit qu'en regardant fixement un loup quelconque, il pouvait le forcer à baisser les yeux ; ainsi faisait-il pour s'amuser. A d'autres moments, il arrachait les longues épines du poil de ses amis, car les loups souffrent terriblement des épines et de tous les aiguillons qui se logent dans leur fourrure. Il descendait, la nuit, le versant de la montagne, vers les terres cultivées, et regardait avec une grande curiosité les villageois dans leurs huttes ; mais il se méfiait des hommes, parce que Bagheera lui avait montré une boîte car-

rée, avec une trappe, si habilement dissimulée dans
la Jungle qu'il marcha presque dessus, et lui avait
dit que c'était un piège. Ce qu'il aimait par-dessus
tout, c'était s'enfoncer avec Bagheera au chaud
cœur noir de la forêt, pour dormir tout le long de la
lourde journée, et voir, quand venait la nuit, comment Bagheera s'y prenait pour tuer : de droite, de
gauche, au caprice de sa faim, et de même faisait
Mowgli — à une exception près. Aussitôt l'enfant
en âge de comprendre, Bagheera lui dit qu'il ne
devait jamais toucher au bétail [13], parce qu'il avait
été racheté, dans le Conseil du Clan, au prix de la
vie d'un taureau.

— La Jungle t'appartient, dit Bagheera, et tu
peux y tuer tout ce que tu es assez fort pour
atteindre ; mais, en souvenir du taureau qui t'a
racheté, tu ne dois jamais tuer ni manger de bétail
jeune ou vieux. C'est la Loi de la Jungle.

Mowgli s'y conforma fidèlement.

Il grandit ainsi et devint fort comme fait à
l'accoutumée un garçon qui ne va pas à l'école et
n'a dans la vie à s'occuper de rien que de choses à
manger.

Mère Louve lui dit, une fois ou deux, que Shere
Kahn n'était pas de ceux auxquels on dût se fier, et
qu'un jour il lui faudrait tuer Shere Khan ; et sans
doute un jeune loup se fût rappelé l'avis à chaque
heure de sa vie, mais Mowgli l'oublia, parce qu'il
n'était qu'un petit garçon — et pourtant il se serait
donné à lui-même le nom de loup, s'il avait su
parler quelque langue humaine.

Shere Khan se trouvait toujours dans la Jungle,
sur le chemin de Mowgli. A mesure que le chef
Akela prenait de l'âge et perdait sa force, le tigre
boiteux s'était lié de grande amitié avec les loups
plus jeunes de la tribu, qui le suivaient pour avoir
ses restes, choses que jamais Akela n'eût permise
s'il avait osé aller jusqu'au bout de son autorité
légitime. En outre, Shere Khan les flattait : il s'éton-
nait que de si beaux jeunes chasseurs fussent satis-

faits de se laisser conduire par un loup moribond et
par un petit d'homme.

— On me raconte, disait Shere Khan, que vous
autres, au Conseil, vous n'osez pas le regarder entre
les yeux !

Et les jeunes loups grondaient, en hérissant leur
échine.

Bagheera, qui avait les yeux et les oreilles partout
à la fois, eut vent de quelque chose, et, une fois ou
deux, expliqua nettement à Mowgli que Shere
Khan le tuerait un beau jour. Et Mowgli riait, et
répondait :

— J'ai pour moi le Clan, j'ai toi... et Baloo, tout
paresseux qu'il est, donnerait bien un coup de patte
ou deux en mon honneur. Pourquoi donc
craindre ?

Ce fut un jour de grande chaleur qu'une idée,
née de quelque propos entendu, se forma dans le
cerveau de Bagheera. Peut-être était-ce Sahi [14], le
Porc-Épic, qui lui avait parlé de la chose. En tout
cas, s'adressant à Mowgli, un soir, au plus profond
de la Jungle, comme l'enfant couché reposait sa tête
sur le beau pelage noir de la panthère :

— Petit Frère, combien de fois t'ai-je averti que
Shere Khan est ton ennemi ?

— Autant de fois qu'il y a de baies sur cette
palme ! déclara Mowgli, qui, bien entendu, ne
savait pas compter. Et puis après ?... J'ai sommeil,
Bagheera, et Shere Khan est tout queue et tout
cris... comme Mor, le paon.

— Mais il n'est plus temps de dormir, Baloo le
sait, je le sais aussi, tout le Clan le sait, et même ces
stupides, ces sots de daims le savent... Tabaqui te
l'a dit lui-même...

— Oh ! oh ! dit Mowgli, Tabaqui est venu à moi,
il n'y a pas longtemps, me raconter je ne sais plus
quelle impertinente histoire : j'étais un petit
d'homme, un petit tout nu, pas même bon à déter-
rer des racines... Mais j'ai pris Tabaqui par la
queue et l'ai cogné à deux reprises contre un pal-
mier pour lui apprendre de meilleures manières.

— C'était une sottise, car Tabaqui a beau être un faiseur de ragots, il n'en voulait pas moins te parler d'une chose qui te touche de près. Ouvre donc ces yeux-là, Petit Frère. Shere Khan n'ose pas te tuer dans la Jungle ; mais rappelle-toi bien qu'Akela est très vieux, que bientôt viendra le jour où il ne pourra plus tuer son chevreuil, et qu'alors il ne conduira plus le Clan. Beaucoup des loups qui t'examinèrent, quand tu fus présenté au Conseil, sont vieux maintenant, eux aussi, et les jeunes loups pensent — Shere Khan leur a fait la leçon — qu'un petit d'homme n'est pas à sa place dans le Clan. Bientôt tu seras un homme...

— Eh ! qu'est-ce donc qu'un homme qui ne court pas avec ses frères ? dit Mowgli. Je suis né dans la Jungle, j'ai gardé la Loi de la Jungle, et il n'y a pas un de nos loups des pattes duquel je n'aie tiré une épine. Ils sont bien mes frères !

Bagheera s'étendit de toute sa longueur, et ferma les yeux à demi.

— Petit Frère, mets ta main sous ma mâchoire.

Mowgli avança sa forte main brune, et, juste sous le menton soyeux de Bagheera, où les formidables muscles roulaient dissimulés dans la fourrure lustrée, il sentit une petite place nue.

— Il n'y a personne dans la Jungle qui sache que moi, Bagheera, je porte cette marque... la marque du collier ; et pourtant, Petit Frère, je naquis parmi les hommes, et c'est parmi les hommes que ma mère mourut, dans les cages du palais royal, à Oodeypore [15]. C'est à cause de cela que j'ai payé le prix au Conseil, quand tu étais un pauvre petit tout nu. Oui, moi aussi, je naquis parmi les hommes. Je n'avais jamais vu la Jungle. On me nourrissait derrière des barreaux dans une marmite de fer ; mais une nuit je sentis que j'étais Bagheera — la Panthère — et non pas un jouet pour les hommes ; je brisai la misérable serrure d'un coup de patte, et m'en allai. Puis, comme j'avais appris les manières des hommes, je devins plus terrible dans la Jungle que Shere Khan, n'est-il pas vrai ?

— Oui, dit Mowgli, toute la Jungle craint Bagheera... toute la Jungle, sauf Mowgli.

— Oh ! toi, tu es un petit d'homme ! dit la Panthère Noire avec une infinie tendresse ; et de même que je suis retournée à ma jungle, ainsi tu dois à la fin retourner aux hommes, aux hommes qui sont tes frères... si tu n'es point d'abord tué au Conseil !

— Mais pourquoi, pourquoi quelqu'un désirait-il me tuer ? répliqua Mowgli.

— Regarde-moi, dit Bagheera.

Et Mowgli regarda fixement, entre ses yeux. La grande panthère tourna la tête au bout d'une demi-minute.

— Voilà pourquoi ! dit Bagheera, en croisant ses pattes sur les feuilles. Moi-même je ne peux te regarder entre les yeux, et pourtant je naquis parmi les hommes, et je t'aime, Petit Frère. Les autres, ils te haïssent parce que leurs yeux ne peuvent soutenir les tiens, parce que tu es sage, parce que tu as tiré de leurs pieds les épines... parce que tu es un homme.

— Je ne savais pas ces choses, dit Mowgli d'un ton boudeur.

Et il fronça ses lourds sourcils noirs.

— Qu'est-ce que la Loi de la Jungle ? Frappe d'abord, puis donne de la voix. A ton insouciance même, ils voient que tu es un homme. Mais sois prudent. J'ai au cœur une certitude : la première fois que le vieil Akela manquera sa proie — et chaque jour il a plus de peine à agrafer son chevreuil — le Clan se tournera contre lui et contre toi. Ils tiendront une assemblée sur le Rocher, et alors... et alors... J'y suis ! dit Bagheera en se levant d'un bond. Descends vite aux huttes des hommes dans la vallée, et prends-y un peu de la Fleur Rouge qu'ils y font pousser ; ainsi, le moment venu, auras-tu un allié plus fort même que moi ou Baloo ou ceux de la tribu qui t'aiment. Va chercher la Fleur Rouge.

Par Fleur Rouge, Bagheera voulait dire *du feu*.

Mais aucune créature de la Jungle n'appelait le feu par son vrai nom. Chaque bête en éprouve, toute sa vie, une crainte mortelle, et invente cent manières de le décrire sans le nommer.

— La Fleur Rouge ! dit Mowgli. Cela pousse au crépuscule auprès de leurs huttes. J'irai la chercher.

— Voilà bien le Petit d'Homme qui parle ! dit Bagheera avec orgueil. Rappelle-toi qu'elle pousse dans de petits pots. Prends-en un rapidement, et garde-le avec toi pour le moment où tu en auras besoin.

— Bon, dit Mowgli, j'y vais. Mais as-tu la certitude, ô Bagheera que j'aime ! — il passa son bras autour du cou splendide, et plongea son regard au fond des grands yeux — que tout cela soit l'œuvre de Shere Khan ?

— Par la Serrure Brisée qui me délivra, j'en ai la certitude, Petit Frère !

— Alors, par le Taureau qui me racheta, je payerai à Shere Khan ce que je lui dois, honnêtement ! Il se peut même qu'il reçoive un peu plus que son dû.

Et Mowgli partit d'un bond.

— Voilà l'homme ! Voilà bien l'homme, murmura la Panthère en se recouchant. Oh ! Shere Khan, tu n'as jamais fait chasse plus dangereuse que cette chasse à la grenouille, il y a dix ans !

Mowgli était déjà loin parmi la forêt, trottant ferme, et il sentait son cœur tout chaud dans sa poitrine. Il arriva à la caverne au moment où montait le brouillard du soir, reprit haleine et regarda en bas, dans la vallée. Les jeunes loups étaient dehors, mais la mère, au fond de la caverne, comprit, au bruit du souffle de Mowgli, qu'un souci troublait sa Grenouille.

— Qu'y a-t-il, fils ? dit-elle.

— Des potins de chauves-souris à propos de Shere Khan ! répondit-il. Je chasse en terre de labour, ce soir.

Il plongea dans les broussailles pour gagner le cours d'eau, tout au fond de la vallée. Là, il s'arrêta, car, au milieu des cris du Clan en chasse, il entendit meugler un *Sambhur* traqué, le râle de la bête aux abois. Puis montèrent des hurlements de dérision et de malignité ; c'étaient les jeunes loups.

— Akela ! Akela ! Que le Solitaire montre sa force !... Place au chef du Clan ! Saute, Akela !

Le Solitaire dut sauter et manquer sa prise, car Mowgli entendit le claquement de ses mâchoires et un glapissement lorsque le *Sambhur*, avec son pied de devant, le culbuta. Il ne resta pas à en écouter davantage, mais s'élança en avant ; et les cris s'affaiblirent derrière lui à mesure qu'il se hâtait vers les terres cultivées où demeuraient les villageois.

— Bagheera disait vrai ! souffla-t-il, en se nichant parmi le fourrage amoncelé sous la fenêtre d'une hutte. Demain, c'est le jour d'Akela et le mien.

Alors, il appliqua son visage contre la fenêtre et considéra le feu sur l'âtre ; il vit la femme du laboureur se lever pendant la nuit et nourrir la flamme avec des mottes noires ; et quand vint le matin, à l'heure où blanchit la brume froide, il vit l'enfant de l'homme prendre une corbeille d'osier garnie de terre à l'intérieur, l'emplir de charbons rouges, l'enrouler dans sa couverture, et s'en aller garder les vaches.

— N'est-ce que cela ? dit Mowgli. Si un enfant peut le faire, je n'ai rien à craindre.

Il tourna le coin de la maison, rencontra le garçon nez à nez, lui arracha le feu des mains et disparut dans le brouillard, tandis que l'autre hurlait de frayeur.

— Ils sont tout à fait pareils à moi ! dit Mowgli en soufflant sur le pot de braise, comme il l'avait vu faire à la femme. Cette chose mourra si je ne lui donne rien à manger...

Et il jeta quelques brindilles et des morceaux d'écorce sèche sur la chose rouge. A moitié chemin de la colline, il rencontra Bagheera ; la rosée du matin brillait sur sa fourrure comme des pierres de lune.

— Akela a manqué son coup, dit la Panthère. Ils l'auraient tué la nuit dernière, mais ils te voulaient aussi. Ils t'ont cherché sur la colline.

— J'étais en terre de labour. Je suis prêt. Vois.

Mowgli lui tendit le pot plein de feu.

— Bien !... A présent j'ai vu les hommes jeter une branche sèche dans cette chose, et aussitôt la Fleur Rouge s'épanouissait au bout... Est-ce que tu n'as pas peur ?

— Non. Pourquoi aurais-je peur ? Je me rappelle maintenant... si ce n'est pas un rêve... qu'avant d'être un loup je me couchais près de la Fleur Rouge, et qu'il y faisait chaud et bon.

Tout ce jour-là, Mowgli resta assis dans la caverne, veillant sur son pot de braises et y enfonçant des branches sèches pour voir comment elles brûlaient. Il chercha et trouva une branche qui lui parut à souhait, et, le soir, quand Tabaqui vint à la caverne lui dire assez insolemment qu'on le mandait au Rocher du Conseil, il se mit à rire jusqu'à ce que Tabaqui s'enfuît. Et Mowgli se rendit au Conseil, toujours riant.

Akela le Solitaire se tenait couché à côté de sa pierre pour montrer que sa succession était ouverte, et Shere Khan, avec sa suite de loups nourris de restes, se promenait de long en large, objet de visibles flatteries. Bagheera vautrait son corps souple aux côtés de Mowgli, et l'enfant serrait le pot de braises entre ses genoux. Lorsqu'ils furent tous rassemblés, Shere Khan prit la parole — ce qu'il n'aurait jamais osé faire aux beaux jours d'Akela.

— Il n'a pas le droit, murmura Bagheera. Dis-le. C'est un fils de chien. Il aura peur.

Mowgli sauta sur ses pieds.

— Peuple Libre, s'écria-t-il, Shere Khan est-il donc notre chef ?... Qu'est-ce qu'un tigre peut avoir à faire avec la direction du Clan ?

— A cause de la succession ouverte, et comme on m'avait prié de parler... commença Shere Khan.

— Qui t'en avait prié ? fit Mowgli. Sommes-nous tous des chacals pour flagorner ce boucher ? La direction du Clan regarde le Clan seul.

Il y eut des hurlements :

— Silence, toi, Petit d'Homme !

— Laissez-le parler. Il a gardé notre Loi !

Et, à la fin, les anciens du Clan tonnèrent :

— Laissez parler le Loup Mort !

Lorsqu'un chef de Clan a manqué sa proie, on l'appelle le « Loup Mort » pour le temps qui lui reste à vivre, et ce n'est guère.

Akela péniblement souleva sa vieille tête :

— Peuple Libre, et vous aussi, chacals de Shere Khan, pendant douze saisons je vous ai conduits à la chasse et vous en ai ramenés, et pendant tout ce temps, nul de vous n'a été pris au piège ni estropié. Je viens de manquer ma proie. Vous savez comment on a ourdi cette intrigue. Vous savez comment vous m'avez mené à un chevreuil non forcé, pour montrer ma faiblesse. Ce fut habilement fait. Vous avez maintenant le droit de me tuer sur le Rocher du Conseil. C'est pourquoi je demande : Qui vient achever le Solitaire ? Car c'est mon droit, de par la Loi de la Jungle, que vous veniez un par un.

Il y eut un long silence : aucun loup ne se souciait d'un duel à mort avec le Solitaire. Alors Shere Khan rugit :

— Bah ! qu'avons-nous à faire avec ce vieil édenté ? Il est condamné à mort ! C'est le Petit d'Homme qui a vécu trop longtemps. Peuple Libre, il fut ma proie dès le commencement. Donnez-le-moi. J'en ai assez de cette dérision d'homme-loup. Il a troublé la Jungle pendant dix saisons. Donnez-moi le Petit d'Homme, ou bien je chasserai toujours par ici, et ne vous laisserai pas un os. C'est un homme, un enfant d'homme, et, dans la moelle de mes os, je le hais !

Alors, plus de la moitié du Clan hurla :

— Un homme ! Un homme ! Qu'est-ce qu'un homme peut avoir à faire avec nous ? Qu'il s'en aille avec ses pareils !

— C'est cela ! Pour tourner contre nous tout le peuple des villages ? vociféra Shere Khan. Non, non, donnez-le-moi. C'est un homme, et nul de nous ne peut le fixer dans les yeux.

Akela dressa de nouveau la tête, et dit :

— Il a partagé notre curée. Il a dormi avec nous. Il a rabattu le gibier pour nous. Il n'a pas enfreint un seul mot de la Loi de la Jungle !

— Et moi, je l'ai payé le prix d'un taureau, lorsqu'il fut accepté : un taureau, c'est peu de chose ; mais l'honneur de Bagheera vaut peut-être une bataille ! dit Bagheera de sa voix la plus onctueuse.

— Un taureau payé voilà dix ans ! grogna l'assemblée. Que nous importent des os qui ont dix ans !

— Et un serment ? fit Bagheera en relevant sa lèvre sur ses dents blanches. Ah ! on fait bien de vous nommer le Peuple Libre !

— Nul petit d'homme ne doit courir avec le Peuple de la Jungle ! rugit Shere Khan. Donnez-le-moi !

— Il est notre frère en tout, sauf par le sang, poursuivit Akela ; et vous le tueriez ici !... En vérité, j'ai vécu trop longtemps. Quelques-uns d'entre vous sont des mangeurs de bétail, et j'ai entendu dire que d'autres, suivant les leçons de Shere Khan, vont par la nuit noire enlever des enfants aux seuils des villageois. Donc je sais que vous êtes lâches, et c'est à des lâches que je parle. Il est certain que je dois mourir, et ma vie ne vaut plus grand-chose ; autrement, je l'offrirais pour celle du Petit d'Homme. Mais, afin de sauver l'honneur du Clan... presque rien, apparemment, qu'à force de vivre sans chef vous avez oublié... je m'engage, si vous laissez le Petit d'Homme retourner chez les siens, à ne pas montrer une dent lorsque le moment sera venu pour moi de mourir. Je mourrai sans me défendre. Le Clan y gagnera au moins trois existences. Je ne puis faire plus ; mais, si vous consentez, je puis vous épargner la honte de tuer un frère auquel on ne saurait reprocher aucun tort... un frère qui fut réclamé, acheté, pour être admis dans le Clan, suivant la Loi de la Jungle.

— C'est un homme !... un homme !... un homme ! gronda l'assemblée.

Et la plupart des loups firent mine de se grouper autour de Shere Khan, dont la queue se mit à fouailler les flancs.

— A présent, l'affaire est en tes mains ! dit Bagheera à Mowgli. Nous autres, nous ne pouvons plus rien que nous battre.

Mowgli se leva, le pot de braises dans les mains. Puis il s'étira et bâilla au nez du Conseil ; mais il était plein de rage et de chagrin, car, en loups qu'ils étaient, ils ne lui avaient jamais dit combien ils le haïssaient.

— Ecoutez ! Il n'y a pas besoin de criailler comme des chiens. Vous m'avez dit trop souvent, cette nuit, que je suis un homme (et cependant je serais resté un loup, avec vous, jusqu'à la fin de ma vie) ; je sens la vérité de vos paroles. Aussi, je ne vous appelle plus mes frères, mais *sag* (chiens), comme vous appellerait un homme... Ce que vous ferez, et ce que vous ne ferez pas, ce n'est pas à vous de le dire. C'est moi que cela regarde ; et afin que nous puissions tirer la chose au clair, moi, l'homme, j'ai apporté ici un peu de la Fleur Rouge que vous, chiens, vous craignez.

Il jeta le pot sur le sol, et quelques charbons rouges allumèrent une touffe de mousse sèche qui flamba, tandis que tout le Conseil reculait de terreur devant les sauts de la flamme.

Mowgli enfonça la branche morte dans le feu jusqu'à ce qu'il vît des brindilles se tordre et crépiter, puis il la fit tournoyer au-dessus de sa tête au milieu des loups qui rampaient de terreur.

— Tu es le maître ! dit Bagheera à voix basse. Sauve Akela de la mort. Il a toujours été ton ami.

Akela, le vieux loup farouche, qui n'avait jamais imploré de merci dans sa vie, jeta un regard suppliant à Mowgli, debout près de lui, tout nu, sa longue chevelure noire flottant sur les épaules, dans la lumière de la branche flamboyante qui faisait danser et vaciller les ombres.

— Bien ! dit Mowgli, en promenant avec lenteur un regard circulaire. Je vois que vous êtes des chiens. Je vous quitte pour retourner à mes pareils... si vraiment ils sont mes pareils... La Jungle m'est fermée, je dois oublier votre langue et votre compagnie ; mais je serai plus miséricordieux que vous : parce que j'ai été votre frère en tout, sauf par le sang, je promets, lorsque je serai un homme parmi les hommes, de ne pas vous trahir auprès d'eux comme vous m'avez trahi.

Il donna un coup de pied dans le feu, et les étincelles volèrent.

— Il n'y aura point de guerre entre aucun de nous dans le Clan. Mais il y a une dette qu'il me faut payer avant de partir.

Il marcha à grands pas vers l'endroit où Shere Khan couché clignait de l'œil stupidement aux flammes, et le prit, par la touffe de poils, sous le menton. Bagheera suivait, en cas d'accident.

— Debout, chien ! cria Mowgli. Debout quand un homme parle, ou je mets le feu à ta robe !

Les oreilles de Shere Khan s'aplatirent sur sa tête, et il ferma les yeux, car la branche flamboyante était tout près de lui.

— Cet égorgeur de bétail a dit qu'il me tuerait en plein Conseil, parce qu'il ne m'avait pas tué quand j'étais petit. Voici... et voilà... comment nous, les hommes, nous battons les chiens. Remue seulement une moustache, Lungri, et je t'enfonce la Fleur Rouge dans la gorge !

Il frappa Shere Khan de sa branche sur la tête, tandis que le tigre geignait et pleurnichait en une agonie d'épouvante.

— Peuh ! chat de jungle roussi, va-t'en, maintenant, mais souviens-toi de mes paroles : la première fois que je reviendrai au Rocher du Conseil, comme il sied que vienne un homme, ce sera coiffé de la peau de Shere Khan. Quant au reste, Akela est libre de vivre comme il lui plaît. Vous ne le tuerez pas, parce que je le défends. J'ai idée, d'ailleurs, que vous n'allez pas rester ici plus longtemps, à laisser pendre vos langues comme si vous étiez quelqu'un, au lieu d'être des chiens que je chasse... ainsi... Allez !

Le feu brûlait furieusement au bout de la branche, et Mowgli frappait de droite et de gauche autour du cercle, et les loups s'enfuyaient en hurlant sous les étincelles qui brûlaient leur fourrure. A la fin, il ne resta plus que le vieil Akela, Bagheera et peut-être dix loups qui avaient pris le parti de Mowgli. Alors, Mowgli commença de sentir quelque chose de douloureux au fond de lui-même, quelque chose qu'il ne se rappelait pas avoir jamais senti jusqu'à ce jour ; il reprit haleine et sanglota, et les larmes coulèrent sur son visage.

— Qu'est-ce que c'est ? Qu'est-ce que c'est ? dit-il. Je n'ai pas envie de quitter la Jungle... et je ne sais pas ce que j'ai. Vais-je mourir, Bagheera ?

— Non, Petit Frère. Ce ne sont que des larmes, comme il arrive aux hommes, dit Bagheera. Maintenant, je vois que tu es un homme, et non plus un petit d'homme. Oui, la Jungle t'est bien fermée désormais... Laisse-les couler, Mowgli. Ce sont seulement des larmes.

Alors Mowgli s'assit et pleura comme si son cœur allait se briser ; il n'avait jamais pleuré auparavant, de toute sa vie.

— A présent, dit-il, je vais aller vers les hommes. Mais d'abord il faut que je dise adieu à ma mère.

Et il se rendit à la caverne où elle habitait avec Père Loup, et il pleura dans sa fourrure, tandis que les autres petits hurlaient misérablement.

— Vous ne m'oublierez pas, dit Mowgli.

— Jamais, tant que nous pourrons suivre une piste ! dirent les petits. Viens au pied de la colline quand tu seras un homme, et nous te parlerons ; et nous viendrons dans les labours pour jouer avec toi la nuit.

— Reviens bientôt ! dit Père Loup. O sage petite Grenouille, reviens-nous bientôt, car nous sommes vieux, ta mère et moi.

— Reviens bientôt ! dit Mère Louve, mon petit tout nu ; car, écoute, enfant de l'homme, je t'aimais plus que je n'ai jamais aimé les miens.

— Je reviendrai sûrement, dit Mowgli ; et quand je reviendrai, ce sera pour étaler la peau de Shere Khan sur le Rocher du Conseil. Ne m'oubliez pas ! Dites-leur, dans la Jungle, de ne jamais m'oublier !

L'aurore commençait à poindre quand Mowgli descendit la colline tout seul, en route vers ces êtres mystérieux qu'on appelle les hommes.

CHANSON DE CHASSE
DU CLAN DE SEEONEE

A la pointe de l'aube, un Sambhur meugla —
Un, deux, puis encore !
Un daim bondit, un daim bondit à travers
Les taillis de la mare où boivent les cerfs.
Moi seul, battant le bois, j'ai vu cela —
Un, deux, puis encore !

A la pointe de l'aube un Sambhur meugla —
Un, deux, puis encore !
A pas de veloux, à pas de veloux,
Va porter la nouvelle au clan des loups,
Cherchez, trouvez, et puis de la gorge tous !
Un, deux, puis encore !

A la pointe de l'aube le clan hurla —
Un, deux, puis encore !
Pied qui, sans laisser la marque, fuit,
Œil qui sait percer la nuit — la nuit !
Donnez de la voix ! Ecoutez le bruit !
Un, deux, puis encore !

LA CHASSE DE KAA [1]

Ses taches sont l'orgueil du léopard, ses cornes du buffle sont
  l'honneur —
Sois net, car à l'éclat de la robe on connaît la force du chasseur.
Que le sambhur ait la corne aiguë, et le taureau les muscles puis-
  sants —
Ne prends pas le soin de nous l'apprendre : on savait cela depuis
  dix ans.
Ne moleste jamais les petits d'autrui, mais nomme-les Sœur et
  Frère —
Sans doute ils sont faibles et balourds, mais peut-être que l'Ourse
  est leur mère.
La jeunesse dit : « Qui donc me vaut ! » en l'orgueil de son premier
  gibier —
Mais la Jungle est grande et le jeune est petit. Il doit se taire et
  méditer.

MAXIMES DE BALOO.

Tout ce que nous allons dire ici arriva quelque
temps avant que Mowgli eût été banni du Clan des
Loups de Seeonee, ou se fût vengé de Shere Khan,
le Tigre.

En ces jours-là, Baloo lui enseignait la Loi de la
Jungle. Le grand Ours brun, vieux et grave, se
réjouissait d'un élève à l'intelligence si prompte ;
car les jeunes loups ne veulent apprendre de la Loi
de la Jungle que ce qui concerne leur Clan et leur
tribu, et décampent dès qu'ils peuvent répéter le
refrain de chasse : « Pieds qui ne font pas de bruit ;
yeux qui voient dans l'ombre ; oreilles tendues au
vent, du fond des cavernes, et dents blanches pour

mordre : qui porte ces signes est de nos frères, sauf Tabaqui le Chacal et l'Hyène, que nous haïssons. » Mais Mowgli, comme petit d'homme, en dut apprendre bien plus long.

Quelquefois Bagheera, la Panthère Noire, venait en flânant au travers de la Jungle, voir ce que devenait son favori, et restait à ronronner, la tête contre un arbre, pendant que Mowgli récitait à Baloo la leçon du jour. L'enfant savait grimper presque aussi bien qu'il savait nager, et nager presque aussi bien qu'il savait courir ; aussi Baloo, le Docteur de la Loi, lui apprenait-il les Lois des Bois et des Eaux : à distinguer une branche pourrie d'une branche saine ; à parler poliment aux abeilles sauvages quand il rencontrait par surprise un de leurs essaims à cinquante pieds au-dessus du sol ; les paroles à dire à Mang, la Chauve-Souris, quand il la dérangeait dans les branches au milieu du jour ; et la façon d'avertir les serpents d'eau dans les mares avant de plonger au milieu d'eux. Dans la Jungle, personne n'aime à être dérangé, et on y est toujours prêt à se jeter sur l'intrus.

En outre, Mowgli apprit également le cri de chasse de l'Etranger, qu'un habitant de la Jungle, toutes les fois qu'il chasse hors de son terrain, doit répéter à voix haute jusqu'à ce qu'il ait reçu réponse. Traduit, il signifie : « Donnez-moi liberté de chasser ici, j'ai faim » ; la réponse est : « Chasse donc pour ta faim, mais non pour ton plaisir. »

Tout cela vous donnera une idée de ce qu'il fallait à Mowgli apprendre par cœur, et il se fatiguait beaucoup d'avoir à répéter cent fois la même chose. Mais, comme Baloo le disait à Bagheera, un jour que Mowgli avait reçu la correction d'un coup de patte et s'en était allé bouder :

— Un petit d'homme est un petit d'homme, et il doit apprendre toute... tu entends bien, toute la Loi de la Jungle.

— Oui, mais pense combien il est petit, dit la Panthère Noire, qui aurait gâté Mowgli si elle avait

fait à sa guise. Comment sa petite tête peut-elle
garder tous tes longs discours ?

— Y a-t-il quelque chose dans la Jungle de trop
petit pour être tué ? Non, c'est pourquoi je lui
enseigne ces choses, et c'est pourquoi je le corrige,
oh ! très doucement, lorsqu'il oublie.

— Doucement ! Tu t'y connais, en douceur,
vieux Pied de fer, grogna Bagheera. Elle lui a joliment meurtri le visage, aujourd'hui, ta... douceur.
Fi !

— J'aime mieux le voir meurtri de la tête aux
pieds par moi qui l'aime, que mésaventure lui survenir à cause de son ignorance, répondit Baloo avec
beaucoup de chaleur. Je suis en train de lui
apprendre les Maîtres Mots de la Jungle appelés à
le protéger auprès des oiseaux, du Peuple Serpent,
et de tout ce qui chasse sur quatre pieds, sauf son
propre Clan. Il peut maintenant, s'il veut seulement
se rappeler les mots, se réclamer de toute la Jungle.
Est-ce que cela ne vaut pas une petite correction ?

— Eh bien ! en tout cas, prends garde à ne me
point tuer mon Petit d'Homme. Ce n'est pas un
tronc d'arbre bon à aiguiser tes griffes émoussées.
Mais quels sont ces Maîtres Mots ? Il me convient
plutôt d'accorder aide que d'en demander. (Bagheera étira une de ses pattes pour en admirer les
griffes, dont l'acier bleu s'aiguisait au bout comme
un ciseau à froid.) Toutefois, j'aimerais savoir.

— Je vais appeler Mowgli pour qu'il te les dise,
s'il est disposé. Viens, Petit Frère !

— Ma tête sonne comme un arbre à frelons, dit
une petite voix maussade au-dessus de leurs têtes.

Et Mowgli se laissa glisser le long d'un tronc
d'arbre. Il avait la mine fâchée, et ce fut avec
pétulance qu'au moment de toucher le sol il ajouta :

— Je viens pour Bagheera et non pour toi, vieux
Baloo.

— Peu m'importe, dit Baloo, froissé et peiné.
Répète alors à Bagheera les Maîtres Mots de la
Jungle, que je t'ai appris aujourd'hui.

— Les Maîtres Mots pour quel peuple ? demanda Mowgli, charmé de se faire valoir. La Jungle a beaucoup de langues, et moi je les connais toutes.

— Tu sais quelque chose, mais pas beaucoup. Vois, Bagheera, ils ne remercient jamais leur maître. Jamais le moindre louveteau vint-il remercier le vieux Baloo de ses leçons ?... Dis le mot pour les Peuples Chasseurs, alors... grand savant.

— Nous sommes du même sang, vous et moi, dit Mowgli en donnant aux mots l'accent ours dont se sert tout le Peuple Chasseur.

— Bien... Maintenant, pour les oiseaux.

Mowgli répéta, en ajoutant le cri du vautour à la fin de la phrase.

— Maintenant, pour le Peuple Serpent, dit Bagheera.

La réponse fut un sifflement tout à fait indescriptible, après quoi Mowgli se donna du pied dans le derrière, battit des mains pour s'applaudir lui-même, et sauta sur le dos de Bagheera, où il s'assit de côté, pour jouer du tambour avec ses talons sur le pelage luisant, et faire à Baloo les plus affreuses grimaces qu'il pût imaginer.

— Là... là ! Cela valait bien une petite correction, dit avec tendresse l'Ours brun. Un jour peut-être tu m'en sauras gré.

Puis il se retourna pour dire à Bagheera comment l'enfant avait appris les Maîtres Mots de Hathi [2], l'Eléphant sauvage, qui sait tout ce qui a rapport à ces choses, et comment Hathi avait mené Mowgli à une mare pour apprendre d'un serpent d'eau le mot des Serpents, que Baloo ne pouvait prononcer ; et comment Mowgli se trouvait maintenant suffisamment garanti contre tous accidents possibles dans la Jungle, parce que ni serpent, ni oiseau, ni bête à quatre pattes ne lui ferait de mal.

— Personne n'est donc à craindre, conclut Baloo, en caressant avec orgueil son gros ventre fourré.

— Sauf ceux de sa propre tribu, dit à voix basse Bagheera.

Puis, tout haut, s'adressant à Mowgli :

— Fais attention à mes côtes, Petit Frère ; qu'as-tu donc à danser ainsi ?

Mowgli, voulant se faire entendre, tirait à pleines poignées sur l'épaule de Bagheera, et lui administrait de vigoureux coups de pied. Quand, enfin, tous deux prêtèrent l'oreille, il cria très fort :

— Moi aussi, j'aurai une tribu à moi, une tribu à conduire à travers les branches toute la journée.

— Quelle est cette nouvelle folie, petit songeur de chimères ? dit Bagheera.

— Oui, et pour jeter des branches et de la crotte au vieux Baloo, continua Mowgli. Ils me l'ont promis. Ah !

— *Whoof !*

La grosse patte de Baloo jeta Mowgli à bas du dos de Bagheera, et l'enfant, tombé en boule entre les grosses pattes de devant, put voir que l'Ours était en colère.

— Mowgli, dit Baloo, tu as parlé aux Bandar-log [3], le Peuple Singe.

Mowgli regarda Bagheera pour voir si la Panthère se fâchait aussi : les yeux de Bagheera étaient aussi durs que des pierres de jade.

— Tu as frayé avec le Peuple Singe... les singes gris... le peuple sans loi... les mangeurs de tout. C'est une grande honte.

— Quand Baloo m'a meurtri la tête, dit Mowgli (il était encore sur le dos), je suis parti, et les singes gris sont descendus des arbres pour s'apitoyer sur moi. Personne autre ne s'en souciait.

Il se mit à pleurnicher.

— La pitié du Peuple Singe ! ronfla Baloo. Le calme du torrent de montagne ! La fraîcheur du soleil d'été !... Et alors, Petit d'Homme ?

— Et alors... alors, ils m'ont donné des noix et tout plein de bonnes choses à manger, et ils... ils m'ont emporté dans leurs bras au sommet des arbres, pour me dire que j'étais leur frère par le sang, sauf que je n'avais pas de queue, et qu'un jour je serais leur chef.

— Ils n'ont pas de chefs, dit Bagheera. Ils mentent, ils ont toujours menti.

— Ils ont été très bons, et m'ont prié de revenir. Pourquoi ne m'a-t-on jamais mené chez le Peuple Singe ? Ils se tiennent sur leurs pieds comme moi. Ils ne cognent pas avec de grosses pattes. Ils jouent toute la journée... Laissez-moi monter !... Vilain Baloo, laisse-moi monter. Je veux retourner jouer avec eux.

— Ecoute, Petit d'Homme, dit l'Ours, et sa voix gronda comme le tonnerre dans la nuit chaude. Je t'ai appris toute la Loi de la Jungle pour tous les Peuples de la Jungle... sauf le Peuple Singe, qui vit dans les arbres. Ils n'ont pas de loi. Ils n'ont pas de patrie. Ils n'ont pas de langage à eux, mais se servent de mots volés, entendus par hasard lorsqu'ils écoutent et nous épient, là-haut, à l'affût dans les branches. Leur chemin n'est pas le nôtre. Ils n'ont pas de chefs. Ils n'ont pas de mémoire. Ils se vantent et jacassent, et se donnent pour un grand peuple prêt à faire de grandes choses dans la Jungle ; mais la chute d'une noix suffit à détourner leurs idées, ils rient, et tout est oublié. Nous autres de la Jungle, nous n'avons aucun rapport avec eux. Nous ne buvons pas où boivent les singes, nous n'allons pas où vont les singes, nous ne chassons pas où ils chassent, nous ne mourons pas où ils meurent. M'as-tu jamais jusqu'à ce jour entendu parler des Bandar-log ?

— Non, dit Mowgli tout bas, car le silence était très grand dans la forêt, maintenant que Baloo avait fini de parler.

— Le Peuple de la Jungle a banni leur nom de sa bouche et de sa pensée. Ils sont nombreux, méchants, malpropres, sans pudeur, et ils désirent, autant qu'ils sont capables de fixer un désir, que le Peuple de la Jungle fasse attention à eux... Mais nous ne faisons point attention à eux, même lorsqu'ils nous jettent des noix et du bois mort sur la tête.

Il avait à peine achevé qu'une grêle de noix et de brindilles dégringola au travers du feuillage ; et on put entendre des toux, des ébrouements et des bonds irrités, très haut dans les branches.

— Le Peuple Singe est interdit, prononça Baloo, interdit auprès du Peuple de la Jungle. Souviens-t'en.

— Interdit, répéta Bagheera ; mais je pense tout de même que Baloo aurait dû te prémunir contre eux...

— Moi... Moi ? Comment aurais-je deviné qu'il irait jouer avec pareille ordure ? Le Peuple Singe ! Pouah !

Une nouvelle grêle s'abattit sur leurs têtes, et ils détalèrent au trot, emmenant Mowgli avec eux.

Ce que Baloo avait dit des singes était parfaitement vrai. Ils appartenaient aux cimes des arbres ; et, comme les bêtes regardent très rarement en l'air, l'occasion ne se présentait guère pour eux et le Peuple de la Jungle de se rencontrer ; mais, toutes les fois qu'ils trouvaient un loup malade, ou un tigre blessé, ou un ours, les singes le tourmentaient, et ils avaient coutume de jeter des bâtons et des noix à n'importe quelle bête, pour rire, et dans l'espoir qu'on les remarquerait. Puis ils criaient ou braillaient à tue-tête des chansons dénuées de sens ; et ils provoquaient le Peuple de la Jungle à grimper aux arbres pour lutter avec eux, ou bien, sans motif, s'élançaient en furieuses batailles les uns contre les autres, en prenant soin de laisser les singes morts où le Peuple de la Jungle pourrait les voir. Toujours sur le point d'avoir un chef, des lois et des coutumes à eux, ils ne s'y résolvaient jamais, leur mémoire étant incapable de rien retenir d'un jour à l'autre ; aussi arrangeaient-ils les choses au moyen d'un dicton : « Ce que les Bandar-log pensent maintenant, la Jungle le pensera plus tard »,

dont ils tiraient grand réconfort. Aucune bête ne
pouvait les atteindre, mais, d'un autre côté, aucune
bête ne faisait attention à eux, et c'est pourquoi ils
avaient été si contents d'attirer Mowgli et
d'entendre combien Baloo en ressentait d'humeur.

Ils n'avaient pas l'intention de faire davantage —
les Bandar-log n'ont jamais d'intentions — mais
l'un d'eux imagina, et l'idée lui parut lumineuse, de
dire aux autres que Mowgli serait utile à posséder
dans la tribu, parce qu'il savait entrelacer des
branches en abri contre le vent ; et que, s'ils s'en
saisissaient, ils pourraient le forcer à leur
apprendre. Mowgli, en effet, comme enfant de
bûcheron, avait hérité de toutes sortes d'instincts et
s'amusait souvent à fabriquer de petites huttes à
l'aide de branches tombées, sans savoir pourquoi ;
et le Peuple Singe, guettant dans les arbres, consi-
dérait ce jeu comme la chose la plus surprenante.
Cette fois, disaient-ils, ils allaient réellement avoir
un chef et devenir le peuple le plus sage de la
Jungle... si sage qu'ils seraient pour tous les autres
un sujet de remarque et d'envie. Aussi suivirent-ils
Baloo, Bagheera et Mowgli à travers la Jungle, fort
silencieusement, jusqu'à ce que vînt l'heure de la
sieste de midi. Alors Mowgli, très grandement honteux de lui-même, s'endormit entre la Panthère et
l'Ours, résolu à n'avoir plus rien de commun avec
le Peuple Singe.

La première chose qu'il se rappela ensuite, ce fut
une sensation de mains sur ses jambes et ses bras...
de petites mains dures et fortes... puis, de branches
lui fouettant le visage ; et son regard plongeait à
travers l'agitation des ramures, tandis que Baloo
éveillait la Jungle de ses cris profonds, et que Bagheera bondissait le long de l'arbre, tous ses crocs à
nu. Les Bandar-log hurlaient de triomphe et lut-
taient à qui tiendrait le plus vite les branches supérieures où Bagheera n'oserait les suivre, criant :

— Ils nous ont remarqués ! Bagheera nous a
remarqués ! Tout le Peuple de la Jungle nous
admire pour notre adresse et notre ruse !

Alors commença leur fuite, et la fuite du Peuple Singe au travers de la patrie des arbres est une chose que personne ne décrira jamais. Ils y ont leurs routes régulières et leurs chemins de traverse, des côtes et des descentes, tous tracés à cinquante, soixante et cent pieds au-dessus du sol, et par lesquels ils voyagent, même la nuit, s'il le faut. Deux des singes les plus forts avaient empoigné Mowgli sous les bras et volaient à travers les cimes des arbres par bonds de vingt pieds à la fois. Seuls, ils auraient avancé deux fois plus vite, mais le poids de l'enfant les retardait. Tout mal à l'aise et pris de vertige qu'il se sentît, Mowgli ne pouvait s'empêcher de jouir de cette course furieuse ; mais il frissonna d'apercevoir par éclairs le sol si loin au-dessous de lui ; et les chocs et les secousses terribles, au bout de chaque saut qui le balançait à travers le vide, lui mettaient le cœur entre les dents. Son escorte s'élançait avec lui vers le sommet d'un arbre jusqu'à ce qu'il sentît les extrêmes petites branches craquer et plier sous leur poids ; puis, avec un han ! guttural, ils se jetaient, décrivaient dans l'air une courbe descendante et se recevaient suspendus par les mains et par les pieds, aux branches basses de l'arbre voisin.

Parfois, il découvrait des milles et des milles de calme Jungle verte, de même qu'un homme au sommet d'un mât plonge à des lieues dans l'horizon de la mer ; puis, les branches et les feuilles lui cinglaient le visage, et, tout de suite après, ses deux gardes et lui descendaient presque à toucher terre de nouveau.

Ainsi, à grand renfort de bonds, de fracas, d'ahans, de hurlements, la tribu tout entière des Bandar-log filait à travers les routes des arbres avec Mowgli leur prisonnier.

D'abord, il eut peur qu'on ne le laissât tomber ; puis, il sentit monter la colère. Mais il savait l'inutilité de la lutte, et il se mit à réfléchir. La première chose à faire était d'avertir Baloo et Bagheera, car, au train où allaient les singes, il savait que ses amis seraient vite distancés. Regarder en bas, cela n'eût servi à rien, car il ne pouvait voir que le dessus des branches ; aussi dirigea-t-il ses yeux en l'air et vit-il, loin dans le bleu, Chil le Vautour en train de flâner et de tournoyer au-dessus de la Jungle qu'il surveillait dans l'attente de choses à mourir. Chil s'aperçut que des singes portaient il ne savait quoi, et se laissa choir de quelques centaines de pieds pour voir si leur fardeau était bon à manger. Il siffla de surprise quand il vit Mowgli remorqué à la cime d'un arbre et l'entendit lancer l'appel du vautour :

— Nous sommes du même sang, toi et moi.

Les vagues de branches se refermèrent sur l'enfant ; mais Chil, d'un coup d'ailes, se porta au-dessus de l'arbre suivant, assez à temps pour voir émerger de nouveau la petite face brune :

— Relève ma trace, cria Mowgli. Préviens Baloo de la tribu de Seeonee, et Bagheera du Conseil du Rocher.

— Au nom de qui, frère ?

Chil n'avait jamais vu Mowgli auparavant, bien que naturellement il eût entendu parler de lui.

— De Mowgli, la Grenouille... le Petit d'Homme... ils m'appellent !... Relève ma tra... ace !

Les derniers mots furent criés à tue-tête, tandis qu'on le balançait dans l'air ; mais Chil fit un signe d'assentiment et s'éleva en ligne perpendiculaire jusqu'à ce qu'il ne parût pas plus gros qu'un grain de sable ; alors, il resta suspendu, suivant du télescope de ses yeux le sillage dans les cimes, tandis que l'escorte de Mowgli y passait en tourbillon.

— Ils ne vont jamais loin, dit-il avec un petit rire, ils ne font jamais ce qu'ils ont projeté de faire. Toujours prêts, les Bandar-log, à donner du bec dans les nouveautés. Cette fois, si j'ai bon œil, ils ont mis le bec dans quelque chose qui leur donnera de la besogne, car Baloo n'est pas un poussin, et Bagheera peut, je le sais, tuer mieux que des chèvres.

Là-dessus, il se berça sur ses ailes, les pattes ramenées sous le ventre, et attendit.

Pendant ce temps, Baloo et Bagheera se dévoraient de chagrin et de rage. Bagheera grimpait comme jamais de sa vie auparavant, mais les branches minces se brisaient sous le poids de son corps, qui glissait jusqu'en bas, de l'écorce plein les griffes.

— Pourquoi n'as-tu pas averti le Petit d'Homme ? rugissait le félin aux oreilles du pauvre Baloo, qui s'était mis en route, de son trot massif, dans l'espoir de rattraper les singes. Quelle utilité de le rouer de coups, si tu ne l'avais pas prévenu ?

— Vite !... Ah, vite !... Nous... pouvons encore les rattraper ! haletait Baloo.

— A ce pas !... Il ne forcerait pas une vache blessée. Docteur de la Loi... frappeur d'enfants... un mille à rouler et à tanguer de la sorte, et tu éclaterais. Assieds-toi tranquille et réfléchis ! Fais un plan ; ce n'est pas le moment de leur donner la chasse. Ils pourraient le laisser tomber, si nous les serrions de trop près.

— *Arrula ! Whoo !...* Ils l'ont peut-être laissé tomber déjà, fatigués de le porter. Qui peut se fier aux Bandar-log ?... Qu'on me mette des chauves-souris mortes sur la tête !... Qu'on me donne des os noirs à ronger !... Qu'on me roule dans les ruches des abeilles sauvages pour que j'y sois piqué à mort, et qu'on m'enterre avec l'hyène, car je suis le plus misérable des ours !... *Arrulala ! Wahooa !...* O Mowgli, Mowgli ! Pourquoi ne t'ai-je pas prémuni contre le Peuple Singe au lieu de te cogner la tête ? Qui sait maintenant si mes coups n'ont pas fait envoler de ta mémoire la leçon du jour, et si tu ne te trouveras pas seul dans la Jungle sans les Maîtres Mots ?

Baloo se prit la tête entre les pattes, et se mit à rouler de droite et de gauche en gémissant.

— En tout cas, il m'a redit les mots très correctement il y a peu de temps, dit Bagheera avec impatience. Baloo, tu n'as ni mémoire ni respect de toi-même. Que penserait la Jungle si moi, la Panthère Noire, je me roulais en boule comme Sahi, le Porc-Epic, pour me mettre à hurler ?

— Je me moque bien de ce que pense la Jungle ! Il est peut-être mort à l'heure qu'il est.

— A moins qu'ils ne l'aient laissé tomber des branches en manière de passe-temps, qu'ils l'aient tué par paresse de le porter plus loin, ou jusqu'à ce qu'ils le fassent, je n'ai pas peur pour le Petit d'Homme. Il est sage, il sait des choses, et, par-dessus tout, il a ces yeux que craint le Peuple de la Jungle. Mais, et c'est un grand malheur, il est au pouvoir des Bangar-log ; et parce qu'ils vivent dans les arbres, ils ne redoutent personne parmi nous.

Bagheera lécha une de ses pattes de devant pensivement.

— Vieux fou que je suis ! Lourdaud à poil brun, gros fouilleur de racines, dit Baloo, en se déroulant brusquement ; c'est vrai ce que dit Hathi, l'Eléphant sauvage : *A chacun sa crainte*. Et eux, les Bandar-log, craignent Kaa, le Serpent de Rocher. Il grimpe aussi bien qu'eux. Il vole les jeunes singes dans la nuit. Le murmure seul de son nom les glace jusqu'au bout de leurs méchantes queues. Allons trouver Kaa.

— Que fera-t-il pour nous ? Il n'est pas de notre race, puisqu'il est sans pieds, et... il a les yeux les plus funestes, dit Bagheera.

— Il est aussi vieux que rusé. Par-dessus tout, il a toujours faim, dit Baloo, plein d'espoir. Promets-lui beaucoup de chèvres.

— Il dort un mois plein après chaque repas. Il se peut qu'il dorme maintenant, et, fût-il éveillé, qu'il préférerait peut-être tuer lui-même ses chèvres.

Bagheera, qui ne savait pas grand-chose de Kaa, se méfiait comme il sied.

— En ce cas, à nous deux, vieux chasseur, nous pourrions lui faire entendre raison.

Là-dessus, Baloo frotta le pelage roussi de sa

brune épaule contre la Panthère, et ils partirent ensemble à la recherche de Kaa, le Python de Rocher.

Ils le trouvèrent étendu sur une saillie de roc que chauffait le soleil de midi, en train d'admirer la magnificence de son habit neuf, car il venait de consacrer dix jours de retraite à changer de peau, et maintenant, il apparaissait dans toute sa splendeur : sa grosse tête camuse dardée au ras du sol, les trente pieds de long de son corps tordus en nœuds et en courbes capricieuses, et se léchant les lèvres à la pensée du repas à venir.

— Il n'a pas mangé, dit Baloo, en grognant de soulagement à la vue du sompteux habit marbré de brun et de jaune. Fais attention, Bagheera ! Il est toujours un peu myope après avoir changé de peau, et très prompt à l'attaque.

Kaa n'est pas un serpent venimeux — en fait, il méprise plutôt les serpents venimeux, qu'il tient pour lâches — mais sa force réside dans son étreinte, et, une fois enroulés ses anneaux énormes autour de qui que ce soit, il n'y a plus rien à faire.

— Bonne chasse ! cria Baloo en s'asseyant sur ses hanches.

Comme tous les serpents de son espèce, Kaa est presque sourd, et tout d'abord il n'entendit pas l'appel. Cependant il se leva, prêt à tout événement, la tête basse :

— Bonne chasse à tous, répondit-il enfin. Oh ! oh ! Baloo, que fais-tu ici ?... Bonne chasse, Bagheera... L'un de nous au moins a besoin de manger. A-t-on vent de gibier sur pied ? Une biche, peut-être, sinon un jeune daim ? Je suis aussi vide qu'un puits à sec.

— Nous sommes en train de chasser, fit Baloo négligemment.

Il savait qu'il ne faut pas presser Kaa. Il est trop gros.

— Permettez-moi de me joindre à vous, dit Kaa. Un coup de patte de plus ou de moins n'est rien

pour toi, Bagheera, ni pour toi, Baloo ; alors que
moi... moi, il me faut attendre et attendre des jours
dans un sentier, et grimper la moitié d'une nuit
pour le maigre hasard d'un jeune singe. *Psshaw !*
Les arbres ne sont plus ce qu'ils étaient dans ma
jeunesse. Tous rameaux pourris et branches sèches.

— Il se peut que ton grand poids y soit pour
quelque chose, répliqua Baloo.

— Oui, je suis d'une jolie longueur... d'une jolie
longueur, dit Kaa avec une pointe d'orgueil. Mais,
malgré tout, c'est la faute de ce bois nouveau. J'ai
failli de bien près tomber lors de ma dernière
prise... bien près en vérité... et, en glissant, car ma
queue n'enveloppait pas complètement l'arbre, j'ai
réveillé les Bandar-log, qui m'ont donné les plus
vilains noms.

— Cul-de-jatte, ver de terre jaune, dit Bagheera
dans ses moustaches, comme se rappelant des souvenirs.

— *Sssss !* M'ont-ils appelé comme ça ? demanda
Kaa.

— C'était quelque chose de la sorte qu'ils nous
braillaient à la dernière lune, mais nous n'y avons
pas fait attention. Ils disent n'importe quoi... même,
par exemple, que tu as perdu tes dents, et que tu
n'oses affronter rien de plus gros qu'un chevreau
parce que... (ils n'ont vraiment aucune pudeur, ces
Bandar-log)... parce que tu crains les cornes des
boucs, continua suavement Bagheera.

Or, un serpent, et surtout un vieux python cir-
conspect de l'espèce de Kaa, montre rarement qu'il
est en colère, mais Baloo et Bagheera purent voir
les gros muscles engloutisseurs onduler et se gonfler des deux côtés de sa gorge.

— Les Bandar-log ont changé de terrain, dit-il
tranquillement. Quand je suis monté ici au soleil,
aujourd'hui, j'ai entendu leurs huées parmi les
cimes des arbres.

— Ce sont... ce sont les Bandar-log que nous
suivons en ce moment... dit Baloo.

Mais les mots s'étranglaient dans sa gorge, car c'était la première fois, à son souvenir, qu'un animal de la Jungle avouait s'intéresser aux actes des singes.

— Sans doute, alors, que ce n'est point une petite affaire, qui met deux tels chasseurs... chefs dans leur propre Jungle, j'en suis certain... sur la piste des Bandar-log, répondit Kaa courtoisement, en enflant de curiosité.

— A vrai dire, commença Baloo, je ne suis rien de plus que le vieux et parfois imprévoyant Docteur de Loi des louveteaux de Seeonee, et Bagheera ici...

— Est Bagheera, dit la Panthère Noire.

Et ses mâchoires se fermèrent avec un bruit sec, car l'humilité n'était pas son fait.

— Voici l'affaire, Kaa : ces voleurs de noix et ramasseurs de palmes ont emporté notre Petit d'Homme, dont tu as peut-être ouï parler.

— J'ai entendu raconter par Sahi (ses piquants le rendent présomptueux) qu'une sorte d'homme était entré dans un clan de loups, mais je ne l'ai pas cru. Sahi est plein d'histoires à moitié entendues et très mal répétées.

— Eh bien ! c'est vrai. Il s'agit d'un petit d'homme comme on n'en a jamais vu, dit Baloo. Le meilleur, le plus sage, et le plus hardi des petits d'homme... mon propre élève, qui rendra fameux le nom de Baloo à travers toutes les jungles ; et, de plus, je... nous... l'aimons, Kaa.

— *Ts ! Ts !* dit Kaa, en balançant sa tête d'un mouvement de navette. Moi aussi, j'ai su ce que c'est que d'aimer. Il y a des histoires que je pourrais dire...

— Qu'il faudrait une nuit claire et l'estomac garni pour louer dignement, dit Bagheera avec vivacité. Notre Petit d'Homme est à l'heure qu'il est entre les mains des Bandar-log, et nous savons que de tout le Peuple de la Jungle, Kaa est le seul qu'ils redoutent.

— Je suis le seul qu'ils redoutent... Ils ont bien raison, dit Kaa. Bavardage, folie, vanité... Vanité, folie et bavardage ! voilà les singes. Mais, pour une chose humaine, c'est mauvais hasard de tomber entre leurs mains. Ils se fatiguent vite des noix qu'ils cueillent, et les jettent. Ils promènent une branche une demi-journée, avec l'intention d'en faire de grandes choses, et, tout à coup, ils la cassent en deux. Cette créature humaine n'est pas à envier. Ils m'ont appelé aussi... Poisson jaune, n'est-ce pas ?

— Ver... ver... ver de terre, dit Bagheera... et bien d'autres choses que je ne peux maintenant répéter, par pudeur.

— Ils ont besoin qu'on leur apprenne à parler de leur maître. *Aaah-ssh !* Ils ont besoin qu'on aide à leur manque de mémoire. En ce moment, où sont-ils allés avec le petit ?

— La Jungle seule le sait. Vers le soleil couchant, je crois, dit Baloo. Nous avions pensé que tu saurais, Kaa.

— Moi ? Comment ?... Je les prends quand ils tombent sur ma route, mais je ne chasse pas les Bandar-log, pas plus que les grenouilles, ni que l'écume verte sur les trous d'eau... quant à cela. *Hsss !*

— Ici, en haut ! En haut ! en haut ! *Hillo ! Illo ! Illo*, regardez en l'air, Baloo du Clan des Loups de Seeonee.

Baloo leva les yeux pour voir d'où venait la voix, et Chil le Vautour apparut. Il descendait en fauchant l'air, et le soleil brillait sur les franges rebroussées de ses ailes. C'était presque l'heure du coucher pour Chil, mais il avait battu toute l'étendue de la Jungle à la recherche de l'Ours, sans pouvoir le découvrir sous l'épais feuillage.

— Qu'est-ce ? dit Baloo.

— J'ai vu Mowgli parmi les Bandar-log. Il m'a prié de vous le dire. J'ai veillé. Les Bandar-log l'ont emporté au-delà de la rivière, à la cité des singes...

aux Grottes Froides. Il est possible qu'ils y restent
une nuit, dix nuits, une heure. J'ai dit aux chauves-
souris de les guetter pendant les heures obscures.
Voilà mon message. Bonne chasse, vous tous en
bas !

— Pleine gorge et profond sommeil, Chil ! cria
Bagheera. Je me souviendrai de toi lors de ma
prochaine prise et réserverai la tête pour toi seul... ô
le meilleur des vautours !

— Ce n'est rien... Ce n'est rien... L'enfant avait
le Maître Mot. Je ne pouvais rien faire de moins.

Et Chil remonta en décrivant un cercle pour
gagner son aire.

— Il n'a pas oublié sa langue, dit Baloo avec un
petit rire d'orgueil. Si jeune et se souvenir du
Maître Mot, même de celui des oiseaux, tandis
qu'on est traîné par les sommets des arbres !

— On le lui avait enfoncé assez ferme dans la
tête, dit Bagheera. Mais nous sommes contents de
lui... Et maintenant, il nous faut aller aux Grottes
Froides.

Ils savaient tous où se trouvait l'endroit, mais peu
l'avaient jamais visité parmi le Peuple de la Jungle.
Ce qu'ils appelaient, en effet, les Grottes Froides
était une vieille ville abandonnée, perdue, et enfouie
dans la Jungle [4] ; et les bêtes fréquentent rarement
un endroit que les hommes ont déjà fréquenté. Il
arrive bien au sanglier de le faire, mais jamais aux
tribus qui chassent. En outre, les singes y habitaient, autant qu'ils peuvent passer pour habiter
quelque part, et nul animal qui se respecte n'en eût
approché à portée du regard, sauf en temps de
sécheresse, quand les citernes et les réservoirs à
demi ruinés contenaient encore un peu d'eau.

— C'est un voyage d'une demi-nuit... à toute
allure, dit Bagheera.

Baloo prit un air soucieux :

— J'irai le plus vite que je peux, fit-il anxieuse-
ment.

— Nous n'osons pas t'attendre. Suis-nous,

Baloo. Il nous faut filer d'un pied leste... Kaa et moi.

— Avec ou sans pieds, je me tiendrai de pair avec toi sur tes quatre pattes, repartit Kaa sèchement.

Baloo fit effort pour se hâter, mais il dut s'asseoir en soufflant. Ils le laissèrent donc. Il suivrait plus tard, et Bagheera pressa vers le but son rapide galop de panthère. Kaa ne disait rien, mais quelque effort que fît Bagheera, l'énorme Python de Rocher se tenait à son niveau. Au passage d'un torrent de montagne, Bagheera prit de l'avance, ayant franchi d'un bond, et laissant Kaa traverser à la nage, la tête et deux pieds de cou hors de l'eau, mais, sur terrain égal, Kaa rattrapa la distance.

— Par la Serrure Brisée qui me délivra, dit Bagheera, quand tomba le crépuscule, tu n'es pas un petit marcheur !

— J'ai faim, dit Kaa. En outre, ils m'ont appelé grenouille mouchetée.

— Ver... ver de terre... et jaune, par-dessus le marché.

— C'est tout un. Allons.

Et Kaa semblait se répandre lui-même sur le sol où ses yeux sûrs choisissaient la route la plus courte et la savaient garder.

Aux Grottes Froides, le Peuple Singe ne songeait pas du tout aux amis de Mowgli. Ils avaient apporté l'enfant à la Ville Perdue et se trouvaient pour le moment très satisfaits d'eux-mêmes. Mowgli n'avait jamais vu de ville hindoue auparavant, et, bien que celle-ci ne fût guère qu'un amoncellement de ruines, le spectacle lui parut aussi splendide qu'étonnant. Quelque roi l'avait bâtie, au temps jadis, sur une petite colline. On pouvait encore discerner les chaussées de pierre qui conduisaient aux portes en ruine, où de derniers éclats de bois pendaient aux gonds rongés de rouille. Des arbres avaient poussé entre les pierres des murs, les créneaux étaient tombés et s'effritaient par terre, des

lianes sauvages, aux fenêtres des tours, se balançaient en grosses touffes.

Un grand palais sans toit couronnait la colline, le
marbre des cours d'honneur et des fontaines se
fendait, tout taché de rouge et de vert, et les galets
mêmes des cours où habitaient naguère les éléphants royaux avaient été soulevés et disjoints par
les herbes et les jeunes arbres. Du palais, on pouvait
voir les innombrables rangées de maisons sans toits
qui composaient la ville, semblables à des rayons de
miel vides emplis de ténèbres ; le bloc de pierre
informe qui avait été une idole, sur la place où se
rencontraient quatre routes ; les puits et les rigoles
aux coins des rues où se creusaient jadis les réservoirs publics, et les dômes brisés des temples avec
les figuiers sauvages qui sortaient de leurs flancs.

Les singes appelaient ce lieu leur ville, et affec-
taient de mépriser le Peuple de la Jungle parce qu'il
vit dans la forêt. Et cependant, ils ne savaient
jamais à quel usage avaient été destinés les édifices
ni comment y habiter. Ils s'asseyaient en cercles
dans le vestibule menant à la chambre du conseil
royal, grattaient leurs puces et faisaient semblant
d'être des hommes ; ou bien ils couraient au travers
des maisons sans toits, ramassaient dans un coin
des plâtras et de vieilles briques, puis oubliaient les
cachettes ; ou bien ils se battaient, ils criaient, se
chamaillaient en foule, puis, cessant tout à coup, se
mettaient à jouer, du haut en bas des terrasses, dans
les jardins du Roi, dont ils secouaient les rosiers et
les orangers pour le plaisir d'en voir tomber les
fruits et les fleurs. Ils exploraient tous les passages,
tous les souterrains du palais et les centaines de
petites chambres obscures, mais ils ne se rappe-
laient jamais ce qu'ils avaient vu ; et ils erraient ainsi
au hasard, un à un, deux à deux, ou par groupes,
en se félicitant l'un l'autre d'agir tellement comme
des hommes. Ils buvaient aux réservoirs dont ils
troublaient l'eau, et se mordaient pour en approcher, puis s'élançaient tous ensemble en masses
compactes et criaient :

— Il n'y a personne dans la Jungle d'aussi sage, d'aussi bon, d'aussi intelligent, d'aussi fort et d'aussi doux que les Bandar-log.

Ensuite, ils recommençaient jusqu'à ce que, fatigués de la ville, ils retournassent aux cimes des arbres, dans l'espoir que le Peuple de la Jungle les remarquerait.

Mowgli, élevé à observer la Loi de la Jungle, n'aimait ni ne comprenait ce genre de vie. Il se faisait tard dans l'après-midi quand les singes, le portant, arrivèrent aux Grottes Froides. Et, au lieu d'aller dormir, comme Mowgli l'aurait fait après un long voyage, ils se prirent par la main et se mirent à danser en chantant leurs plus folles chansons. Un des singes fit un discours et dit à ses compagnons que la capture de Mowgli marquait une nouvelle étape dans l'histoire des Bandar-log, car il allait leur montrer comment on entrelaçait des branches et des roseaux pour s'abriter contre la pluie et le vent. Mowgli cueillit des lianes et entreprit de les tresser ; les singes essayèrent de l'imiter, mais, au bout de quelques minutes, ils ne s'intéressaient plus à leur besogne et se mirent à tirer les queues de leurs camarades, ou à sauter des quatre pattes en toussant.

— Je voudrais manger, dit Mowgli. Je suis un étranger dans cette partie de la Jungle. Apportez-moi de la nourriture, ou permettez-moi de chasser ici.

Vingt ou trente singes bondirent au-dehors pour lui rapporter des noix ou des pawpaws sauvages ; mais ils commencèrent à se battre en route, et cela leur eût donné trop de peine de revenir avec ce qui restait de fruits. Mowgli, non moins endolori et furieux qu'affamé, vaguait dans la cité vide, lançant de temps à autre le cri de chasse des étrangers ; mais personne ne lui répondait, et il pensait qu'en vérité c'était un mauvais gîte qu'il avait trouvé là.

« Tout ce qu'a dit Baloo au sujet des Bandar-log est vrai, songeait-il en lui-même. Ils sont sans loi, sans cri de chasse, et sans chefs... rien qu'en mots absurdes et en petites mains prestes et pillardes. De sorte que si je meurs de faim ou suis tué en cet endroit, ce sera par ma faute. Mais il faut que j'essaie de retourner dans ma Jungle. Baloo me battra sûrement, mais cela vaudra mieux que de faire la chasse à des billevesées en compagnie des Bandar-log. »

A peine se dirigeait-il vers le mur de la ville que les singes le tirèrent en arrière, en lui disant qu'il ne connaissait pas son bonheur et en le pinçant pour lui donner de la reconnaissance. Il serra les dents et ne dit rien, mais marcha, parmi le tumulte des singes braillards, jusqu'à une terrasse qui dominait les réservoirs de grès rouge à demi remplis d'eau de pluie. Au centre de la terrasse se dressaient les ruines d'un pavillon, tout de marbre blanc, bâti pour des reines mortes depuis cent ans. Le toit, en forme de dôme, s'était écroulé à demi et bouchait le passage souterrain par lequel les reines avaient coutume de venir au palais. Mais les murs étaient faits d'écrans de marbre découpé, merveilleux ouvrage d'entrelacs blancs comme le lait, incrustés d'agates, de cornalines, de jaspe et de lapis-lazulis ; et, lorsque la lune se montra par-dessus la montagne, elle brilla au travers du lacis ajouré, projetant sur le sol des ombres semblables à une dentelle de velours noir.

Tout meurtri, las et à jeun qu'il fût, Mowgli ne put, malgré tout, s'empêcher de rire quand les Bandar-log se mirent, par vingt à la fois, à lui remonter combien ils étaient grands, sages, forts et doux, et quelle folie c'était à lui de vouloir les quitter.

— Nous sommes grands. Nous sommes libres. Nous sommes étonnants. Nous sommes le peuple le plus étonnant de toute la Jungle ! Nous le disons tous, aussi ce doit être vrai, criaient-ils. Maintenant, comme tu nous entends pour la première fois, et que tu es à même de rapporter nos paroles au Peuple de la Jungle afin qu'il nous remarque dans l'avenir, nous te dirons tout ce qui concerne nos excellentes personnes.

Mowgli ne fit aucune objection, et les singes se rassemblèrent par centaines et centaines sur la terrasse pour écouter leurs propres orateurs chanter les louanges des Bandar-log, et, toutes les fois qu'un orateur s'arrêtait par manque de respiration, ils criaient tous ensemble :

— C'est vrai, nous pensons de même.

Mowgli hochait la tête, battait des paupières et disait : *Oui* quand ils lui posaient une question ; mais tant de bruit lui donnait le vertige.

— Tabaqui, le Chacal, doit avoir mordu tous ces gens, songeait-il, et maintenant ils ont la rage. Certainement, c'est la *dewanee*, la folie. Ne dorment-ils donc jamais ?... Tiens, voici un nuage sur cette lune de malheur. Si c'était seulement un nuage assez gros pour que je puisse tenter de fuir dans l'obscurité ! Mais... je suis si las.

Deux fidèles guettaient le même nuage du fond du fossé en ruine, au bas du mur de la ville ; car Bagheera et Kaa, sachant bien le danger que présentait le Peuple Singe en masse, ne voulaient pas courir de risques inutiles. Les singes ne luttent jamais à moins d'être cent contre un, et peu d'habitants de la jungle tiennent à jouer semblable partie.

— Je vais gravir le mur de l'ouest, murmura Kaa, et fondre sur eux brusquement à la faveur du sol en pente. Ils ne se jetteront pas sur mon dos, à moi, malgré leur nombre, mais...

— Je le sais, dit Bagheera. Que Baloo n'est-il ici ! Mais il faut faire ce qu'on peut. Quand ce nuage va couvrir la lune, j'irai vers la terrasse : ils tiennent là une sorte de conseil au sujet de l'enfant.

— Bonne chasse, dit Kaa d'un air sombre.

Et il glissa, vers le mur de l'ouest. C'était le moins en ruine, et le gros serpent perdit quelque temps à trouver un chemin pour atteindre le haut des pierres. Le nuage cachait la lune, et comme Mowgli se demandait ce qui allait survenir, il entendit le pas

léger de Bagheera sur la terrasse. La Panthère
Noire avait gravi le talus presque sans bruit, et,
sachant qu'il ne fallait pas perdre son temps à
mordre, frappait de droite et de gauche parmi les
singes assis autour de Mowgli en cercle de cinquante et soixante rangs d'épaisseur. Il y eut un
hurlement d'effroi et de rage, et, comme Bagheera
trébuchait sur les corps qui roulaient en se débat-
tant sous son poids, un singe cria :

— Il n'y en a qu'un ici ! Tuez-le ! Tue ! Une
mêlée confuse de singes, mordant, griffant,
déchirant, arrachant, se referma sur Bagheera, pendant que cinq ou six d'entre eux, s'emparant de
Mowgli, le remorquaient jusqu'en haut du pavillon
et le poussaient par le trou du dôme brisé. Un
enfant élevé par les hommes se fût affreusement
contusionné, car la chute mesurait quinze bons
pieds ; mais Mowgli tomba comme Baloo lui avait
appris à tomber, et toucha le sol les pieds les premiers.

— Reste ici, crièrent les singes, jusqu'à ce que
nous ayons tué tes amis, et plus tard nous revien-
drons jouer avec toi... si le Peuple Venimeux te
laisse en vie.

— Nous sommes du même sang, vous et moi,
dit vivement Mowgli en lançant l'appel des serpents.

Il put entendre un frémissement et des sifflements dans les décombres alentour, et il lança
l'appel une seconde fois pour être sûr.

— Bien, *sssoit...* ! A bas les capuchons, vous
tous ! dirent une demi-douzaine de voix sourdes.
(Toute ruine dans l'Inde devient tôt ou tard un
repaire de serpents, et le vieux pavillon grouillait de
cobras.) Reste tranquille, Petit Frère, car tes pieds
pourraient nous faire mal.

Mowgli se tint immobile autant qu'il lui fut possible, épiant, à travers le réseau de marbre, et prê-
tant l'oreille au furieux tapage où luttait la Panthère
Noire : hurlements, glapissements, bousculades,

que dominait le râle rauque et profond de Bagheera, rompant, fonçant, plongeant et virant sous les tas compacts de ses ennemis. Pour la première fois, depuis sa naissance, Bagheera luttait pour défendre sa vie.

« Baloo doit suivre de près ; Bagheera ne serait pas là sans renfort », pensait Mowgli.

Et il cria à haute voix :

— Au réservoir, Bagheera ! Gagne les citernes. Gagne-les et plonge ! Vers l'eau !

Bagheera entendit, et le cri qui lui apprenait le salut de Mowgli lui rendit un nouveau courage. Elle s'ouvrit un chemin, avec des efforts désespérés, pouce par pouce, droit dans la direction des réservoirs, avançant péniblement, en silence. Alors, du mur ruiné le plus voisin de la Jungle s'éleva, comme un roulement, le cri de guerre de Baloo. Le vieil Ours avait fait de son mieux, mais il n'avait pu arriver plus tôt.

— Bagheera, cria-t-il, me voici. Je grimpe ! Je me hâte ! *Ahuwora !* Les pierres glissent sous mes pieds ! Attendez, j'arrive, ô très infâmes Bandar-log !

Il n'apparut, haletant, au haut de la terrasse, que pour disparaître jusqu'à la tête sous une vague de singes ; mais il se cala carrément sur ses hanches, et, ouvrant ses pattes de devant, il en étreignit autant qu'il en pouvait tenir, et se mit à cogner d'un mouvement régulier : bat... bat... bat, qu'on eût pris pour le rythme cadencé d'une roue à aubes. Un bruit de chute et d'eau rejaillissante avertit Mowgli que Bagheera s'était taillé un chemin jusqu'au réservoir où les singes ne pouvaient suivre. La Panthère resta là, suffoquant, la tête juste hors de l'eau, tandis que les singes, échelonnés sur les marches rouges, par trois rangs de profondeur, dansaient de rage de haut en bas, prêts à l'attaquer de tous côtés à la fois, si elle faisait mine de sortir pour venir au secours de Baloo. Ce fut alors que Bagheera souleva son menton tout dégoulinant d'eau, et, de désespoir, lança l'appel des serpents pour demander secours :

— Nous sommes du même sang, vous et moi.

Kaa, semblait-il, avait tourné queue à la dernière minute. Et Baloo, à demi suffoqué sous les singes au bord de la terrasse, ne put retenir un petit rire en entendant la Panthère Noire appeler à l'aide.

Kaa venait à peine de se frayer une route par-dessus le mur de l'ouest, prenant terre d'un effort qui délogea des pierres du faîte pour l'envoyer rouler dans le fossé. Il n'avait pas l'intention de perdre aucun des avantages du terrain ; aussi se roula-t-il et déroula-t-il une ou deux fois, pour être sûr que chaque pied de son long corps était en condition. Pendant ce temps, la lutte avec Baloo continuait, les singes glapissaient dans le réservoir autour de Bagheera, et Mang, la Chauve-Souris, volant de-ci, de-là, portait à travers la Jungle la nouvelle de la grande bataille, si bien que Hathi lui-même, l'Eléphant sauvage, se mit à trompeter, et que, très loin, des bandes de singes éparses, réveillées par le bruit, accoururent, en bondissant à travers les routes des arbres, à l'aide de leurs amis des Grottes Froides, tandis que le fracas de la lutte effarouchait tous les oiseaux diurnes à des milles à l'entour.

Alors vint Kaa, tout droit, très vite, avec la hâte de tuer. La puissance de combat d'un python réside dans le choc de sa tête appuyée de toute la force et de tout le poids de son corps. Si vous pouvez imaginer une lance, ou un bélier, ou un marteau lourd d'à peu près une demi-tonne, conduit et habité par une volonté froide et calme, vous pouvez grossièrement vous figurer à quoi ressemblait Kaa dans le combat. Un python de quatre ou cinq pieds peut renverser un homme s'il le frappe en pleine poitrine ; or, Kaa, vous le savez, avait trente pieds de long. Son premier coup fut donné au cœur même de la masse des singes qui s'acharnaient sur Baloo, dirigé au but bouche close et sans bruit. Il n'y en eut pas besoin d'un second. Les singes se dispersèrent aux cris de :

— Kaa ! C'est Kaa ! Fuyez ! Fuyez !...

Depuis des générations, les singes avaient été tenus en respect par l'épouvante où les plongeaient les histoires de leurs aînés à propos de Kaa, le voleur nocturne, qui glisse le long des branches aussi doucement que s'étend la mousse, et enlève aisément le singe le plus vigoureux ; du vieux Kaa, qui peut se rendre tellement pareil à une branche morte ou à une souche pourrie, que les plus avisés s'y laissent prendre, jusqu'à ce que la branche les happe. Kaa était tout ce que craignaient les singes dans la Jungle, car aucun d'eux ne savait où s'arrêtait son pouvoir, aucun d'eux ne pouvait le regarder en face, et aucun d'eux n'était jamais sorti vivant de son étreinte.

Aussi fuyaient-ils, en bégayant de terreur, sur les murs et les toits des maisons, tandis que Baloo poussait un profond soupir de soulagement. Malgré sa fourrure beaucoup plus épaisse que celle de Bagheera, il avait cruellement souffert de la lutte. Alors, Kaa ouvrit la bouche pour la première fois : un ordre prolongé siffla et les singes qui, au loin, se pressaient de venir à la défense des Grottes Froides s'arrêtèrent où ils étaient, cloués par l'épouvante, tandis que pliaient et craquaient sous leur poids les branches qu'ils chargeaient. Ceux qui couvraient les murs et les maisons vides turent subitement leurs cris, et, dans le silence qui tomba sur la cité, Mowgli entendit Bagheera secouer ses flancs humides en sortant du réservoir. Puis, la clameur recommença. Les singes bondirent plus haut sur les murs ; ils se cramponnèrent aux cous des grandes idoles de pierre et poussèrent des cris perçants en sautillant le long des créneaux, tandis que Mowgli, qui dansait de joie dans le pavillon, collait son œil aux jours du marbre et huait à la façon des hiboux, entre ses dents de devant, pour se moquer et montrer son mépris.

— Remonte le Petit d'Homme par la trappe ; je ne peux pas faire davantage, haleta Bagheera. Pre-

nons le Petit d'Homme et fuyons. Ils pourraient
nous attaquer de nouveau.

— Ils ne bougeront plus jusqu'à ce que je le leur
commande. Restez. *Ssss !*

Kaa siffla et le silence se répandit une fois de plus
sur la ville.

— Je ne pouvais pas venir plus tôt, camarade...
mais... j'ai cru, en vérité, t'entendre appeler...

Cela s'adressait à Bagheera.

— Je... je peux bien avoir crié dans la lutte,
répondit Bagheera. Baloo, es-tu blessé ?

— Je ne suis pas sûr qu'ils ne m'aient pas taillé
en cent petits oursons, dit Baloo en secouant gravement ses pattes l'une après l'autre. *Wow !* Je suis
moulu. Kaa, nous te devons, je pense, la vie...
Bagheera et moi.

— Peu importe. Où est le Petit d'Homme ?

— Ici, dans une trappe ; je ne peux pas grimper,
cria Mowgli.

La courbe du dôme écroulé s'arrondissait sur sa
tête.

— Emmenez-le. Il danse comme Mor, le Paon.
Il va écraser nos petits, dirent les cobras à l'intérieur.

— Ah ! ah ! fit Kaa avec un petit rire ; elle a des
amis partout, cette graine d'homme ! Recule-toi,
petit ; cachez-vous, Peuple du Poison. Je vais briser
le mur.

Kaa examina avec soin la maçonnerie, jusqu'à ce
qu'il découvrît, dans le réseau du marbre, une
lézarde plus pâle dénotant un point faible. Il donna
deux ou trois légers coups de tête pour se rendre
compte de la distance ; puis, élevant six pieds de
son corps au-dessus du sol, il lança de toutes ses
forces, le nez en avant, une demi-douzaine de
coups de bélier. Le travail à jour céda, s'émietta en
un nuage de poussière et de gravats, et Mowgli se
jeta d'un bond par l'ouverture entre Baloo et Bagheera... un bras passé autour de chaque cou mus-
culeux...

— Es-tu blessé ? demanda Baloo, en le serrant doucement.

— Je suis las, j'ai faim, et je ne suis pas moulu à moitié. Mais... oh !... ils vous ont cruellement traités, mes frères. Vous saignez.

— Il y en a d'autres, dit Bagheera en se léchant les lèvres et en regardant les singes morts sur la terrasse et autour du réservoir.

— Ce n'est rien, si tu es sauf, si tu es sauf, ô mon orgueil entre toutes les petites grenouilles ! pleura Baloo.

— Nous jugerons de cela plus tard, dit Bagheera d'un ton sec, qui ne plut pas du tout à Mowgli. Mais voici Kaa, auquel nous devons l'issue de la bataille, et toi, la vie. Remercie-le suivant nos coutumes, Mowgli.

Mowgli se tourna et vit la tête du grand Python qui oscillait à un pied au-dessus de la sienne.

— Ainsi, c'est là cette graine d'homme, dit Kaa. Sa peau est très douce et il ne diffère pas beaucoup des Bandar-log. Aie soin, petit, que je ne te prenne jamais pour un singe par quelque crépuscule, un jour où je vienne de changer d'habit.

— Nous sommes du même sang, toi et moi, répondit Mowgli. Je te dois la vie, cette nuit. Ma proie sera ta proie, si jamais tu as faim, ô Kaa !

— Tous mes remerciements, Petit Frère, dit Kaa, dont l'œil narquois brillait. Et que peut tuer un si hardi chasseur ? Je demande à suivre, la prochaine fois qu'il se met en campagne.

— Je ne tue rien... je suis trop petit... mais je rabats les chèvres au-devant de ceux qui en ont l'emploi. Quand tu te sentiras vide, viens à moi et tu verras si je dis vrai. J'ai quelque adresse, grâce à ceci — il montra ses mains — et si jamais tu tombes dans un piège, je peux payer la dette que je te dois, ainsi que ma dette envers Bagheera et Baloo, ici présents. Bonne chasse à vous tous, mes maîtres.

— Bien dit ! grommela Baloo.

Car Mowgli avait joliment tourné ses remerciements.

Le Python laissa tomber légèrement sa tête, pour une minute, sur l'épaule de Mowgli.

— Cœur brave et langue courtoise, dit-il, te conduiront loin dans la Jungle, petit... Mais maintenant, va-t'en vite avec tes amis. Va-t'en dormir, car la lune se couche, et il vaut mieux que tu ne voies pas ce qui va suivre.

La lune s'enfonçait derrière les collines, et les rangs de singes tremblants, pressés les uns contre les autres sur les murs et les créneaux, paraissaient comme des franges grelottantes et déchiquetées. Baloo descendit au réservoir pour y boire et Bagheera commença de mettre ordre dans sa fourrure tandis que Kaa rampait vers le centre de la terrasse et fermait ses mâchoires d'un claquement sonore qui rivait sur lui les yeux de tous les singes.

— La lune se couche, dit-il. Y a-t-il encore assez de lumière pour voir ?

Des murs vint un gémissement comme celui du vent à la pointe des arbres :

— Nous voyons, ô Kaa !

— Bien. Et maintenant, voici la danse... la Danse de la Faim de Kaa. Restez tranquilles et regardez !

Il se lova deux ou trois fois en un grand cercle, agitant sa tête de droite et de gauche d'un mouvement de navette. Puis il se mit à faire des boucles et des huit avec son corps, des triangles visqueux qui se fondaient en carrés mous, en pentagones, en tertres mouvants, tout cela sans se hâter, sans jamais interrompre le sourd bourdonnement de sa chanson. La nuit se faisait de plus en plus noire ; bientôt, on ne distingua plus la lente et changeante oscillation du corps, mais on continuait d'entendre le bruissement des écailles.

Baloo et Bagheera se tenaient immobiles comme des pierres, des grondements au fond de la gorge, le cou hérissé, et Mowgli regardait, tout surpris.

— Bandar-log, dit enfin la voix de Kaa, pouvez-vous bouger mains ou pieds sans mon ordre ? Parlez !

— Sans ton ordre, nous ne pouvons bouger pieds ni mains, ô Kaa !

— Bien ! Approchez d'un pas plus près de moi.

Les rangs des singes, irrésistiblement, ondulèrent en avant, et Baloo et Bagheera firent avec eux un pas raide.

— Plus près ! siffla Kaa.

Et tous entrèrent en mouvement de nouveau.

Mowgli posa ses mains sur Baloo et sur Bagheera pour les entraîner au loin, et les deux grosses bêtes tressaillirent, comme si on les eût tirées d'un rêve.

— Laisse ta main sur mon épaule, murmura Bagheera. Laisse-la, ou je vais être obligée de retourner... de retourner vers Kaa. Aah !

— Mais ce n'est rien que le vieux Kaa en train de faire des ronds dans la poussière, allons-nous-en, dit Mowgli, allons-nous-en !

Et tous trois se glissèrent à travers une brèche des murs pour gagner la Jungle.

— *Whoof !* dit Baloo, quand il se retrouva dans la calme atmosphère des arbres. Jamais plus je ne fais alliance avec Kaa.

Et il se secoua du haut en bas.

— Il en sait plus que nous, dit Bagheera, en frissonnant. Un peu plus, si je n'avais suivi, je marchais dans sa gueule.

— Plus d'un en prendra la route avant que la lune se lève de nouveau, dit Baloo. Il fera bonne chasse... à sa manière.

— Mais qu'est-ce que tout cela signifiait ? demanda Mowgli, qui ne savait rien de la puissance de fascination du Python. Je n'ai rien vu de plus qu'un gros serpent en train de faire des ronds ridicules, jusqu'à ce qu'il fît noir. Et son nez était tout abîmé. Oh ! Oh !

— Mowgli, dit Bagheera avec irritation, son nez était abîmé à cause de toi, comme c'est à cause de toi que sont déchirés mes oreilles, mes flancs et mes pattes, ainsi que le mufle et les épaules de Baloo. Ni Baloo ni Bagheera ne seront en humeur de chasser avec plaisir pendant de longs jours.

— Ce n'est rien, dit Baloo, nous sommes rentrés en possession du Petit d'Homme.

— C'est vrai, mais il nous coûte cher ; il nous a coûté du temps qu'on aurait pu passer en chasses utiles, des blessures, du poil (je suis à moitié pelée tout le long du dos), et enfin de l'honneur. Je dis de l'honneur, car, rappelle-toi, Mowgli, que moi, la Panthère Noire, j'ai dû appeler à l'aide Kaa, et que tu nous as vus, Baloo et moi, demeurer stupides comme des oisillons devant la Danse de la Faim. Tout ceci, Petit d'Homme, vient de tes jeux avec les Bandar-log.

— C'est vrai, c'est vrai, dit Mowgli avec chagrin. Je suis un vilain petit d'homme, et je me sens le cœur très gros.

— Hum ! Que dit la Loi de la Jungle, Baloo ?

Baloo ne voulait pas accabler Mowgli, mais il ne pouvait prendre de tempéraments avec la Loi ; aussi mâchonna-t-il :

— Chagrin n'est pas punition. Mais souviens-t'en, Bagheera... il est tout petit !

— Je m'en souviendrai ; mais il a mal fait, et les coups méritent maintenant des coups. Mowgli, as-tu quelque chose à dire ?

— Rien. J'ai eu tort. Baloo et toi, vous êtes blessés. C'est juste.

Bagheera lui donna une demi-douzaine de tapes, amicales pour une panthère (elles auraient à peine réveillé un de ses propres petits), mais qui furent pour un enfant de sept ans une correction aussi sévère qu'on en pourrait souhaiter d'éviter. Quand ce fut fini, Mowgli éternua et tâcha de se reprendre, sans un mot.

— Maintenant, dit Bagheera, saute sur mon dos, Petit Frère, et retournons à la maison.

Une des beautés de la Loi de la Jungle, c'est que la punition règle tous les comptes. C'en est fini, après, de toutes tracasseries.

Mowgli laissa tomber sa tête sur le dos de Bagheera et s'endormit si profondément qu'il ne s'éveilla même pas lorsqu'on le déposa dans la caverne de ses frères.

CHANSON DE ROUTE
DES BANDAR-LOG

Voyez-vous passer festonnant la brune
A mi-chemin de la jalouse lune !
N'enviez-vous pas nos libres tribus ?
Que penseriez-vous de deux mains de plus ?
N'aimeriez-vous pas cette queue au tour
Plus harmonieux que l'arc de l'Amour ?
Vous vous fâchez ?... Ça n'est pas important,

> *Frère, regarde ta queue*
> *Qui pend !*

Sur la branche haute en rangs nous rêvons
A de beaux secrets que seuls nous savons,
Songeant aux exploits que le monde espère,
Et qu'à l'instant notre génie opère,
Quelque chose de noble et de sage fait
De par la vertu d'un simple souhait...
Quoi ? Je ne sais plus... Etait-ce important ?

> *Frère, regarde ta queue*
> *Qui pend !*

Tous les différents langages ou cris
D'oiseau, de reptile ou de fauve appris,
Plume, écaille, poil, chants de plaine ou bois,
Jacassons-les vite et tous à la fois !
Excellent ! Parfait ! Voilà que nous sommes
Maintenant pareils tout à fait aux hommes !
Jouons à l'homme... est-ce bien important ?

> *Frère, regarde ta queue*
> *Qui pend !*
> Le peuple singe est étonnant.

Venez ! Notre essaim bondissant dans les grands bois monte et descend
En fusée aux sommets légers où mûrit le raisin sauvage,
Par le bois mort que nous cassons et le beau bruit que nous faisons
Oh, soyez sûrs que nous allons consommer un sublime ouvrage !

« AU TIGRE, AU TIGRE [1] »

Reviens-tu content, chasseur fier ?
Frère, à l'affût j'eus froid hier.
C'est ton gibier que j'aperçois ?
Frère, il broute encore sous bois.
Où donc ta force et ton orgueil ?
Frère, ils ont fui mon cœur en deuil.
Si vite pourquoi donc courir ?
Frère, à mon trou je vais mourir.

Quand Mowgli quitta la caverne du loup, après sa querelle avec le Clan au Rocher du Conseil, il descendit aux terres cultivées où habitaient les villageois, mais il ne voulut pas s'y arrêter : la Jungle était trop proche, et il savait qu'il s'était fait au moins un ennemi dangereux au Conseil. Il continua sa course par le chemin raboteux qui descendait dans la vallée ; il le suivit au grand trot, d'une seule traite, fit environ vingt milles et parvint à une contrée qu'il ne connaissait pas. La vallée s'ouvrait sur une vaste plaine parsemée de rochers et coupée de ravins. A un bout se tassait un petit village et à l'autre la Jungle touffue s'abaissait rapidement vers les pâturages et s'y arrêtait net, comme s'il l'eût tranchée d'un coup de bêche. Partout dans la plaine paissaient les bœufs et les buffles, et, quand les petits garçons chargés de la garde des troupeaux aperçurent Mowgli, ils poussèrent des cris et s'enfuirent, et les chiens parias jaunes, qui errent toujours autour d'un village hindou, se mirent à

aboyer. Mowgli avança, car il se sentait grand faim,
et, en arrivant à l'entrée du village, il vit le gros
buisson épineux que chaque jour, au crépuscule,
l'on tirait devant, poussé sur l'un des côtés.

— Hum ! dit-il, car il avait rencontré plus d'une
de ces barricades dans ses expéditions nocturnes en
quête de choses à manger. Alors, les hommes
craignent le Peuple de la Jungle même ici !

Il s'assit près de la barrière et, au premier homme
qui sortit, il se leva, ouvrit la bouche et en désigna
du doigt le fond pour indiquer qu'il avait besoin de
nourriture. L'homme écarquilla les yeux et remonta
en courant l'unique rue du village, appelant le
prêtre, gros Hindou vêtu de blanc avec une marque
rouge et jaune sur le front [2]. Le prêtre vint à la
barrière et, avec lui, plus de cent personnes écarquillant aussi les yeux, parlant, criant et se montrant Mowgli du doigt.

« Ils n'ont point de façons, ces gens qu'on appelle
des hommes ! se dit Mowgli. Il n'y a que le singe
gris capable de se conduire comme ils font. »

Il rejeta en arrière ses longs cheveux et fronça le
sourcil en regardant la foule.

— Qu'y a-t-il là d'effrayant ? dit le prêtre.
Regardez les marques de ses bras et de ses jambes.
Ce sont des morsures des loups. Ce n'est qu'un
enfant-loup échappé de la Jungle [3].

En jouant avec lui, les petits loups avaient
souvent mordu Mowgli plus fort qu'ils ne voulaient
et il portait aux jambes et aux bras nombre de
balafres blanches. Mais il eût été la dernière personne du monde à nommer cela des morsures, car
il savait, lui, ce que mordre veut dire.

— Arré ! Arré [4] ! crièrent en même temps deux
ou trois femmes. Mordu par les loups, pauvre
enfant ! C'est un beau garçon. Il a les yeux comme
du feu. Parole d'honneur, Messua, il ressemble à
ton garçon qui fut enlevé par le tigre.

— Laissez-moi voir ! dit une femme qui portait
de lourds anneaux de cuivre aux poignets et aux
chevilles.

Et elle étendit la main au-dessus de ses yeux pour regarder attentivement Mowgli.

— C'est vrai. Il est plus maigre, mais il a tout à fait les yeux de mon garçon.

Le prêtre était un habile homme et savait Messua la femme du plus riche habitant de l'endroit. Il leva les yeux au ciel pendant une minute et dit solennellement :

— Ce que la Jungle a pris, la Jungle le rend. Emmène ce garçon chez toi, ma sœur, et n'oublie pas d'honorer le prêtre qui voit si loin dans la vie des hommes.

— Par le taureau qui me racheta ! dit Mowgli en lui-même, du diable si, avec toutes ces paroles, on ne se croirait pas à un autre examen du Clan ! Allons, puisque je suis un homme, il faut me conduire en homme.

La foule se dispersa en même temps que la femme faisait signe à Mowgli de venir jusqu'à sa hutte, où il y avait un lit laqué de rouge, un large récipient à grains, en terre cuite, orné de curieux dessins en relief, une demi-douzaine de casseroles en cuivre, l'image d'un dieu hindou dans une petite niche, et, sur le mur, un vrai miroir, tel qu'il s'en trouve pour huit sous dans les foires de campagne.

Elle lui donna un grand verre de lait et du pain, puis elle lui posa la main sur la tête et le regarda au fond des yeux... Elle pensait que peut-être c'était son fils, son fils revenu de la Jungle où le tigre l'avait emporté. Aussi lui dit-elle :

— Nathoo, Nathoo !...

Mowgli ne parut pas connaître ce nom.

— Ne te rappelles-tu pas le jour où je t'ai donné des souliers neufs ?

Elle toucha ses pieds, ils étaient presque aussi durs que de la corne.

— Non, fit-elle avec tristesse, ces pieds-là n'ont jamais porté de souliers ; mais tu ressembles tout à fait à mon Nathoo, et tu seras mon fils.

Mowgli éprouvait un malaise, parce qu'il n'avait

jamais de sa vie été sous un toit ; mais, en regardant
le chaume, il s'aperçut qu'il pourrait l'arracher
toutes les fois qu'il voudrait s'en aller ; et, d'ailleurs,
la fenêtre ne fermait pas.

Puis il se dit : « A quoi bon être homme, si on ne
comprend pas le langage de l'homme ? A cette
heure, je me trouve aussi niais et aussi muet que le
serait un homme avec nous dans la Jungle. Il faut
que je parle leur langue. »

Ce n'était pas seulement par jeu qu'il avait
appris, pendant qu'il vivait avec les loups, à imiter
l'appel du daim dans la Jungle et le grognement du
marcassin. De même, dès que Messua prononçait
un mot, Mowgli l'imitait à peu près parfaitement et,
avant la nuit, il avait appris le nom de bien des
choses dans la hutte.

Une difficulté se présenta à l'heure du coucher,
parce que Mowgli ne voulait pas dormir empri-
sonné par rien qui ressemblât à une trappe à pan-
thères autant que cette hutte, et, lorsqu'on ferma la
porte, il sortit par la fenêtre.

— Laisse-le faire, dit le mari de Messua. Rappelle-toi qu'il n'a peut-être jamais dormi dans un
lit. S'il nous a été réellement envoyé pour remplacer
notre fils, il ne s'enfuira pas.

Mowgli alla s'étendre sur l'herbe longue et lustrée qui bordait le champ ; mais il n'avait pas fermé
les yeux qu'un museau gris et soyeux se fourrait
sous son menton.

— Pouah ! grommela Frère Gris (c'était l'aîné
des petits de Mère Louve). Voilà un pauvre salaire
pour t'avoir suivi pendant vingt milles ! Tu sens la
fumée de bois et l'étable, tout à fait comme un
homme, déjà... Réveille-toi, Petit Frère ! j'apporte
des nouvelles.

— Tout le monde va bien dans la Jungle ? dit
Mowgli, en le serrant dans ses bras.

— Tout le monde, sauf les loups qui ont été
brûlés par la Fleur Rouge. Maintenant, écoute.
Shere Khan est parti chasser au loin jusqu'à ce que

son habit repousse, car il est vilainement roussi. Il jure qu'à son retour il couchera tes os dans la Waingunga.

— Nous sommes deux à jurer : moi aussi, j'ai fait une petite promesse. Mais les nouvelles sont toujours bonnes à savoir. Je suis fatigué, ce soir, très fatigué de toutes ces nouveautés, Frère Gris ; mais tiens-moi toujours au courant.

— Tu n'oublieras pas que tu es un loup ? Les hommes ne te le feront pas oublier ? demanda Frère Gris d'une voix inquiète.

— Jamais. Je me rappellerai toujours que je t'aime, toi et tous ceux de notre caverne ; mais je me rappellerai toujours aussi que j'ai été chassé du Clan.

— Et tu peux être chassé d'un autre clan !... Les hommes ne sont que des hommes, Petit Frère, et leur bavardage est comme le babil des grenouilles dans la mare. Quand je reviendrai ici, je t'attendrai dans les bambous, au bord du pacage...

Pendant les trois mois qui suivirent cette nuit, Mowgli ne passa guère la barrière du village, tant il besognait à apprendre les us et coutumes des hommes. D'abord il eut à porter un pagne autour des reins, ce qui l'ennuya horriblement ; ensuite, il lui fallut apprendre ce que c'était que l'argent, à quoi il ne comprenait rien du tout, et le labourage, dont il ne voyait pas l'utilité. Puis, les petits enfants du village le mettaient en colère. Heureusement, la Loi de la Jungle lui avait appris à ne pas se fâcher, car, dans la Jungle, la vie et la nourriture dépendent du sang-froid ; mais, quand ils se moquaient de lui parce qu'il refusait de jouer à leurs jeux, comme de lancer un cerf-volant, ou parce qu'il prononçait un mot de travers, il avait besoin de se rappeler qu'il est indigne d'un chasseur de tuer des petits tout nus, pour s'empêcher de les prendre et de les casser en deux. Il ne se rendait pas compte de sa force le moins du monde. Dans la Jungle, il se savait faible en comparaison des bêtes ; mais, dans le village, les gens disaient qu'il était fort comme un taureau.

Il ne se faisait assurément aucune idée de ce que peut être la crainte : le jour où le prêtre du village lui déclara que, s'il volait ses mangues, le dieu du temple serait en colère, il alla prendre l'image, l'apporta au prêtre dans sa maison, et lui demanda de mettre le dieu en colère, parce qu'il aurait plaisir à se battre avec. Ce fut un scandale affreux, mais le prêtre l'étouffa, et le mari de Messua paya beaucoup de bon argent pour apaiser le dieu.

Mowgli n'avait pas non plus le moindre sentiment de la différence qu'établit la caste entre un homme et un autre homme. Quand l'âne du potier glissait dans l'argilière, Mowgli le hissait dehors par la queue ; et il aidait à empiler les pots lorsqu'ils partaient pour le marché de Khanhiwara [5]. Geste on ne peut plus choquant, attendu que le potier est de basse caste [6], et son âne pis encore. Si le prêtre le réprimandait, Mowgli le menaçait de le camper aussi sur l'âne, et le prêtre conseilla au mari de Messua de mettre l'enfant au travail aussitôt que possible ; en conséquence, le chef du village prescrivit à Mowgli d'avoir à sortir avec les buffles le jour suivant et de les garder pendant qu'ils seraient à paître.

Rien ne pouvait plaire davantage à Mowgli ; et le soir même, puisqu'il était chargé d'un service public, il se dirigea vers le cercle de gens qui se réunissaient quotidiennement sur une plate-forme en maçonnerie, à l'ombre d'un grand figuier. C'était le club du village, et le chef, le veilleur et le barbier, qui savaient tous les potins de l'endroit, et le vieux Buldeo, le chasseur du village, qui possédait un mousquet, s'assemblaient et fumaient là. Les singes bavardaient, perchés sur les branches supérieures et il y avait sous la plate-forme un trou, demeure d'un cobra, auquel on servait une petite jatte de lait tous les soirs, parce qu'il était sacré ; et les vieillards, assis autour de l'arbre, causaient et aspiraient leurs gros houkas [7] très avant dans la nuit. Ils racontaient d'étonnantes histoires de dieux, d'hommes et de fantômes ; et Buldeo en rapportait de plus étonnantes encore sur les habitudes des bêtes dans la Jungle, jusqu'à faire sortir les yeux de la tête aux enfants, assis en dehors du cercle. La plupart des histoires concernaient des animaux car, pour ces villageois, la Jungle était toujours à leur porte. Le daim et le sanglier fouillaient leurs récoltes et de temps à autre le tigre enlevait un homme, au crépuscule, en vue des portes du village.

Mowgli qui, naturellement, connaissait un peu les choses dont ils parlaient, avait besoin de se cacher la figure pour qu'on ne le vît pas rire, tandis que Buldeo, son mousquet en travers des genoux, passait d'une histoire merveilleuse à une autre plus merveilleuse encore ; et les épaules de Mowgli en sautaient de gaieté.

Buldeo expliquait maintenant comment le tigre qui avait enlevé le fils de Messua était un tigre fantôme, habité par l'âme d'un vieux coquin d'usurier mort quelques années auparavant.

— Et je sais que cela est vrai, dit-il, parce que Purun Dass boitait toujours du coup qu'il avait reçu dans une émeute, quand ses livres de comptes furent brûlés, et le tigre dont je parle boite aussi, car les traces de ses pattes sont inégales.

— C'est vrai, c'est vrai, ce doit être la vérité ! approuvèrent ensemble les barbes grises.

— Toutes vos histoires ne sont-elles que pareilles turlutaines et contes de lune ? dit Mowgli. Ce tigre boite parce qu'il est né boiteux, comme chacun sait. Et parler de l'âme d'un usurier dans une bête qui n'a jamais eu le courage d'un chacal, c'est parler comme un enfant.

La surprise laissa Buldeo sans parole pendant un moment, et le chef du village ouvrit de grands yeux.

— Oh, oh ! C'est le marmot de jungle, n'est-ce pas ? dit enfin Buldeo. Puisque tu es si malin, tu ferais mieux d'apporter sa peau à Khanhiwara, car le gouvernement a mis sa tête à prix pour cent

roupies... Mais tu ferais encore mieux de te taire
quand tes aînés parlent !

Mowgli se leva pour partir.

— Toute la soirée, je suis resté là vous écoutant,
jeta-t-il par-dessus son épaule, et, sauf une ou deux
fois, Buldeo n'a pas dit un mot de vrai sur la Jungle,
qui est à sa porte... Comment croire, alors, ces
histoires de fantômes, de dieux et de daims qu'il
prétend avoir vus ?

— Il est grand temps que ce garçon aille garder
les troupeaux ! dit le chef du village, tandis que
Buldeo soufflait et renâclait de colère, devant
l'impertinence de Mowgli.

Selon la coutume de la plupart des villages hindous, quelques jeunes pâtres emmenaient le bétail
et les buffles de bonne heure, le matin, et les rame-
naient à la nuit tombante ; et les mêmes bestiaux
qui fouleraient à mort un homme blanc se laissent
battre, bousculer et ahurir par des enfants dont la
tête arrive à peine à la hauteur de leur museau.
Tant que les enfants restent avec les troupeaux, ils
sont en sûreté, car le tigre lui-même n'ose charger
le bétail en nombre ; mais, s'ils s'écartent pour
cueillir des fleurs ou courir après les lézards, il
arrive d'être enlevés. Mowgli descendit la rue du
village au point du jour, assis sur le dos de Rama [8],
le grand taureau du troupeau ; et les buffles bleu
ardoise, avec leurs longues cornes traînantes et
leurs yeux hagards, se levèrent de leurs étables, un
par un, et le suivirent ; et Mowgli, aux enfants qui
l'accompagnaient, fit voir très clairement qu'il était
le maître. Il frappa les buffles avec un long bambou
poli, et dit à Kamya, un des garçons, de laisser
paître le bétail tandis qu'il allait en avant avec les
buffles et de prendre bien garde à ne pas s'éloigner
du troupeau.

Un pâturage indien est tout en rochers, en
mottes, en trous et en petits ravins, parmi lesquels
les troupeaux se dispersent et disparaissent. Les
buffles aiment généralement les mares et les

endroits vaseux, où ils se vautrent et se chauffent,
dans la boue chaude, durant des heures. Mowgli les
conduisit jusqu'à la lisière de la plaine, où la Waingunga sortait de la Jungle ; là, il se laissa glisser du
dos de Rama, et s'en alla trottant vers un bosquet
de bambous où il trouva Frère Gris.

— Ah ! dit Frère Gris, je suis venu attendre ici
bien des jours de suite. Que signifie cette besogne
de garder le bétail ?

— Un ordre que j'ai reçu, dit Mowgli ; me voici
pour un temps berger de village. Quelles nouvelles
de Shere Khan ?

— Il est revenu dans le pays et t'a guetté longtemps par ici. Maintenant, il est reparti, car le gibier
se fait rare. Mais il veut te tuer.

— Très bien, fit Mowgli. Aussi longtemps qu'il
sera loin, viens t'asseoir sur un rocher, toi ou l'un
de tes frères, de façon que je puisse vous voir en
sortant du village. Quand il reviendra, attends-moi
dans le ravin proche de l'arbre *dhâk* [9], au milieu de
la plaine. Il n'est pas nécessaire de courir dans la
gueule de Shere Khan.

Puis Mowgli choisit une place à l'ombre, se coucha et dormit pendant que les buffles paissaient
autour de lui. La garde des troupeaux, dans l'Inde,
est un des métiers les plus paresseux du monde. Le
bétail change de place et broute, puis se couche et
change de place encore, sans mugir presque jamais.
Il grogne seulement. Quant aux buffles, ils disent
rarement quelque chose, mais entrent l'un après
l'autre dans les mares bourbeuses, s'enfoncent dans
la boue jusqu'à ce que leurs mufles et leurs grands
yeux bleu faïence se montrent seuls à la surface, et
là, ils restent immobiles, comme des blocs. Le soleil
fait vibrer les rochers dans la chaleur de l'atmosphère et les petits bergers entendent un vautour —
jamais plus — siffler presque hors de vue au-dessus
de leur tête ; et ils savent que s'ils mouraient, ou si
une vache mourait, ce vautour descendrait en fauchant l'air, que le plus proche vautour, à des milles

plus loin, le verrait choir et suivrait, et ainsi de suite,
de proche en proche, et qu'avant même qu'ils
fussent morts il y aurait là une vingtaine de vautours affamés venus de nulle part. Tantôt ils dorment, veillent, se rendorment ; ils tressent de petits
paniers d'herbe sèche et y mettent des sauterelles,
ou attrapent deux *mantes religieuses* pour les faire
lutter ; ils enfilent en colliers des noix de jungle
rouges et noires, guettent le lézard qui se chauffe
sur la roche ou le serpent à la poursuite d'une
grenouille près des fondrières. Tantôt ils chantent
de longues, longues chansons avec de bizarres
trilles indigènes à la chute des phrases, et le jour
leur semble plus long qu'à la plupart des hommes la
vie entière ; parfois ils élèvent un château de boue
avec des figurines d'hommes, de chevaux, de
buffles, modelées en boue également, et placent des
roseaux dans la main des hommes, et prétendent
que ce sont des rois avec leurs armées ou des dieux
qu'il faut adorer. Puis, le soir vient, les enfants
rassemblent les bêtes en criant, les buffles s'arrachant de la boue gluante avec un bruit semblable à
des coups de fusil partant l'un après l'autre, et tous
prennent la file à travers la plaine grise pour retourner vers les lumières qui scintillent là-bas au village.

Chaque jour, Mowgli conduisait les buffles à
leurs marécages et chaque jour il voyait le dos de
Frère Gris à un mille et demi dans la plaine — il
savait ainsi que Shere Khan n'était pas de retour —
et chaque jour il se couchait sur l'herbe, écoutant
les rumeurs qui s'élevaient autour de lui et rêvant
aux anciens jours de la Jungle. Shere Khan aurait
fait un faux pas de sa patte boiteuse, là-haut dans
les fourrés, au bord de la Waingunga, que Mowgli
l'eût entendu par ces longs matins silencieux.

Un jour enfin, il ne vit pas Frère Gris au poste
convenu. Il rit et dirigea ses buffles vers le ravin
proche de l'arbre *dhâk*, que couvraient tout entier
des fleurs d'un rouge doré. Là se tenait Frère Gris,
chaque poil du dos hérissé.

— Il s'est caché pendant un mois pour te mettre hors de tes gardes. Il a traversé les champs, la nuit dernière, avec Tabaqui, et suivi ta voie chaude, fit le loup haletant.

Mowgli fronça les sourcils :

— Je n'ai pas peur de Shere Khan, mais Tabaqui sait plus d'un tour !

— Ne crains rien, dit Frère Gris, en se passant légèrement la langue sur les lèvres, j'ai rencontré Tabaqui au lever du soleil ; il enseigne maintenant sa science aux vautours... Mais il m'a tout raconté, à moi, avant que je lui casse les reins. Le plan de Shere Khan est de t'attendre à la barrière du village, ce soir... de t'attendre, toi, et personne d'autre. En ce moment, il dort dans le grand ravin desséché de la Waingunga.

— A-t-il mangé aujourd'hui, ou chasse-t-il à vide ? fit Mowgli.

Car la réponse, pour lui, signifiait vie ou mort.

— Il a tué à l'aube... un sanglier... et il a bu aussi... Rappelle-toi que Shere Khan ne peut jamais rester à jeun, même lorsqu'il s'agit de sa vengeance.

— Oh ! le fou, le fou ! Quel triple enfant cela fait !... Mangé et bu ! Et il se figure que je vais attendre qu'il ait dormi !... A présent, où est-il couché, là-haut ? Si nous étions seulement dix d'entre nous, nous pourrions en venir à bout tandis qu'il est couché. Mais ces buffles ne chargeront pas sans l'avoir éventé, et je ne sais pas leur langage. Pouvons-nous le tourner et trouver sa piste en arrière, de façon qu'ils puissent la flairer ?

— Il a descendu la Waingunga à la nage, de très loin en amont, pour couper la voie, dit Frère Gris.

— C'est Tabaqui, j'en suis sûr, qui lui aura donné l'idée ! Il n'aurait jamais inventé cela tout seul.

Mowgli se tenait pensif, un doigt dans la bouche :

— Le grand ravin de la Waingunga... il débouche sur la plaine à moins d'un demi-mille d'ici. Je peux tourner à travers la Jungle, mener le troupeau jusqu'à l'entrée du ravin, et alors, en redescendant, balayer tout... mais il s'échappera par l'autre bout. Il nous faut boucher cette issue. Frère Gris, peux-tu me rendre le service de couper le troupeau en deux ?

— Pas tout seul... peut-être... mais j'ai amené du renfort, quelqu'un de rusé.

Frère Gris s'éloigna au trot et se laissa tomber dans un trou. Alors, de ce trou, se leva une énorme tête grise que Mowgli reconnut bien, et l'air chaud se remplit du cri le plus désolé de la Jungle... le hurlement de chasse d'un loup en plein midi.

— Akela ! Akela ! dit Mowgli en battant des mains. J'aurais dû savoir que tu ne m'oublierais pas... Nous avons de la besogne sur les bras ! Coupe le troupeau en deux, Akela. Retiens les vaches et les veaux d'une part et les taureaux de l'autre avec les buffles de labour.

Les deux loups traversèrent en courant, de-ci, de-là, comme à la chaîne des dames [10], le troupeau qui s'ébroua, leva la tête, et se sépara en deux masses.

D'un côté, les vaches, serrées autour de leurs veaux, qui se pressaient au centre, lançaient des regards furieux et piaffaient, prêtes, si l'un des loups s'était arrêté un moment, à le charger et à l'écraser sous leurs sabots. De l'autre, les taureaux adultes et les jeunes s'ébrouaient aussi et frappaient du pied, mais, bien qu'ils parussent plus imposants, ils étaient beaucoup moins dangereux, car ils n'avaient pas de veaux à défendre. Six hommes n'auraient pu partager le troupeau si nettement.

— Quels ordres ? haleta Akela. Ils essaient de se rejoindre.

Mowgli se hissa sur le dos de Rama :

— Chasse les taureaux sur la gauche, Akela. Frère Gris, quand nous serons partis, tiens bon ensemble les vaches et fais-les remonter par le débouché du ravin.

— Jusqu'où ? dit Frère Gris, haletant et mordant de droite et de gauche.

— Jusqu'à ce que les côtés s'élèvent assez pour que Shere Khan ne puisse les franchir ! cria Mowgli. Garde-les jusqu'à ce que nous redescendions.

Les taureaux décampèrent aux aboiements d'Akela, et Frère Gris s'arrêta en face des vaches. Elles foncèrent sur lui, et il fuit devant elles jusqu'au débouché du ravin, tandis qu'Akela chassait les taureaux loin sur la gauche.

— Bien fait ! Un autre temps de galop comme celui-là et ils sont joliment lancés... Tout beau, maintenant, tout beau, Akela ! Un coup de dent de trop et les taureaux chargent... *Huyah !* C'est de l'ouvrage plus sûr que de courre un daim noir. Tu n'aurais pas cru que ces lourdauds pouvaient aller si vite ? cria Mowgli.

— J'ai... j'en ai chassé dans mon temps, souffla Akela dans un nuage de poussière. Faut-il les rabattre dans la Jungle ?

— Oui ! Rabats-les vite ! Rama est fou de rage. Oh ! si je pouvais seulement lui faire comprendre ce que je veux de lui maintenant.

Les taureaux furent rabattus sur la droite, cette fois-ci, et se jetèrent dans le fourré qu'ils enfoncèrent avec fracas. Les autres petits bergers, qui regardaient, en compagnie de leurs troupeaux, à un demi-mille plus loin, se précipitèrent vers le village aussi vite que leurs jambes pouvaient les porter en criant que les buffles étaient devenus fous et s'étaient enfuis. Mais le plan de Mowgli était simple. Il voulait décrire un grand cercle en remontant, atteindre la tête du ravin, puis le faire descendre aux taureaux et prendre Shere Khan entre eux et les vaches. Il savait qu'après manger et boire le tigre ne serait pas en état de combattre ou de grimper aux flancs du ravin. Maintenant, il calmait de la voix ses buffles et Akela, resté loin en arrière, se contentait de japper de temps en temps pour presser l'arrière-garde. Cela faisait un vaste, très vaste cercle : ils ne tenaient pas à serrer le ravin de trop près pour donner déjà l'éveil à Shere Khan. A la fin, Mowgli parvint à rassembler le troupeau affolé à l'entrée du ravin, sur une pente gazonnée qui dévalait rapidement vers le ravin lui-même. De cette hauteur, on pouvait voir par-dessus les cimes des arbres jusqu'à la plaine qui s'étendait en bas ; mais, ce que Mowgli regardait, c'étaient les flancs du ravin. Il put constater avec une vive satisfaction qu'ils montaient presque à pic et que les vignes et les lianes qui en tapissaient les parois ne donneraient pas prise à un tigre s'il voulait s'échapper par là.

— Laisse-les souffler, Akela, dit-il en levant la main. Ils ne l'ont pas encore éventé. Laisse-les souffler. Il est temps de s'annoncer à Shere Khan. Nous tenons la bête au piège.

Il mit ses mains en porte-voix, héla dans la direction du ravin — c'était tout comme héler dans un tunnel — et les échos bondirent de rocher en rocher.

Au bout d'un long intervalle répondit le miaulement traînant et endormi du tigre repu qui s'éveille.

— Qui appelle ? dit Shere Khan.

Et un magnifique paon s'éleva du ravin, battant des ailes et criant.

— C'est moi, Mowgli... Voleur de bétail, il est temps de venir au Rocher du Conseil ! En bas... pousse-les en bas, Akela !... En bas, Rama, en bas !

Le troupeau hésita un moment au bord de la pente, mais Akela, donnant de la voix, lança son plein hurlement de chasse et les buffles se ruèrent les uns derrière les autres exactement comme des steamers dans un rapide, le sable et les pierres volant autour d'eux. Une fois partis, il n'y avait plus moyen de s'arrêter, et, avant qu'ils fussent en plein dans le lit du ravin, Rama éventa Shere Khan et mugit.

Et le torrent de cornes noires, de mufles écumants, d'yeux fixes, tourbillonna dans le ravin, absolument comme roulent des rochers en temps d'inondation, les buffles plus faibles rejetés vers les flancs du ravin qu'ils frôlaient en écorchant la brousse. Ils savaient maintenant quelle besogne les attendait en avant — la terrible charge des buffles à laquelle nul tigre ne peut espérer résister. Shere Khan entendit le tonnerre de leurs sabots, se leva et rampa lourdement vers le bas du ravin, cherchant de tous côtés un moyen de s'enfuir ; mais les parois étaient à pic, il lui fallait rester là, lourd de son repas et de l'eau qu'il avait bue, prêt à tout plutôt qu'à livrer bataille. Le troupeau plongea dans la mare qu'il venait de quitter, en faisant retentir l'étroit vallon de ses mugissements. Mowgli entendit des mugissements répondre à l'autre bout du ravin, il vit Shere Khan se retourner (le tigre savait que, dans ce cas désespéré, mieux valait encore faire tête aux buffles qu'aux vaches avec leurs veaux) ; et alors, Rama broncha, faillit tomber, continua sa route en piétinant quelque chose de flasque, puis, les autres taureaux à sa suite, pénétra dans le second troupeau à grand bruit, tandis que les buffles plus faibles étaient soulevés des quatre pieds au-dessus du sol par le choc de la rencontre. La charge entraîna dans la plaine les deux troupeaux renâclant, donnant de la corne et frappant du sabot. Mowgli attendit le bon moment pour se laisser glisser du dos de Rama, et cogna de droite et de gauche autour de lui avec son bâton.

— Vite, Akela ! Arrête-les ! Sépare-les, ou bien ils vont se battre... Emmène-les, Akela... *Hai !*... Rama ! *Hai ! hai ! hai !* mes enfants... Tout doux, maintenant, tout doux ! C'est fini.

Akela et Frère Gris coururent de côté et d'autre en mordillant les buffles aux jambes, et, bien que le troupeau fît d'abord volte-face pour charger de nouveau en remontant la gorge, Mowgli réussit à faire tourner Rama, et les autres le suivirent aux marécages. Il n'y avait plus besoin de trépigner Shere Khan. Il était mort, et les vautours arrivaient déjà.

— Frères, il est mort comme un chien, dit Mowgli, en cherchant de la main le couteau qu'il portait toujours dans une gaine suspendue à son cou maintenant qu'il vivait avec les hommes. Mais il ne se serait jamais battu... *Wallah !* sa peau fera bien sur le Rocher du Conseil. Il faut nous mettre à la besogne lestement.

Un enfant élevé parmi les hommes n'aurait jamais rêvé d'écorcher seul un tigre de dix pieds, mais Mowgli savait mieux que personne comment tient une peau de bête, et comment elle s'enlève. Toutefois, c'est un rude travail, et Mowgli tailla, tira, peina pendant une heure, tandis que les loups le contemplaient et l'aidaient à tirer quand il l'ordonnait. Tout à coup, une main tomba sur son épaule ; et, levant les yeux, il vit Buldeo avec son mousquet. Les enfants avaient raconté dans le village la charge des buffles, et Buldeo était sorti très en colère, très pressé de corriger Mowgli pour n'avoir pas pris soin du troupeau. Les loups s'éclipsèrent dès qu'ils virent l'homme venir.

— Quelle est cette folie ? dit Buldeo d'un ton de colère. Et tu te figures pouvoir écorcher un tigre !... Où les buffles l'ont-ils tué ?... C'est même le tigre boiteux, et il y a cent roupies pour sa tête... Bien, bien, nous fermerons les yeux sur la négligence avec laquelle tu as laissé le troupeau s'échapper ; et peut-être te donnerai-je une des roupies de la récompense quand j'aurai porté la peau à Khanhiwara.

Il fouilla dans son pagne, en tira une pierre à fusil et un briquet, et se baissa pour brûler les moustaches de Shere Khan. La plupart des chasseurs indigènes ont coutume de brûler les moustaches du tigre pour empêcher son fantôme de les hanter.

— Hum, dit Mowgli comme à lui-même, tout en rabattant la peau d'une des pattes. Ainsi, tu emporteras la peau à Khanhiwara pour avoir la récompense et tu me donneras peut-être une roupie ? Eh bien ! j'ai dans l'idée de garder la peau pour mon compte. Hé, vieil homme, à bas le feu !

— Quelle est cette façon de parler au chef des chasseurs du village ? Ta chance et la stupidité de tes buffles t'ont aidé à tuer ce gibier. Le tigre venait de manger, sans quoi, il serait maintenant à vingt milles. Tu ne peux même pas l'écorcher proprement, petit mendiant, et il faut que ce soit moi, Buldeo, qui me laisse dire : « Ne brûle pas ses moustaches ! » Je ne te donnerai pas un anna[11] de la récompense, mais une bonne correction, et voilà tout. Laisse cette carcasse !

— Par le taureau qui me racheta[12] ! dit Mowgli en attaquant l'épaule, dois-je rester tout l'après-midi à bavarder avec ce vieux singe ? Ici, Akela ! cet homme-là m'assomme !

Buldeo, encore penché sur la tête de Shere Khan, se trouva soudain aplati dans l'herbe, un loup gris sur les reins, tandis que Mowgli continuait à écorcher, comme s'il n'y avait eu que lui dans toute l'Inde.

— Ou-oui, dit-il entre ses dents. Tu as raison après tout, Buldeo : tu ne me donneras jamais un anna de la récompense !... Il y a une vieille querelle entre ce tigre boiteux et moi... une très vieille querelle... et j'ai gagné !

Pour rendre justice à Buldeo, s'il avait eu dix ans de moins et qu'il eût rencontré Akela dans les bois il aurait couru la chance d'une bataille ; mais un loup qui obéissait aux ordres d'un enfant, d'un enfant qui lui-même avait des difficultés personnelles avec des tigres mangeurs d'hommes, n'était pas un animal ordinaire. C'était de la sorcellerie, de la magie, et de la pire espèce, pensait Buldeo ; et il se demandait si l'amulette qu'il avait au cou suffirait à le protéger. Il restait là sans bouger d'une ligne, s'attendant, chaque minute, à voir Mowgli lui-même se changer en tigre.

— Maharajah ! Grand roi ! murmura-t-il enfin d'un ton déconfit.

— Eh bien ? fit Mowgli, sans tourner la tête et en ricanant.

— Je suis un vieil homme. Je ne savais pas que tu fusses rien de plus qu'un petit berger. Puis-je me lever et partir, ou bien ton serviteur va-t-il me mettre en pièces ?

— Va, et la paix avec toi !... Seulement, une autre fois, ne te mêle pas de mon gibier... Lâche-le, Akela.

Buldeo s'en alla clopin-clopant vers le village, aussi vite qu'il pouvait, regardant par-dessus son épaule pour le cas où Mowgli se serait métamorphosé en quelque chose de terrible. A peine arrivé, il raconta une histoire de magie, d'enchantement et de sortilège, qui fit faire au prêtre une mine très grave.

Mowgli continua sa besogne, mais le jour tombait que les loups et lui n'avaient pas séparé complètement du corps la grande et rutilante fourrure.

— Maintenant, il nous faut cacher ceci et rentrer les buffles. Aide-moi à les rassembler, Akela.

Le troupeau rallié s'ébranla dans le brouillard du crépuscule. En approchant du village, Mowgli vit des lumières, il entendit souffler et sonner les conques et les cloches. La moitié du village semblait l'attendre à la barrière.

— C'est parce que j'ai tué Shere Khan ! se dit-il.

Mais une grêle de pierres siffla à ses oreilles, et les villageois crièrent :

— Sorcier ! Fils de loup ! Démon de la Jungle ! Va-t'en ! Va-t'en bien vite, ou le prêtre te rendra ta forme de loup. Tire, Buldeo, tire !

Le vieux mousquet partit avec un grand bruit et un jeune buffle poussa un gémissement de douleur.

— Encore de la sorcellerie ! crièrent les villageois. Il peut faire dévier les balles... Buldeo, c'est justement ton buffle.

— Qu'est ceci maintenant ? demanda Mowgli, stupéfait, tandis que les pierres s'abattaient dru autour de lui.

— Ils sont assez pareils à ceux du Clan, tes

frères d'ici ! dit Akela, en s'asseyant avec calme. Il me paraît que si les balles veulent dire quelque chose, on a envie de te chasser.

— Loup ! Petit de loup ! Va-t'en ! cria le prêtre en agitant un brin de la plante sacrée appelée *tulsi* [13].

— Encore ? L'autre fois, c'était parce que j'étais un homme. Cette fois, c'est parce que je suis un loup. Allons-nous-en, Akela.

Une femme — c'était Messua — courut vers le troupeau et pleura :

— Oh, mon fils, mon fils ! Ils disent que tu es un sorcier qui peut se changer en bête à volonté. Je ne le crois pas, mais va-t'en, ou ils vont te tuer. Buldeo raconte que tu es un magicien, mais moi je sais que tu as vengé la mort de Nathoo.

— Reviens, Messua ! cria la foule. Reviens, ou l'on va te lapider !

Mowgli se mit à rire, d'un vilain petit rire sec, une pierre venait de l'atteindre à la bouche :

— Rentre vite, Messua. C'est une de ces fables ridicules qu'ils répètent sous le gros arbre, à la tombée de la nuit. Au moins, j'aurai payé la vie de ton fils. Adieu, et dépêche-toi, car je vais leur renvoyer le troupeau plus vite que n'arrivent leurs tessons. Je ne suis pas sorcier, Messua. Adieu !

— Maintenant, encore un effort, Akela ! cria-t-il. Fais rentrer le troupeau.

Les buffles n'avaient pas besoin d'être pressés pour regagner le village. Au premier hurlement d'Akela, ils chargèrent comme une trombe à travers la barrière, dispersant la foule de droite et de gauche.

— Faites votre compte, cria dédaigneusement Mowgli. J'en ai peut-être volé un. Comptez-les bien, car je ne serai plus jamais berger sur vos pâturages. Adieu, enfants des hommes, et remerciez Messua de ce que je ne viens pas avec mes loups vous pourchasser dans votre rue !

Il fit demi-tour, et s'en fut en compagnie du Loup solitaire ; et, comme il regardait les étoiles, il se sentit heureux.

— J'en ai assez de dormir dans des trappes, Akela. Prenons la peau de Shere Khan et allons-nous-en... Non, nous ne ferons pas de mal au village, car Messua fut bonne pour moi.

Quand la lune se leva, inondant la plaine de sa clarté laiteuse, les villageois, terrifiés, virent passer au loin Mowgli, avec deux loups sur les talons et un fardeau sur la tête, à ce trot soutenu des loups qui dévorent les longs milles comme du feu. Alors, ils sonnèrent les cloches du temple et soufflèrent dans les conques de plus belle ; et Messua pleura, et Buldeo broda l'histoire de son aventure dans la Jungle, finissant par raconter que le loup se tenait debout sur ses jambes de derrière et parlait comme un homme.

La lune allait se coucher quand Mowgli et les deux loups arrivèrent à la colline du Conseil ; ils firent halte à la caverne de Mère Louve.

— On m'a chassé du Clan des hommes, mère ! héla Mowgli, mais je reviens avec la peau de Shere Khan : j'ai tenu parole.

Mère Louve sortit d'un pas raide, ses petits derrière elle, et ses yeux s'allumèrent lorsqu'elle aperçut la peau.

— Je le lui ai dit, le jour où il fourra sa tête et ses épaules dans cette caverne, réclamant ta vie, Petite Grenouille... je le lui ai dit, que le chasseur serait chassé. C'est bien fait.

— Bien fait, Petit Frère ! dit une voix profonde qui venait du fourré. Nous étions seuls, dans la Jungle, sans toi.

Et Bagheera vint en courant jusqu'aux pieds de Mowgli. Ils escaladèrent ensemble le Rocher du Conseil. Mowgli étendit la peau sur la pierre plate où Akela avait coutume de s'asseoir, et la fixa au moyen de quatre éclats de bambou ; puis Akela se coucha dessus, et lança le vieil appel au Conseil :

« Regardez, regardez bien, ô loups ! » exactement comme il l'avait lancé quand Mowgli fut apporté là pour la première fois.

Depuis la déposition d'Akela, le Clan était resté sans chef, menant chasse et bataille à son gré. Mais tous, par habitude, répondirent à l'appel : et quelques-uns boitaient pour être tombés dans des pièges, et d'autres traînaient une patte fracassée par un coup de feu, d'autres encore étaient galeux pour avoir mangé des nourritures immondes, et beaucoup manquaient. Mais ceux qui restaient vinrent au Rocher du Conseil, et là, ils virent la peau zébrée de Shere Khan étendue sur la pierre, et les énormes griffes qui pendaient au bout des pattes vidées.

— Regardez bien, ô loups ! Ai-je tenu parole ? dit Mowgli.

Et les loups aboyèrent : Oui. Et l'un d'eux, tout déchiré de blessures, hurla :

— O Akela ! conduis-nous de nouveau. O toi, Petit d'Homme ! conduis-nous aussi : nous en avons assez de vivre sans lois, et nous voulons redevenir le Peuple Libre.

— Non, ronronna Bagheera, cela ne se peut pas. Et si, repus, la folie va vous reprendre ? Ce n'est pas pour rien que vous êtes appelés le Peuple Libre. Vous avez lutté pour la liberté, elle vous appartient. Mangez-la, ô loups !

— Le Clan des hommes et le Clan des loups m'ont repoussé, dit Mowgli. Maintenant, je chasserai seul dans la Jungle.

— Et nous chasserons avec toi ! dirent les quatre louveteaux.

Mowgli s'en alla et, dès ce jour, il chassa dans la Jungle avec les quatre petits. Mais il ne fut pas toujours seul, car, au bout de quelques années, il devint homme et se maria.

Mais c'est là une histoire pour les grandes personnes [14].

LA CHANSON DE MOWGLI

Telle qu'il la chanta au Rocher du Conseil
lorsqu'il dansa sur la peau de Shere Khan.

C'est la chanson de Mowgli. — Moi, Mowgli, je chante. Que la Jungle écoute quelles choses j'ai faites :

Shere Khan dit qu'il tuerait — qu'il tuerait ! Que près des portes, au crépuscule, il tuerait Mowgli la Grenouille !

Il mangea, il but. Bois bien, Shere Khan, quand boiras-tu encore ? Dors et rêve à ta proie.

Je suis seul dans les pâturages. Viens, Frère Gris ! Et toi, Solitaire, viens, nous chassons la grosse bête ce soir.

Rassemblez les grands taureaux buffles, les taureaux à la peau bleue, aux yeux furieux. Menez-les çà et là selon que je l'ordonne.

Dors-tu encore, Shere Khan ? Debout, oh ! debout. Voici que je viens et les taureaux derrière moi !

Rama, le roi des buffles, frappa du pied. Eaux de la Waingunga, où Shere Khan s'en est-il allé ?

Il n'est point Sahi pour creuser des trous, ni Mor [15] le Paon pour voler. Il n'est point Mang, la Chauve-Souris, pour se suspendre aux branches. Petits bambous qui craquez, dites où il a fui !

Ow ! il est là. *Ahoo !* il est là. Sous les pieds de Rama gît le boiteux. Lève-toi, Shere Khan. Lève-toi et tue ! Voici du gibier ; brise le cou des taureaux !

Chut ! il dort. Nous ne l'éveillerons pas, car sa force est très grande. Les vautours sont descendus pour la voir. Les fourmis noires sont montées pour la connaître. Il se tient grande assemblée en son honneur.

Alala ! Je n'ai rien pour me vêtir. Les vautours verront que je suis nu. J'ai honte devant tous ces gens.

Prête-moi ta robe, Shere Khan. Prête-moi ta gaie robe rayée, que je puisse aller au Rocher du Conseil.

Par le taureau qui m'a payé, j'avais fait une promesse — une petite promesse. Il ne manque que ta robe pour que je tienne parole.

Couteau en main — le couteau dont se servent les hommes —

Eaux de la Waingunga, soyez témoins que Shere Khan me donne sa robe, car il m'aime. Tire, Frère Gris ! Tire, Akela ! Lourde est la peau de Shere Khan.

Le Clan des Hommes est irrité. Ils jettent des pierres et parlent comme des enfants. Ma bouche saigne. Laissez-moi partir.

A travers la nuit, la chaude nuit, courez vite avec moi, mes frères. Nous quitterons les lumières du village, nous irons vers la lune basse.

Eaux de la Waingunga, le Clan des Hommes m'a chassé. Je ne leur ai point fait de mal, mais ils avaient peur de moi. Pourquoi ?

Clan des Loups, vous m'avez chassé aussi. La Jungle m'est fermée, les portes du village aussi. Pourquoi ?

De même que Mang vole entre les bêtes et les oiseaux, de même je vole entre le village et la Jungle. Pourquoi ?

Je danse sur la peau de Shere Khan, mais mon cœur est très lourd. Les pierres du village ont frappé ma bouche et l'ont meurtrie. Mais mon cœur est très léger, car je suis revenu à la Jungle. Pourquoi ?

Ces deux choses combattent en moi comme les serpents luttent au printemps. L'eau tombe de mes yeux, et pourtant, je ris. Pourquoi ?

Je suis deux Mowglis, mais la peau de Shere Khan est sous mes pieds. Toute la Jungle sait que j'ai tué Shere Khan. Regardez, regardez bien, ô Loups !

Ahae ! Mon cœur est lourd de choses que je ne comprends pas.

LE PHOQUE BLANC

Dors, mon baby, la nuit est derrière nous,
Et noires sont les eaux qui brillaient si vertes.
Par-dessus les brisants la lune nous cherche
Au repos entre leurs seins soyeux et doux.
Où flot touche flot, fais là ton nid clos,
Roule ton corps las, mon petit nageur,
Ni vent, ni requin t'éveille ou te blesse
Dormant dans les bras des lents flots berceurs.

Berceuse phoque.

Les choses que je vais dire sont arrivées, il y a plusieurs années, en un lieu appelé Novastoshnah [1], à la pointe nord-est de l'île de Saint-Paul [2], là-bas, là-bas, dans la mer de Behring. Limmershin, le roitelet d'hiver, m'a raconté l'histoire quand il fut jeté par le vent dans le gréement d'un steamer en route pour le Japon. Je l'avais descendu dans ma cabine, réchauffé et nourri durant deux jours, jusqu'à ce qu'il fût en état de retourner à Saint-Paul. Limmershin est un drôle de petit oiseau, mais qui sait dire la vérité.

Personne ne vient à Novastoshnah, hormis pour affaires ; et les seules gens qui aient là des affaires régulières sont les phoques. Ils y abordent pendant les mois d'été, et c'est par centaines et centaines de mille qu'on les voit émerger de la froide mer grise ; car la grève de Novastoshnah offre plus de commodités aux phoques que nul lieu du monde. Sea Catch le savait ; aussi, chaque printemps, partait-il

à la nage — d'où qu'il se trouvât — fonçant,
comme un torpilleur, droit sur Novastoshnah, où il
passait un mois à se battre avec ses camarades pour
une bonne place dans les rochers, aussi près de la
mer que possible. Sea Catch avait quinze ans
d'âge : c'était un énorme phoque gris[3], dont la
fourrure sur les épaules ressemblait à une crinière,
et qui montrait de longues canines à l'air mauvais.
Quand il se soulevait sur ses nageoires de devant, il
dominait le sol de quatre pieds au moins, et son
poids, si quelqu'un eût osé le peser, aurait atteint
près de sept cents livres. Il était tout couvert de
cicatrices de ses furieuses batailles, mais toujours
prêt à une bataille de plus. Il mettait sa tête de côté,
comme s'il avait peur de regarder son ennemi en
face ; mais il la projetait en avant, plus prompt que
la foudre, et, une fois les fortes dents fixées dans le
cou d'un autre phoque, l'autre phoque s'en tirait
comme il pouvait, mais Sea Catch ne l'y aidait pas.
Pourtant Sea Catch n'aurait jamais attaqué un
phoque déjà battu, car cela était contre les Lois de
la Grève. Tout ce qu'il lui fallait, c'était son empla-
cement près de la mer pour y établir son ménage ;
mais, comme il se trouvait quarante ou cinquante
mille autres phoques en quête, tous les printemps,
de la même chose, les sifflements, les meuglements,
les hurlements et les rauquements qu'on entendait
sur la grève faisaient un terrible concert. D'une
petite colline, appelée Hutchinson's Hill[4], on pouvait découvrir trois milles et demi de terrain couvert
de phoques en train de combattre, et l'écume se
tachetait sur toute la baie, de têtes de phoques se
hâtant vers la terre pour y prendre leur part de
bataille. Ils se battaient dans les brisants, ils se
battaient sur le sable, ils se battaient sur les basaltes,
polis par l'usage, des rochers où s'établissaient les
nurseries, car ils étaient tout aussi stupides et diffi-
ciles à vivre que des hommes. Leurs compagnes
n'arrivaient jamais à l'île avant la fin de mai ou le
commencement de juin, ne tenant pas à être taillées

en pièces ; et les jeunes phoques de deux, trois ou quatre ans, qui n'avaient pas encore commencé la vie de ménage, s'avançaient d'un demi-mille environ à l'intérieur des terres, à travers les rangs des combattants et jouaient sur les dunes par troupeaux et par légions, effaçant jusqu'à la moindre trace de verdure alentour. On les appelait les *holluschickie*[5] — les célibataires — et il y en avait peut-être deux ou trois cent mille à Novastoshnah seulement.

Sea Catch venait de livrer son quarante-cinquième combat, un printemps, quand Matkah[6], son épouse, la douce et souple Matkah aux yeux caressants, sortit de la mer. Il la saisit par la peau du cou, la posa brutalement sur sa réserve, et grogna :

— En retard comme à l'ordinaire ! Où donc as-tu bien pu aller ?

Sea Catch avait l'habitude de ne rien manger pendant les quatre mois qu'il demeurait sur les grèves ; aussi son humeur était-elle généralement bourrue. Matkah, trop avisée pour répondre sur le même ton, regarda autour d'elle et roucoula :

— Quelle bonne pensée ! Tu as pris le vieil endroit cette fois encore.

— Je crois bien que je l'ai pris, dit Sea Catch... Regarde-moi.

Il se montra déchiré, saignant en vingt endroits, un œil quasi crevé, les flancs à l'état de loques.

— Oh ! ces hommes, ces hommes ! dit Matkah en s'éventant avec sa nageoire postérieure. Pourquoi ne pouvez-vous être raisonnables, et convenir de vos emplacements avec tranquillité ? Tu as l'air de t'être battu avec l'orque[7].

— Je n'ai fait autre chose que de me battre depuis le milieu de mai. La grève est encombrée cette année, c'est une honte. J'ai rencontré au moins cent phoques de Lukannon[8] à la recherche d'un logis. Pourquoi les gens ne restent-ils pas chez eux ?

— J'ai souvent pensé que nous nous trouverions beaucoup mieux d'aborder à Otter Island[9] au lieu de choisir cette grève encombrée, dit Matkah.

— Bah ! les *holluschickie* seuls vont à Otter Island. On dirait que nous avons peur. Il y a des apparences à garder, ma chère.

Sea Catch enfonça fièrement sa tête entre ses fortes épaules et fit semblant de dormir quelques minutes, mais d'un œil seulement, car il se tenait strictement sur ses gardes en vue d'une bataille possible.

Maintenant que tous les phoques et leurs femelles étaient à terre, on pouvait entendre leur clameur à plusieurs milles au large, au-dessus des plus bruyantes tempêtes. Au plus bas mot, il y avait bien un million de phoques sur la grève — vieux phoques, mères phoques, petits phoques et *holluschickie* — combattant, se roulant, rampant et jouant ensemble, descendant à la mer et revenant en troupes et en régiments, couvrant chaque pied de terrain aussi loin que l'œil pouvait atteindre, partant par brigades en escarmouches à travers le brouillard. Il fait presque toujours du brouillard à Novastoshnah, sauf quand le soleil paraît pour donner à toutes choses, l'espace d'un instant, des aspects de perle et d'arc-en-ciel.

Kotick [10], le baby de Matkah, naquit au milieu de cette confusion. Il était tout en tête et en épaules, avec de pâles yeux bleus couleur d'eau, comme sont les tout petits phoques ; mais il y avait quelque chose de la teinte de son pelage qui le fit examiner de très près par sa mère :

— Sea Catch, dit-elle enfin, notre baby va être blanc !

— Coquilles vides et goémon sec ! éternua Sea Catch, il n'y a jamais eu au monde rien qui ressemblât à un phoque blanc.

— Ce n'est pas ma faute, dit Matkah ; il y en aura un maintenant.

Et elle chanta à mi-voix la lente chanson que toutes les mères phoques chantent à leurs babies.

Ne nage pas avant d'avoir six semaines,
Ou ta tête sera coulée par tes talons ;

Et moussons d'été, requins et baleines
Sont mauvais pour les bébés phoques.

Mauvais pour les bébés phoques, mon rat,
Plus mauvais que rien ne peut l'être,
Mais barbote et deviens fort,
Et tu n'auras jamais tort,
Libre enfant de la mer ouverte !

Le petit, naturellement, ne comprenait pas tout d'abord les paroles. Il pagayait et barbotait à côté de sa mère, et apprenait à déblayer le terrain quand son père se battait avec un autre phoque et que les deux roulaient et rugissaient à travers les rochers glissants. Matkah allait au large chercher des choses à manger, et le baby n'était nourri qu'une fois tous les deux jours ; mais, alors, il mangeait comme quatre et en profitait.

La première chose qu'il fit, ce fut de ramper vers l'intérieur ; là, il rencontra des dizaines de mille de babies de son âge et ils jouèrent ensemble comme de petits chiens, s'endormant sur le sable clair et se remettant à jouer. Les vieilles gens des *nurseries* ne s'en occupaient pas, les *holluschickie* s'en tenaient à leur propre territoire, et les babies s'amusaient merveilleusement. Quand Matkah revenait de sa pêche en eau profonde, elle allait droit à leur lieu de récréation et appelait, comme une brebis appelle son agneau, jusqu'à ce qu'elle entendît bêler Kotick. Alors elle se dirigeait vers lui en stricte ligne droite, se lançant de côté et d'autre avec ses nageoires de devant et jetant les jeunes phoques cul par-dessus tête. Il y avait toujours quelques centaines de mères en quête de leurs enfants à travers le terrain de jeux, et les babies avaient grand besoin d'ouvrir l'œil ; mais, comme Matkah disait à Kotick :

— Tant que tu ne te vautres pas dans l'eau bourbeuse pour y prendre la gale, tant que tu ne te mets pas de sable sec dans une coupure ou une éraflure, et tant que tu ne nages pas quand la mer est grosse, aucun mal ne peut t'arriver ici.

Les petits phoques ne savent pas mieux nager que les petits enfants, mais ils ne sont pas heureux jusqu'à ce qu'ils aient appris. La première fois que Kotick descendit à la mer, une vague l'emporta, lui fit perdre pied, sa grosse tête s'enfonça, et ses petites nageoires de derrière se dressèrent en l'air exactement comme sa mère le lui avait dit dans la chanson ; en effet, si la vague suivante ne l'avait rejeté vers le bord, il se serait noyé. Après cela, il apprit à rester étendu dans une flaque de la grève, à se laisser tout juste recouvrir par le flux de chaque vague qui le soulevait, tandis qu'il pagayait ; mais il veillait toujours d'un œil pour voir arriver les grosses vagues qui peuvent faire mal. Il fut deux semaines avant d'apprendre l'usage de ses nageoires, et, tout ce temps, il se traîna du rivage dans la mer, de la mer sur le rivage, toussant, grognant, remontant la grève à plat ventre, dormant comme un chat sur le sable, puis se remettant à l'eau jusqu'à ce qu'enfin il se sentît vraiment en possession de son élément.

Vous pouvez imaginer quel bon temps, alors, il prit avec ses camarades, les plongeons sous les lames, les chevauchées sur la crête d'un brisant, les arrivées à terre avec un éternuement et un plouf, tandis que la grande vague filait en écumant, très haut sur le rivage ; la joie de se tenir tout droit sur sa queue et de se gratter la tête, comme font les vieilles gens, ou de jouer à *Je suis le Roi du Château*[11] sur les roches herbues et glissantes qui affleuraient à ras d'écume. Parfois il voyait un mince aileron, semblable à l'aileron d'un gros requin, dérivant au large, non loin du bord, et il savait que c'était la baleine tueuse, le Grampus, qui mange les jeunes phoques lorsqu'elle peut les prendre... et Kotick fonçait vers la grève comme une flèche, et l'aileron s'en allait, louvoyant lentement, comme s'il ne cherchait rien du tout.

A la fin d'octobre, les phoques commencèrent à quitter Saint-Paul pour la haute mer, par familles et par tribus ; les batailles cessèrent autour des *nurse-ries*, et les *holluschickie* jouaient où bon leur semblait.

— L'année prochaine, dit Matkah à Kotick, tu seras un *holluschickie* ; mais, cette année, il faut que tu apprennes à prendre du poisson.

Ils se mirent tous deux en route à travers le Pacifique, et Matkah montra à Kotick comment dormir sur le dos, les nageoires proprement bordées et son petit nez juste hors de l'eau. Il n'y a pas de berceau plus confortable que la longue houle balancée du Pacifique. Lorsque Kotick sentit des picotements sur toute la surface de la peau, Matkah lui dit qu'il connaissait maintenant « le toucher de l'eau », que ces élancements et ces picotements annonçaient du gros temps en route, et qu'il fallait souquer dur et fuir devant l'orage.

— Avant longtemps, dit-elle, tu sauras vers où nager, mais, pour l'instant, nous suivrons Sea Pig, car il est très sage.

Une bande de marsouins plongeait et filait à travers l'eau, et le petit Kotick les suivit de toute sa vitesse.

— Comment savez-vous la route ? souffla-t-il.

Le chef de la bande roula son œil blanc et plongea :

— Ma queue m'élance, jeunesse, dit-il. C'est signe de grain derrière nous. Viens, viens ! Quand on est au sud de l'Eau Lourde (il voulait dire l'Equateur) et qu'on éprouve des élancements dans la queue, cela signifie qu'il y a un orage devant soi et qu'il faut gouverner nord. Viens, l'eau ne me dit rien de bon par ici.

Ce fut une des nombreuses choses qu'apprit Kotick, et, chaque jour, il en apprenait de nouvelles. Matkah lui enseigna à suivre la morue et le flétan, le long des bancs sous-marins ; à extirper les bêtes de rocher de leur trou parmi les goémons ; à longer les épaves par cent brasses de fond, enfilant un hublot, raide comme balle, pour sortir par un autre à la suite des poissons ; à danser sur la crête des vagues, tandis que les éclairs se pourchassent à travers le ciel, et à saluer poliment de la nageoire l'albatros à queue tronquée et la frégate, tandis qu'ils descendent le vent ; à sauter, trois ou quatre pieds hors de l'eau, comme un dauphin, nageoires au flanc et queue recourbée ; à laisser les poissons volants tranquilles, parce qu'ils sont tout en arêtes ; à happer l'épaule d'une morue à toute vitesse par dix brasses ; et à ne jamais s'arrêter pour regarder une embarcation ou un navire, mais surtout un canot à rames. Au bout de six mois, ce que Kotick ignorait encore de la pêche en eau profonde ne valait pas la peine d'être su ; et, tout ce temps, il ne se posa pas une fois sur la terre ferme.

Un jour, cependant, comme il flottait à moitié endormi dans l'eau tiède quelque part au large de l'île Juan Fernandez [12], il sentit un malaise et une paresse l'envahir, tout comme les humains lorsqu'ils ont « le printemps dans les jambes », et il se rappela le bon sable ferme des grèves de Novastoshnah, à deux mille lieues de là, les jeux de ses camarades, l'odeur du varech, le cri des phoques et leurs batailles. A la même minute, il mit le cap au nord, nageant d'aplomb, et, comme il allait, il rencontra des douzaines de ses compagnons, tous à même destination, qui lui dirent :

— Salut, Kotick ! Cette année, nous sommes tous *holluschickie*, nous pourrons danser la danse du feu dans les brisants de Lukannon et jouer sur l'herbe neuve. Mais où as-tu pris cette robe ?

Le pelage de Kotick était d'un blanc presque immaculé maintenant, et, quoiqu'il en fût très fier, il répondit seulement :

— Nagez vite ! J'ai des crampes dans les os, tant il me tarde de revoir la terre.

C'est ainsi qu'ils arrivèrent aux grèves où ils étaient nés, et ils entendirent de loin les vieux phoques, leurs pères, combattre dans la brume pesante.

Cette nuit-là, Kotick dansa la « danse du feu » avec les jeunes phoques de l'année. La mer est pleine de feu, pendant les nuits d'été, depuis Novastoshnah jusqu'à Lukannon, et chaque phoque laisse un sillage derrière lui, comme d'huile brûlante, et une flamme brusque lorsqu'il saute, et les vagues se brisent en grandes zébrures et en tourbillons phosphorescents. Puis ils remontèrent à l'intérieur jusqu'aux terrains des *holluschickie*, se roulèrent du haut en bas dans les folles avoines nouvelles et se racontèrent des histoires sur ce qu'ils avaient fait pendant qu'ils couraient la mer. Ils parlaient du Pacifique comme des écoliers d'un bois où ils viendraient de gauler des noisettes, et, si quelqu'un les eût compris, il aurait pu, rentré chez lui, dresser de cet océan une carte comme on n'en vit jamais. Les *holluschickie* de trois ou quatre ans dégringolèrent de Hutchinson's Hill en criant :

— Place, gosses ! La mer est profonde, et vous ne savez pas encore tout ce qu'il y a dedans. Attendez d'avoir doublé Le Cap... Eh ! petit, où as-tu pris cet habit ?

— Je ne l'ai pas pris, dit Kotick, il a poussé tout seul.

Et, au moment où il allait rouler son interlocuteur, deux hommes à cheveux noirs, à faces rougeaudes et plates, sortirent de derrière une dune, et Kotick, qui n'avait jamais vu d'hommes auparavant, toussa et mit la tête basse. Les *holluschickie* s'ébranlèrent pesamment de quelques mètres, puis restèrent immobiles à les dévisager stupidement. Les hommes n'étaient rien de moins que Kerick Booterin, le chef des chasseurs de phoques de l'île, et Patalamon, son fils. Ils venaient d'un petit village à moins d'un demi-mille des *nurseries*, et ils s'occupaient de décider quels phoques ils rabattraient vers les abattoirs — car on mène les phoques tout comme des moutons — pour être dans la suite transformés en jaquettes fourrées.

— Oh ! dit Patalamon. Regarde. Voilà un phoque blanc.

Kerick Booterin devint presque pâle sous sa couche d'huile et de fumée — car il était aléoute [13], et les Aléoutes ne sont pas des gens soignés. Puis il marmonna une prière.

— Ne le touche pas, Patalamon. Il n'y a jamais eu de phoque blanc depuis que je suis né. Peut-être que c'est l'esprit du vieux Zaharrof qui s'est perdu l'année dernière dans un gros coup de vent.

— Je passe au large, dit Patalamon. Ça porte malheur... Vous croyez vraiment que c'est le vieux Zaharrof qui revient ? Je lui dois quelque chose pour des œufs de mouette.

— Ne le regarde pas, dit Kerick. Rabats cette troupe de quatre ans. Les hommes devraient en écorcher deux cents aujourd'hui, mais c'est le début de la saison, et ils sont neufs à l'ouvrage. Cent suffiront. Vite !

Patalamon secoua une paire de castagnettes, formées de deux clavicules de phoque, devant un troupeau de *holluschickie*, et ceux-ci s'arrêtèrent net, reniflant et soufflant. Puis il s'approcha. Les phoques se mirent en mouvement, et Kerick les mena vers l'intérieur sans qu'ils essayassent une fois de rejoindre leurs compagnons. Des centaines et des centaines de phoques virent emmener les autres, mais ils continuèrent à jouer comme si de rien n'était. Kotick fut le seul à faire des questions, et aucun de ses camarades ne put rien lui dire, sinon que les hommes menaient toujours les phoques de cette manière pendant six semaines ou deux mois chaque année.

— Je vais les suivre, dit-il.

Et ses yeux lui sortaient presque de la tête, comme il clopinait derrière le troupeau.

— Le Phoque Blanc vient derrière nous ! cria Patalamon. C'est la première fois qu'un phoque est jamais venu aux abattoirs tout seul.

— Ne regarde pas en arrière, dit Kerick. Je suis sûr maintenant que c'est l'esprit de Zaharrof !... Il faut que j'en parle au prêtre.

La distance jusqu'aux abattoirs n'était que d'un demi-mille, mais elle prit une heure à couvrir, car, si les phoques allaient trop vite, Kerick savait qu'ils s'échaufferaient et qu'alors leur fourrure s'en irait par plaques lorsqu'on les écorcherait. De sorte qu'ils allèrent très lentement, passé Sea Lion's Neck et passé Webster-house [14], jusqu'à ce qu'ils atteignissent le saloir situé juste hors de vue des phoques de la grève. Kotick suivit, haletant et perplexe. Il se croyait au bout du monde, mais les cris des *nurseries*, derrière lui, résonnaient aussi haut que le bruit d'un train dans un tunnel.

Enfin, Kerick s'assit sur la mousse, tira une lourde montre d'étain et laissa le troupeau fraîchir pendant trente minutes... et Kotick pouvait entendre la rosée du brouillard s'égoutter du bord de son bonnet. Puis dix ou douze hommes, chacun armé d'une massue bandée de fer et longue de trois ou quatre pieds, s'approchèrent. Kerick leur désigna un ou deux individus de la bande qui avaient été mordus par leurs camarades ou s'étaient échauffés, et les hommes les jetèrent de côté à grands coups de leurs lourdes bottes faites en peau de gorge de morse. Alors, Kerick dit :

— Allez !

Et les hommes se mirent à assommer les phoques le plus vite qu'ils pouvaient. Dix minutes plus tard, Kotick ne reconnaissait plus ses amis, car leurs peaux, soulevées du nez aux nageoires postérieures, arrachées d'un coup sec, gisaient à terre, en tas.

C'en était assez pour Kotick. Il fit volte-face et partit au galop — un phoque peut galoper très vite pour peu de temps — vers la mer, sa petite moustache naissante toute hérissée d'horreur. A Sea Lion's Neck, où les grands lions de mer siègent au bord de l'écume, il se jeta, nageoires par-dessus tête, dans l'eau fraîche et se mit à se balancer en soupirant misérablement.

— Qui va là ? dit un lion de mer rudement.

Car, en règle générale, les lions de mer s'en tiennent à leur propre société.

— *Scoochnie ! Ochen Scoochnie !* Je suis seul, tout seul ! dit Kotick. On est en train de tuer tous les *holluschickie* sur toutes les grèves !

Le lion de mer tourna les yeux vers la terre.

— Absurde ! dit-il. Tes amis font autant de bruit que jamais. Tu as dû voir le vieux Kerick en train de nettoyer une bande. Il y a trente ans qu'il fait ce métier.

— C'est horrible, dit Kotick en s'arc-boutant dans l'eau, tandis qu'une vague le couvrait, et reprenant l'équilibre d'un coup de nageoires en hélice qui l'arrêta à trois centimètres d'une déchiqueture de rocher.

— Pas mal pour un petit de l'an, dit le lion de mer, qui était à même d'apprécier un bon nageur. Je suppose qu'à votre point de vue c'est en effet assez vilain ; mais, vous autres, phoques, comme vous persistez à venir ici d'année en année, les hommes arrivent naturellement à le savoir, et si vous ne pouvez pas trouver une île où les hommes ne viennent jamais, vous serez toujours rabattus.

— N'y a-t-il pas d'île pareille ? commença Kotick.

— J'ai suivi le *poltoos* (le flétan) pendant vingt années et je ne peux pas dire que je l'ai trouvée encore. Mais, écoute... tu sembles prendre plaisir à causer avec tes supérieurs... pourquoi ne vas-tu pas à Walrus Islet [15] parler à Sea Vitch [16] ? Il sait peut-être quelque chose. Ne te presse pas comme cela. C'est une traversée de six milles, et à ta place je me mettrais à sec et ferais un somme auparavant.

Kotick jugea l'avis bon ; aussi, de retour à sa propre grève, se mit-il à sec et dormit-il une demi-heure, avec des frissons tout le long du corps à la manière des phoques. Puis il mit le cap sur Walrus Islet, petit plateau bas d'île rocheuse, presque en plein noroîs de Novastoshnah, tout en langues de rochers et en nids de mouettes, où les morses vivaient entre eux. Il prit terre près du vieux Sea Vitch, le gros vilain morse bouffi et dartreux, du

Nord Pacifique, au col épais et aux longues défenses, qui n'a de bonnes manières que lorsqu'il dort — comme il faisait en ce moment — ses nageoires de derrière baignant à moitié dans l'écume.

— Eveille-toi ! aboya Kotick, car les mouettes menaient grand bruit.

— Ah ! oh ! Hmph ! Qu'est-ce que c'est ? dit Sea Vitch.

Et il heurta de ses défenses le morse qui était près de lui et l'éveilla ; celui-ci éveilla son voisin, et ainsi de suite jusqu'à ce qu'ils fussent tous réveillés, écarquillant les yeux dans toutes les directions, sauf la bonne.

— Hé ! c'est moi, dit Kotick, pointant dans l'écume et semblable à une petite limace blanche.

— Eh bien ! que je sois... écorché ! dit Sea Vitch.

Ils toisèrent tous Kotick, comme vous pouvez imaginer qu'un club de vieux messieurs somnolents toiserait un petit garçon. Kotick ne tenait pas à entendre parler davantage d'écorchement ce jour-là, il en avait vu assez, de sorte qu'il héla :

— N'y a-t-il pas un lieu où puissent aller les phoques et où les hommes ne viennent jamais ?

— Débrouille-toi et trouve, dit Sea Vitch, en fermant les yeux. Cours. Nous avons affaire ici.

Kotick fit saut de dauphin en l'air, et cria de toutes ses forces :

— Mangeur de Moules ! Mangeur de Moules ! Mangeur de Moules !

Il savait que Sea Vitch n'avait jamais pris un poisson de sa vie, mais déterrait toujours des coquillages et des algues, quoiqu'il se fît passer pour personnage terrible. Comme de juste, les Chickies, les Gooverooskies et les Epatkas — Mouettes-Bourgmestres, Mouettes tachetées et Plongeons — qui cherchent toujours l'occasion d'être impolis, reprirent le cri, et, comme Limmershin me l'a dit, pendant près de cinq minutes on n'eût pas entendu un coup de fusil sur Walrus Islet. Toute la population piaulait et criait :

— Mangeur de Moules ! *Stareek !* (vieil homme), tandis que Sea Vitch roulait d'un flanc sur l'autre, grognant et toussant.

— Et maintenant, me le diras-tu ? dit Kotick, tout essoufflé.

— Va demander à Sea Cow [17], dit Sea Vitch. S'il vit encore, il pourra te le dire.

— Comment connaîtrai-je Sea Cow lorsque je le rencontrerai ? dit Kotick, en faisant une embardée pour s'en aller.

— C'est dans la mer la seule chose plus vilaine que Sea Vitch ! cria une Mouette-Bourgmestre en tournant sous le nez de Sea Vitch, plus vilaine et plus mal élevée ! *Stareek !*

Kotick reprit à la nage le chemin de Novastoshnah, laissant crier les mouettes. Mais il ne trouva au retour nulle sympathie envers son humble tentative de découvrir un lieu sûr pour les phoques. On lui dit que les hommes avaient toujours mené les *holluschickie*, cela faisait partie de la besogne courante, et que, s'il n'aimait pas à voir de laides choses, il n'avait qu'à ne pas aller aux abattoirs. Mais aucun des autres phoques n'avait vu la tuerie, et c'est ce qui faisait la différence entre lui et ses amis. De plus, Kotick était un phoque blanc.

— Ce qu'il te faut faire, dit le vieux Sea Catch, après avoir entendu les aventures de son fils, c'est pousser et devenir un grand phoque comme ton père, puis fonder une *nursery* sur la plage : et alors, ils te laisseront la paix. Dans cinq ans d'ici, tu devrais pouvoir te battre pour ton compte.

Même la douce Matkah, sa mère, lui dit :

— Tu ne pourras jamais empêcher les tueries. Va jouer dans la mer, Kotick.

Et Kotick s'en alla danser la danse du feu, son petit cœur très gros.

Cet automne, il quitta la grève sitôt qu'il put et se mit seul en route, à cause d'une idée qu'il avait dans sa tête obstinée. Il trouverait Sea Cow, si tel personnage existait dans l'étendue des mers, et il découvrirait une île paisible avec de bonnes grèves de sable ferme pour les phoques, où les hommes ne pourraient pas les atteindre.

Infatigablement, tout seul, il explora l'océan, du nord au sud du Pacifique, nageant jusqu'à trois cents milles en un jour et une nuit. Il lui arriva plus d'aventures qu'on ne peut conter ; c'est tout juste s'il échappa au Requin tacheté ainsi qu'au Marteau ; il rencontra tous les ruffians sans foi qui vagabondent à travers les mers, et les lourds poissons polis et les grands coquillages écarlates et tachetés qui restent à l'ancre au même endroit des centaines d'années et en tirent grand orgueil ; mais il ne rencontra jamais Sea Cow, et jamais il ne trouva une île qui lui plût. Si la grève était bonne et ferme avec une pente douce où les phoques pussent jouer, il y avait toujours à l'horizon la fumée d'un baleinier qui faisait bouillir de la graisse, et Kotick savait ce que cela signifiait. Ou bien il pouvait voir que les phoques avaient visité l'île autrefois et y avaient été détruits par des massacres ; et Kotick se rappelait que là où les hommes sont déjà venus ils reviennent toujours.

Il fit route avec un vieil albatros à queue tronquée, qui lui recommanda l'île de Kerguelen [18] comme l'endroit rêvé pour la paix et le silence, et, lorsque Kotick descendit par là, c'est tout au plus s'il ne se fracassa pas en miettes contre de mauvaises falaises noires, pendant un violent orage de grêle accompagné de foudre et de tonnerre. Pourtant, comme il souquait contre le vent, il put voir que, même là, il y avait eu jadis une *nursery* de phoques. Et il en était de même dans toutes les autres îles qu'il visita.

Limmershin en énuméra une longue liste, car il disait que Kotick passa en exploration cinq saisons, avec, chaque année, un repos de quatre mois à Novastoshnah, où les *holluschickie* se moquaient de lui et de ses îles imaginaires. Il alla aux Galapagos [19], un horrible endroit desséché sous l'Equateur, où il pensa être cuit par le soleil ; il alla aux îles de Géorgie, aux Orcades, à l'île d'Emeraude, à l'île du Petit-Rossignol, à l'île de Bouvet, aux Grossets et jusqu'à une toute petite île au sud du cap de Bonne-Espérance [20]. Mais partout le peuple de la mer lui répétait la même chose. Les phoques étaient venus à ces îles dans le temps, mais les hommes les y avaient massacrés et détruits. Même, un jour, après avoir nagé des centaines de lieues dans les eaux du Pacifique, en atteignant un endroit nommé le cap Corrientes [21] (c'était à son retour de l'île de Gough), il trouva sur un rocher quelques centaines de phoques galeux qui lui dirent que les hommes venaient là aussi. Cela faillit le désespérer, et il doublait le cap, en route vers ses grèves natales, quand, sur le chemin du nord, il aborda dans une île couverte d'arbres verts, où il trouva un vieux, très vieux phoque qui se mourait. Kotick pêcha pour lui et lui conta tous ses échecs.

— Maintenant, dit Kotick, je retourne à Novastoshnah et, si je suis poussé vers les abattoirs avec les *holluschickie*, je ne m'en soucie plus.

Le vieux phoque, au contraire, l'encouragea :

— Essaie une fois encore. Je suis le dernier de la tribu perdue de Masafuera [22], et, au temps où les hommes nous tuaient par centaines de mille, il courait une légende sur les grèves au sujet d'un phoque blanc qui, un jour, descendrait du nord et conduirait le peuple des phoques en un lieu sûr. Je suis vieux et je ne vivrai pas pour voir ce jour-là, mais d'autres le verront à ma place. Essaie une fois encore.

Kotick retroussa sa moustache (elle était superbe) et dit :

— Je suis le seul phoque blanc jamais né sur les grèves, et je suis le seul phoque, blanc ou noir, qui ait pensé jamais à chercher des îles nouvelles.

Cela le ragaillardit considérablement.

Quand il revint à Novastoshnah, cet été-là, Matkah, sa mère, le supplia de se marier et d'établir son ménage, car il n'était plus un *holluschickie*, mais un *sea catch* ayant atteint sa pleine croissance, avec une crinière blanche et frisée sur les épaules, aussi lourd, aussi grand, aussi courageux que son père.

— Donnez-moi une autre saison, dit-il. Rappelez-vous, mère, c'est toujours la septième vague qui remonte la grève le plus haut.

Coïncidence assez bizarre, il se trouva une jeune phoque qui jugea, comme lui, qu'elle remettrait son mariage à l'an suivant et Kotick dansa avec elle la danse du feu tout le long de la grève de Lukannon, la nuit qui précéda son départ pour sa dernière croisière. Cette fois, il se dirigea vers l'ouest, car il était tombé sur la piste d'un grand banc de flétans, et il avait besoin d'au moins cent livres de poisson par jour pour se tenir en condition. Il les chassa jusqu'à ce qu'il fût las, puis il se mit en rond et s'endormit dans le creux de la houle qui bat Copper Island. Il connaissait parfaitement la côte, de sorte que, vers minuit, en heurtant doucement un lit de varech, il dit :

— Hum, il y a grosse marée, ce soir !

Se retournant sous l'eau, il ouvrit lentement les yeux et s'étira. Puis il sauta comme un chat, en apercevant d'énormes choses qui musaient dans l'eau des hauts-fonds et broutaient les lourdes franges des varechs.

— Par les Grands Brisants de Magellan, dit-il dans sa moustache, qui donc, de toute la mer profonde, sont ces gens-là ?

Ils ne ressemblaient à rien, morse, lion de mer, phoque, ours, baleine, requin, poisson, pieuvre ou coquillage, que Kotick eût jamais vu auparavant. Ils avaient de vingt à trente pieds de long, pas de nageoires postérieures, mais une queue en forme de pelle qui paraissait taillée dans du cuir mouillé. Leurs têtes étaient les plus ridicules choses qu'on pût voir, et ils se balançaient sur le bout de leurs queues en eau profonde lorsqu'ils ne paissaient pas, se saluant solennellement les uns les autres, et agitant leurs nageoires de devant comme un gros homme agite des bras trop courts.

— Ahem ! dit Kotick. Bon plaisir, Messieurs !

Les grosses créatures répondirent en dodelinant et en agitant leurs nageoires comme le Frog-Footman [23].

Quand ils se remirent à pâturer, Kotick vit que leur lèvre supérieure était fendue en deux morceaux, qu'ils pouvaient écarter d'environ un pied, pour de nouveau les joindre avec un boisseau de goémon dans la fente. Ils poussaient le varech dans leurs bouches et mâchaient solennellement.

— Sale manière de manger, fit Kotick.

Ils dodelinèrent encore, et Kotick commença à perdre patience.

— Très bien ! dit-il. Ce n'est pas pour une articulation de plus que les autres dans votre nageoire de devant, qu'il vaut la peine de faire tant d'embarras. Je vois que vous saluez gracieusement, mais je voudrais connaître vos noms.

Les lèvres fendues remuèrent, se tordirent ; les yeux vitreux et verdâtres s'arrondirent, mais ils ne parlèrent pas.

— Eh bien ! dit Kotick, vous êtes les seuls gens que j'aie jamais rencontrés qui soient plus laids que Sea Vitch... et plus mal léchés !

Alors, il se souvint, en un éclair, de ce que la Mouette-Bourgmestre lui avait crié, quand il n'était qu'un petit de l'année, à Walrus Islet, et il retomba en arrière dans l'eau : il le voyait bien, il avait enfin découvert Sea Cow.

Les vaches marines continuaient de mâchonner, de pâturer et de ruminer dans le varech, et Kotick leur posa des questions dans toutes les langues qu'il avait ramassées au cours de ses voyages, car le peuple de la mer parle presque autant de langues que les êtres humains. Mais les vaches marines ne répondaient pas, car Sea Cow ne sait pas parler. Il n'a que six os dans le cou au lieu de sept, et on dit, dans la mer, que c'est cela qui l'empêche de parler, même avec ses semblables ; mais, comme vous le savez, il possède une articulation d'extra dans sa nageoire antérieure, et, en l'agitant de haut en bas et de droite à gauche, il produit des mouvements qui répondent à une sorte de grossier code télégraphique.

Au lever du jour, la crinière de Kotick se tenait debout toute seule, et sa patience était partie où vont les crabes morts. Alors, les vaches marines entreprirent de voyager très lentement du côté du nord, en s'arrêtant souvent pour tenir d'absurdes conciliabules tout en saluts grotesques, et Kotick les suivit en se disant :

« Des gens idiots à ce point se seraient fait massacrer depuis longtemps s'ils n'avaient découvert quelque île sûre ; et ce qui est assez bon pour Sea Cow est assez bon pour Sea Catch... C'est égal, j'aimerais assez qu'ils se dépêchent. »

Ce fut un voyage harassant pour Kotick. Le troupeau des vaches marines ne parcourait jamais plus de quarante ou cinquante milles par jour, s'arrêtait la nuit pour brouter, et suivait la côte tout le temps, pendant que Kotick nageait autour, par-dessus et par-dessous, mais sans en obtenir rien de plus. A mesure qu'elles avançaient vers le nord, elles tenaient un conseil en saluts toutes les quelques heures, et Kotick s'était presque rongé la moustache d'impatience, lorsqu'il s'aperçut qu'elles remontaient un courant d'eau chaude. Alors, son respect pour elles s'en accrut. Une nuit, elles se laissèrent couler à travers l'eau luisante — couler comme des pierres — et, pour la première fois depuis qu'il les connaissait, elles se mirent à nager vite. Kotick suivit, étonné de leur allure ; il n'avait jamais rêvé que Sea Cow existât comme nageur. Elles mirent le cap sur une falaise du rivage, une falaise dont le pied plongeait en eau profonde, et dans laquelle s'ouvrait un trou noir, par vingt brasses de profondeur. Ce fut un long, très long parcours, et Kotick avait grand besoin d'air frais en

émergeant du boyau sombre par lequel on l'avait
conduit.

— Par ma perruque, dit-il, en débouchant en
eau libre, à l'autre extrémité, tout suffoquant et
soufflant, c'est un long plongeon, mais il en vaut la
peine.

Les vaches marines s'étaient séparées et paissaient paresseusement sur les bords des plus belles
grèves que Kotick eût jamais vues. Il y avait de
longues bandes de rochers, polis par l'usure de
l'eau, s'étendant sur des lieues, exactement adaptés
à l'installation de *nurseries* phoques ; et il y avait en
arrière, en remontant en pente douce, des terrains
de jeux, en sable dur ; il y avait des houles pour y
danser, de l'herbe drue pour s'y rouler, des dunes à
escalader et à dégringoler ; et, par-dessus tout,
Kotick connut, au toucher de l'eau, qui ne trompe
pas un Sea Catch, que jamais un homme n'était
venu dans ces parages. La première chose qu'il fit,
ce fut de s'assurer si la pêche était bonne ; puis, il
nagea le long des grèves, et compta les délectables
îlots bas et sablonneux à demi cachés dans la brume
vagabonde. Au nord s'étendait une ligne de fonds,
d'écueils et de rochers, qui ne permettait jamais à
un navire d'approcher à plus de six milles du
rivage ; entre les îles et la terre courait un chenal
d'eau profonde où plongeait la falaise perpendiculaire ; et, quelque part au-dessous des falaises,
s'ouvrait la bouche du tunnel.

— C'est un autre Novastoshnah, dit Kotick,
mais dix fois mieux. Sea Cow doit être moins bête
que je ne croyais. Les hommes même, s'il y avait ici
des hommes, ne pourraient pas descendre des
falaises et les récifs, du côté de la mer, réduiraient
un navire en charpie. S'il est un lieu sûr dans la
mer, c'est celui-ci.

Il se prit à penser à celle qu'il avait laissée à
l'attendre ; mais, quoiqu'il eût hâte de rentrer à
Novastoshnah, il explora complètement le nouveau
pays, afin d'être en état de répondre à toutes les
questions.

Puis il plongea, reconnut une fois pour toutes l'embouchure du tunnel, et l'enfila dans la direction du sud. Personne autre qu'une vache marine ou un phoque n'eût soupçonné l'existence d'une telle retraite, et, en se retournant vers les falaises, Kotick lui-même doutait d'y avoir abordé jamais.

Il mit dix jours à rentrer, quoique sans perdre de temps en route ; et, en prenant terre au-dessus de Sea Lion's Neck, la première personne qu'il rencontra fut celle qu'il avait laissée à l'attendre. Elle comprit au regard de ses yeux qu'enfin il avait trouvé son île.

Mais les *holluschickie*, Sea Catch son père, lui-même et tous les autres phoques se moquèrent de lui quand il leur conta sa découverte, et un jeune phoque d'à peu près son âge lui dit :

— Tout cela est bel et bon, Kotick, mais tu ne vas pas arriver du diable sait où pour nous y expédier à ta guise. Rappelle-toi que nous autres, nous venons de nous battre pour nos *nurseries*, ce que tu n'as jamais fait. Tu préfères vagabonder à travers la mer.

Les autres phoques éclatèrent de rire à ces paroles, et le jeune phoque se mit à hocher la tête de gauche à droite. Il s'était marié cette année-là, et en faisait beaucoup d'état.

— Pourquoi me battrais-je, puisque je n'ai pas de *nursery* ? dit Kotick. Je veux seulement vous montrer un endroit où vous serez en sûreté. A quoi bon se battre ?

— Oh ! si tu te dérobes, bien entendu, je n'ai plus rien à dire, fit le jeune phoque avec un vilain ricanement.

— Viendras-tu avec moi, si j'ai le dessus ? demanda Kotick.

Et une lueur verte flamba dans ses yeux, car il était furieux d'avoir à se battre.

— Fort bien, dit le jeune phoque négligemment, si tu as le dessus, je viens.

Il n'eut pas le temps de changer d'avis, car la tête

de Kotick s'était détendue, et ses dents crochaient dans le gras du cou de son adversaire. Puis il se rabattit sur ses hanches et traîna son ennemi le long de la grève, le secoua et le jeta à terre pour en finir.

Alors Kotick, s'adressant aux phoques, rugit :

— J'ai fait de mon mieux pour votre bien, au cours des cinq dernières saisons. Je vous ai trouvé l'île où vous serez en sécurité. Mais, à moins d'arracher vos têtes à vos sottes épaules, vous ne me croirez pas. Eh bien ! je vais vous apprendre, maintenant. Garde à vous !

Limmershin m'a dit que jamais de sa vie — et Limmershin voit dix mille grands phoques se battre tous les ans — que jamais, dans toute sa petite vie, il n'avait vu rien de pareil à la charge de Kotick à travers les *nurseries*. Il se jeta sur le plus gros Sea Catch qu'il put trouver, le happa à la gorge, l'étrangla, le cogna et l'assomma, jusqu'à ce que l'autre poussât le grognement de miséricorde, puis le jeta de côté pour attaquer le suivant. Voyez-vous, Kotick n'avait jamais jeûné quatre mois durant, selon la coutume annuelle des grands phoques ; ses courses en haute mer l'avaient gardé en parfaite condition, et, par-dessus tout, il ne s'était jamais encore battu. Toute blanche, sa crinière frisée se hérissait de colère, ses yeux flamboyaient, ses grandes canines brillaient : il était splendide à voir. Le vieux Sea Catch, son père, le vit passer comme une trombe, traînant sur le sable les vieux phoques grisonnants, comme autant de plies, et culbutant les jeunes dans tous les sens, et Sea Catch cria :

— Il est peut-être fou, mais c'est le meilleur champion des grèves ! N'attaque pas ton père, mon fils ! Il marche avec toi !

Kotick rugit pour toute réponse, et le vieux Sea Catch entra dans la lutte en se dandinant, la moustache hérissée et soufflant comme une locomotive, tandis que Matkah et la fiancée de Kotick s'accroupissaient pour suivre le spectacle et admiraient leurs hommes. Ce fut une magnifique bataille, car l'un et l'autre se battirent aussi longtemps qu'il resta le moindre phoque à oser lever la tête ; et, lorsqu'il n'en resta plus, ils paradèrent fièrement sur la grève, côte à côte, en mugissant.

A la nuit, comme les feux boréaux commençaient à scintiller et à danser à travers le brouillard, Kotick escalada un rocher nu et contempla les *nurseries* dispersées, les phoques meurtris et saignants.

— Maintenant, dit-il, je vous ai donné la leçon que vous méritiez.

— Par ma perruque, dit le vieux Sea Catch en se redressant avec raideur, car il était terriblement courbatu, Killer Whale ne les aurait pas plus mal arrangés... Fils, je suis fier de toi... et mieux, je viendrai, moi, à ton île... si elle existe.

— Ecoutez, lourds pourceaux de la mer. Qui m'accompagne au tunnel de Sea Cow ?... Répondez, ou je recommence la leçon, rugit Kotick.

Il y eut un murmure, pareil au friselis de la marée, sur toute l'étendue des grèves.

— Nous viendrons, dirent des milliers de voix lasses. Nous suivrons Kotick, le Phoque Blanc.

Alors, Kotick enfonça la tête dans ses épaules, et ferma les yeux, orgueilleusement. Ce n'était plus un phoque blanc, en ce moment, il était rouge de la tête à la queue. Malgré cela, il eût dédaigné de regarder ou de toucher une seule de ses blessures.

Une semaine plus tard, lui et son armée (environ pour le moment un millier de *holluschickie* et de vieux phoques) prirent le chemin du nord, vers le tunnel des Vaches Marines. Kotick les guidait. Et les phoques qui demeurèrent à Novastoshnah les traitèrent de fous. Mais, le printemps suivant, quand ils se trouvèrent tous parmi les bancs de pêche du Pacifique, les phoques de Kotick firent de tels récits des grèves d'au-delà le tunnel de Sea Cow que des phoques de plus en plus nombreux quittèrent Novastoshnah. Sans doute, cela ne se fit-il pas tout de suite, car les phoques ne sont pas gens très malins, et il leur faut du temps pour peser

le pour et le contre des choses ; mais, d'année en
année, un plus grand nombre d'entre eux s'en
allaient de Novastoshnah, de Lukannon et des
autres *nurseries*, vers les calmes grèves abritées où
Kotick trône tout l'été, plus grand chaque année,
plus gros et plus fort, pendant que les *holluschickie*
jouent autour de lui, en cette mer où nul homme ne
vient.

LUKANNON

(Ceci est une sorte d'hymne national phoque, sur le mode triste.)

Au matin, j'ai trouvé mes frères (oh ! que je suis vieux !)
Là-bas où la houle d'été rugit aux caps rocheux.
Leur chœur montant couvre le chant des brisants, et de joie
Chante, grève de Lukannon, par deux millions de voix !

Chantez la lente sieste au bord de la lagune,
Les escadrons soufflant qui descendent les dunes,
Les danses aux minuits fouettés de feux marins,
Grève de Lukannon, avant que l'homme vînt !

Au matin, j'ai trouvé mes frères (jamais, jamais plus !)
Ils obscurcissaient le rivage, ils allaient par tribus ;
Du plus loin que portait la voix au large de la mer,
Nous hélions les bandes en route et leurs chantions la terre.

Grève de Lukannon... l'avoine aux longs épis,
La brume ruisselant, les lichens en tapis,
Les plateaux de nos jeux et leurs roches usées,
Grève de Lukannon... ô plage où je suis né !

Au matin, j'ai trouvé mes frères, tristes, solitaires ;
Qu'on nous fusille dans l'eau, qu'on nous assomme sur terre,
Que l'homme nous mène au saloir, sot bétail orphelin !
Pourtant nous chantons Lukannon... avant que l'homme vînt.

En route au Sud, au Sud... ô Gooverooska, va,
Dis notre deuil aux Rois des Mers tandis qu'hélas,
Vide bientôt ainsi que l'œuf du requin mort,
Grève de Lukannon, tu nous connais encore !

RIKKI-TIKKI-TAVI

L'Œil Rouge à la Peau-Ridée
Au trou devant lui dardée,
L'Œil Rouge a crié très fort :
Viens danser avec la mort !
Œil à œil, en tête à tête !
  (En mesure, Nag [1] !)
L'un mort, finira la fête !
  (A ta guise, Nag !)
Tour pour tour, et bond pour bond !
  (Cours, cache-toi, Nag !)
Manqué !... mort à Chaperon !
  (Malheur à toi, Nag !)

Ceci est l'histoire de la grande guerre que Rikki-tikki-tavi livra tout seul dans les salles de bains du grand bungalow, au cantonnement de Segowlee [2]. Darzee [3], l'oiseau-tailleur, l'aida et Chuchundra [4], le rat musqué, qui n'ose jamais marcher au milieu du plancher, mais se glisse toujours le long du mur, lui donna son avis ; mais Rikki-tikki fit la vraie besogne.

C'était une mangouste. Il rappelait assez un petit chat par la fourrure et la queue, mais plutôt une belette par la tête et les habitudes. Ses yeux étaient roses comme le bout de son nez affairé ; il pouvait se gratter partout où il lui plaisait, avec n'importe quelle patte, de devant ou de derrière, à son choix ; il pouvait gonfler sa queue au point de la faire ressembler à un goupillon pour nettoyer les bouteilles, et son cri de guerre, lorsqu'il louvoyait à travers l'herbe longue, était : *Rikk-tikk-tikki-tikki-tchk !*

Un jour, les hautes eaux d'été l'entraînèrent hors du terrier où il vivait avec son père et sa mère, et l'emportèrent, battant des pattes et gloussant, le long d'un fossé qui bordait une route. Il trouva là une petite touffe d'herbe qui flottait, et s'y cramponna jusqu'à ce qu'il perdît le sentiment. Quand il revint à la vie, il gisait au chaud soleil, au milieu d'une allée de jardin, très mal en point, il est vrai, tandis qu'un petit garçon disait :

— Tiens, une mangouste morte. Faisons-lui un enterrement.

— Non, dit la mère, prenons-le pour le sécher. Peut-être n'est-il pas mort pour de bon.

Ils l'emportèrent dans la maison, où un homme le prit entre le pouce et l'index, et affirma qu'il n'était pas mort, mais seulement à moitié suffoqué ; alors ils l'enveloppèrent dans du coton, l'exposèrent à la chaleur d'un feu doux, et... Rikki-tikki ouvrit les yeux et éternua.

— Maintenant, dit l'homme (un Anglais qui venait justement de s'installer dans le bungalow), ne l'effrayez pas, et nous allons voir ce qu'il va faire.

C'est la chose la plus difficile du monde que d'effrayer une mangouste, parce que, de la tête à la queue, sa race est dévorée de curiosité. La devise de toute famille est : « Cherche et trouve », et Rikki-tikki était une vraie mangouste. Il regarda la bourre de coton, décida que ce n'était pas bon à manger, courut tout autour de la table, s'assit, remit sa fourrure en ordre, se gratta et sauta sur l'épaule du petit garçon.

— N'aie pas peur, Teddy, dit son père. C'est sa manière d'entrer en amitié.

— Ouch ! Il me chatouille sous le menton, dit Teddy.

Rikki-tikki plongea son regard entre le col et le cou du petit garçon, flaira son oreille, et descendit sur le plancher, où il s'assit en se grattant le nez.

— Seigneur, dit la mère de Teddy, et c'est cela qu'on appelle une bête sauvage ! Je suppose que si elle est à ce point apprivoisée, c'est que nous avons été bons pour elle.

— Toutes les mangoustes sont comme cela, dit son mari. Si Teddy ne lui tire pas la queue ou n'essaie pas de le mettre en cage, il courra dans la maison toute la journée. Donnons-lui quelque chose à manger.

Ils lui donnèrent un petit morceau de viande crue. Rikki-tikki trouva cela excellent, et, quand il eut fini, il sortit sous la véranda, s'assit au soleil, et fit bouffer sa fourrure pour la sécher jusqu'aux racines. Puis, il se sentit mieux.

« Il y a plus à découvrir dans cette maison, se dit-il, que tous les gens de ma famille n'en découvriraient pendant leur vie. Je resterai, certes, et trouverai. »

Il employa tout le jour à parcourir la maison. Il se noya presque dans les tubs, mit son nez dans l'encre sur un bureau et le brûla au bout du cigare de l'homme en grimpant sur ses genoux pour voir comment on s'y prenait pour écrire. A la tombée de la nuit, il courut dans la chambre de Teddy pour regarder comment on allumait les lampes à pétrole ; et, quand Teddy se mit au lit, Rikki-tikki y grimpa aussi. Mais c'était un compagnon agité, parce qu'il lui fallait, toute la nuit, se lever pour répondre à chaque bruit et en trouver la cause. La mère et le père de Teddy vinrent jeter un dernier coup d'œil sur leur petit garçon, et trouvèrent Rikki-tikki tout éveillé sur l'oreiller.

— Je n'aime pas cela, dit la mère de Teddy ; il pourrait mordre l'enfant.

— Il ne fera rien de pareil, dit le père. Teddy est plus en sûreté avec cette petite bête qu'avec un dogue pour le garder... Si un serpent entrait dans la chambre maintenant...

Mais la mère de Teddy ne voulait pas même songer à de pareilles horreurs.

De bonne heure, le matin, Rikki-tikki vint au premier déjeuner sous la véranda, porté sur l'épaule de Teddy ; on lui donna une banane et un peu d'œuf à la coque, et il se laissa prendre sur les genoux des uns après les autres, parce qu'une mangouste bien élevée espère toujours devenir à quelque moment une mangouste domestique, et avoir des chambres pour courir au travers. Or, la mère de Rikki-tikki (elle avait habité autrefois la maison du général à Segowlee) avait soigneusement instruit son fils de ce qu'il devait faire si jamais il rencontrait des hommes blancs.

Puis, Rikki-tikki sortit dans le jardin pour voir ce qu'il y avait à voir. C'était un grand jardin, seulement à demi cultivé, avec des buissons de roses Maréchal-Niel [5], aussi gros que des kiosques, des citronniers et des orangers, des bouquets de bambous et des fourrés de hautes herbes. Rikki-tikki se lécha les lèvres.

— Voilà un splendide terrain de chasse, dit-il.

A cette pensée, sa queue se hérissa en goupillon, et il courait déjà de haut en bas et de bas en haut du jardin, flairant de tous côtés, lorsqu'il entendit les voix les plus lamentables sortir d'un buisson épineux.

C'était Darzee, l'oiseau-tailleur, et sa femme. Ils avaient construit un beau nid en rapprochant deux larges feuilles dont ils avaient cousu les bords avec des fibres et rempli l'intérieur de coton et de bourres duveteuses. Le nid se balançait de côté et d'autre, tandis qu'ils pleuraient, perchés à l'entrée.

— Qu'est-ce que vous avez ? demanda Rikki-tikki.

— Nous sommes très malheureux, dit Darzee. Un de nos bébés, hier, est tombé du nid, et Nag l'a mangé.

— Hum ! dit Rikki-tikki, voilà qui est fort triste... Mais je suis étranger ici. Qui est-ce, Nag ?

Darzee et sa femme, pour toute réponse, se blottirent dans leur nid, car, de l'épaisseur de l'herbe, au pied du buisson, sortit un sifflement sourd... un horrible son glacé... qui fit sauter Rikki-tikki de deux pieds en arrière. Alors, pouce par pouce, s'éleva de l'herbe la tête au capuchon éployé de Nag, le gros cobra noir, qui comptait bien cinq pieds de long de la langue à la queue. Lorsqu'il eut soulevé un tiers de son corps au-dessus du sol, il resta à se balancer de droite et de gauche, exactement comme se balance dans le vent une touffe de pissenlit, et dévisagea Rikki-tikki de ses mauvais yeux de serpent, qui ne changent jamais d'expression, quelle que soit la pensée.

— Qui est-ce, Nag ? dit-il. C'est *moi*, Nag. Le grand Dieu Brahma [6] mit sa marque sur tout notre peuple quand le premier cobra eut étendu son capuchon pour préserver Brahma dormant au soleil... Regarde, et tremble !

Il étendit davantage son capuchon, et Rikki-tikki vit sur son dos la marque des lunettes, qui ressemble plus exactement à l'œillet d'une fermeture d'agrafe.

Il eut peur une minute : mais il est impossible à une mangouste d'avoir peur plus longtemps, et, bien que Rikki-tikki n'eût jamais encore rencontré de cobra vivant, sa mère l'avait nourri de cobras morts, et il savait bien que la grande affaire de la vie d'une mangouste adulte est de faire la guerre aux serpents et de les manger. Nag le savait aussi, et, tout au fond de son cœur de glace, il avait peur.

— Eh bien ! dit Rikki-tikki, et sa queue se gonfla de nouveau, marqué ou non, pensez-vous qu'on ait le droit de manger les petits oiseaux qui tombent des nids ?

Nag réfléchissait et surveillait les moindres mouvements de l'herbe derrière Rikki-tikki. Il savait qu'une mangouste dans le jardin signifiait, tôt ou tard, la mort pour lui-même et les siens ; mais il voulait mettre Rikki-tikki hors de garde. Aussi laissa-t-il retomber un peu sa tête et la pencha-t-il de côté.

— Causons... dit-il. Vous mangez bien des œufs.
Pourquoi ne mangerions-nous pas des oiseaux ?

— Derrière toi !... Attention derrière toi ! chanta
Darzee.

Rikki-tikki en savait trop pour perdre son temps
à ouvrir de grands yeux. Il sauta en l'air aussi haut
qu'il put et, juste au-dessous de lui siffla la tête de
Nagaina, la méchante femme de Nag. Elle avait
rampé par-derrière pendant la conversation afin
d'en finir tout de suite ; et Rikki-tikki entendit son
sifflement de rage en voyant son coup manqué. Il
retomba presque au travers de son dos, et une
vieille mangouste aurait su qu'il fallait saisir le
moment pour lui briser les reins d'un coup de
dent ; mais il eut peur du terrible coup de fouet en
retour du cobra, et sauta hors de portée de la queue
cinglante, laissant Nagaina saignant et furieuse.

— Méchant, méchant Darzee ! dit Nag.

Et il fouetta l'air aussi haut qu'il pouvait atteindre
dans la direction du nid au milieu du buisson
d'épines ; mais Darzee l'avait construit hors de
l'atteinte des serpents et le nid ne fit que se balancer
de-ci, de-là.

Rikki-tikki sentit ses yeux devenir rouges et brû-
lants (quand les yeux d'une mangouste rougissent,
c'est qu'elle est en colère), il se cala sur sa queue et
ses pattes de derrière comme un petit kangourou,
regarda tout autour de lui, et claqua des dents de
rage. Mais Nag et Nagaina avaient disparu dans
l'herbe. Lorsqu'un serpent manque son coup, il ne
laisse jamais rien deviner de ce qu'il compte faire
ensuite. Rikki-tikki ne se souciait pas de les suivre,
car il ne se croyait pas sûr de venir à bout de deux
serpents à la fois. Aussi, trottant vers l'allée sablée,
près de la maison, s'assit-il pour réfléchir. Il s'agissait pour lui d'une affaire sérieuse.

Si vous lisez les vieux livres d'histoire naturelle,
vous y verrez que, lorsqu'une mangouste combat
un serpent et qu'il lui arrive d'être mordue, elle se
sauve pour manger quelque herbe qui la guérit. Ce

n'est pas vrai. La victoire n'est qu'affaire d'œil vif et de pied prompt, détente de serpent contre saut de mangouste, et, comme nul œil ne peut suivre le mouvement d'une tête de serpent lorsqu'elle frappe, il s'agit là d'un prodige plus étonnant que les herbes magiques n'en pourraient opérer.

Rikki-tikki se connaissait pour une jeune mangouste et n'en fut que plus satisfait d'avoir su éviter si adroitement un coup porté par-derrière. Il en tira confiance en soi-même, et, lorsque Teddy descendit en courant le sentier, Rikki-tikki se sentait disposé à recevoir des compliments. Mais, juste au moment où Teddy se penchait, quelque chose se tortilla un peu dans la poussière et une toute petite voix dit :

— Prenez garde, je suis la Mort !

C'était Karait [7], le minuscule serpent brun, couleur de sable, qui aime à se dissimuler dans la poussière. Sa morsure est aussi dangereuse que celle du cobra ; mais il est si petit que personne n'y prend garde, aussi n'en fait-il que plus de mal.

Les yeux de Rikki-tikki devinrent rouges de nouveau, et il remonta en dansant vers Karait avec ce balancement particulier et cette marche ondulante qu'il avait hérités de sa famille. Cela paraît très comique, mais c'est une allure si parfaitement équilibrée qu'à n'importe quel angle on en peut changer soudain la direction : ce qui, lorsqu'il s'agit de serpents, constitue un avantage. Rikki ne s'en rendait pas compte, mais il faisait là une chose beaucoup plus dangereuse que de combattre Nag : Karait est si petit et peut se retourner si facilement qu'à moins, pour Rikki, de mordre à la partie supérieure du dos, tout près de la tête, un coup en retour pouvait l'atteindre à l'œil ou à la lèvre. Rikki ne savait pas ; ses yeux étaient tout rouges, et il se balançait d'arrière en avant, cherchant la bonne place à saisir. Karait s'élança. Rikki sauta de côté et tenta de lui courir sus ; mais, à moins d'un cheveu de son épaule siffla la malfaisante petite bête grise couleur de poussière, si bien qu'il lui fallut bondir par-dessus le corps, tandis que la tête suivait de près ses talons.

Teddy héla du côté de la maison :

— Oh ! venez voir ! Notre mangouste qui tue un serpent.

Et Rikki-tikki entendit la mère de Teddy pousser un cri, tandis que le père se précipitait dehors avec un bâton ; mais, dans le temps qu'il venait, Karait avait poussé une botte imprudente, et Rikki-tikki avait bondi, sauté sur le dos du serpent, laissé tomber sa tête très bas entre ses pattes de devant, mordu à la nuque le plus haut qu'il pouvait atteindre et roulé au loin. Cette morsure paralysa Karait, et Rikki-tikki allait le dévorer en commençant par la queue, suivant la coutume de sa famille à dîner, lorsqu'il se rappela qu'un repas copieux appesantit une mangouste, et que, pouvant avoir besoin sur l'heure de toute sa force et de toute son agilité, il lui fallait rester à jeun. Il s'en alla prendre un bain de poussière dans des touffes de ricins, tandis que le père de Teddy frappait le cadavre de Karait.

« A quoi cela sert-il ? pensa Rikki-tikki ; j'ai tout réglé. »

Alors la mère de Teddy le prit dans la poussière et le serra dans ses bras, en pleurant qu'il avait sauvé Teddy de la mort ; et le père de Teddy traita Rikki de providence ; et Teddy regarda tout cela avec de grands yeux effarés.

Rikki-tikki se divertissait plutôt de tous ces embarras, que naturellement il ne comprenait pas. La mère de Teddy eût tout aussi bien pu caresser l'enfant pour avoir joué dans la poussière. Rikki s'amusait énormément.

Ce soir-là, en se faufilant parmi les verres sur la table, il lui eût été facile de se bourrer de bonnes choses trois fois plus que de raison, mais il avait Nag et Nagaina présents à la mémoire, et malgré tout l'agrément d'être flatté et choyé par la mère de

Teddy, et de rester sur l'épaule de Teddy, ses yeux devenaient rouges tout à coup, et il poussait son long cri de guerre : *Rikk-tikk-tikki-tikki-tchk !*

Teddy l'emmena coucher et insista pour qu'il dormît sous son menton. Rikki-tikki était trop bien élevé pour mordre ou égratigner. Mais il s'en alla, aussitôt Teddy endormi, faire sa ronde de nuit autour de la maison et, dans l'obscurité, se heurta, en courant, contre Chuchundra, le rat musqué, qui se coulait le long du mur.

Chuchundra est une petite bête au cœur brisé. Il pleurniche et pépie toute la nuit, en essayant de se remonter le moral pour courir au milieu des chambres ; mais jamais il n'y parvient.

— Ne me tuez pas, dit Chuchundra, presque en pleurant. Rikki-tikki, ne me tuez pas !

— Crois-tu qu'un tueur de serpents tue des rats musqués ? dit Rikki-tikki avec mépris.

— Ceux qui tuent les serpents seront tués par les serpents, dit Chunchundra, plus lamentable que jamais. Et comment être sûr que Nag ne me prendra pas pour vous, quelque nuit sombre ?

— Il n'y a pas le moindre danger, dit Rikki-tikki, car Nag est dans le jardin, et je sais que tu n'y vas pas.

— Mon cousin Chua [8], le rat, m'a raconté... commença Chuchundra.

Et alors, il s'arrêta.

— Raconté quoi ?

— Chut ! Nag est partout, Rikki-tikki. Vous auriez dû parler à Chua dans le jardin.

— Je ne lui ai pas parlé... Donc, il faut me dire. Vite, Chuchundra, ou je vais te mordre !

Chuchundra s'assit, et pleura au point que les larmes coulaient le long de ses moustaches.

— Je suis un très pauvre homme, sanglota-t-il. Je n'ai jamais assez de courage pour trotter au milieu des chambres... Chut ! Je n'ai besoin de rien vous dire... N'entendez-vous pas, Rikki-tikki ?

Rikki-tikki prêta l'oreille. La maison était aussi

tranquille que possible, mais il lui sembla distinguer un imperceptible cra-cra... un bruit aussi léger que celui d'une guêpe marchant sur un carreau de vitre... un crissement sec d'écailles sur la brique.

— C'est Nag ou Nagaina, se dit-il, qui rampe par le conduit de la salle de bains... Tu as raison, Chuchundra, j'aurais dû parler à Chua.

Il se glissa dans la salle de bains de Teddy, mais il n'y trouva personne, puis, dans la salle de bains de la mère de Teddy. Au bas du mur crépi de plâtre, une brique avait été enlevée pour le passage d'une conduite d'eau, et, au moment où Rikki-tikki s'introduisait dans la pièce, le long de l'espèce de margelle en maçonnerie où la baignoire était posée, il entendit Nag et Nagaina chuchoter dehors au clair de lune :

— Quand la maison sera vide, disait à son mari Nagaina, il faudra bien qu'il s'en aille ; alors, nous rentrerons en possession du jardin. Entrez tout doucement et souvenez-vous que l'homme qui a tué Karait est la première personne à mordre. Puis, revenez me dire ce qu'il en advient, et nous ferons ensemble la chasse à Rikki-tikki.

— Mais êtes-vous sûre qu'il y a quelque chose à gagner en tuant les gens ? demanda Nag.

— Tout à gagner. Quand personne n'habitait le bungalow, avions-nous une mangouste dans le jardin ? Tant que le bungalow reste vide, nous sommes roi et reine du jardin ; et souvenez-vous qu'aussitôt nos œufs éclos dans la melonnière... demain peut-être... nos enfants auront besoin de place et de paix.

— Je n'y songeais pas, dit Nag. J'y vais, mais il est inutile de faire la chasse à Rikki-tikki ensuite. Je tuerai l'homme et sa femme, puis l'enfant si je peux, et partirai sans bruit. Alors, le bungalow sera vide, et Rikki-tikki s'en ira.

Rikki-tikki tressaillit tout entier de rage et de haine en entendant cela. Puis il vit la tête de Nag sortir du conduit, suivie des cinq pieds de long de son corps écailleux et froid. Malgré sa colère, il eut cependant très peur en voyant la taille du grand cobra. Nag se couda, dressa la tête, et son regard parcourut la salle de bains, à travers l'obscurité où Rikki-tikki pouvait voir ses yeux luire.

« Si je le tue maintenant, à cette place, Nagaina le saura ; et, d'autre part, si je lui livre bataille ouverte sur le plancher, l'avantage lui demeure... Que faire ? » se dit Rikki-tikki.

Nag ondula de-ci, de-là, et Rikki-tikki l'entendit boire dans la grosse jarre qui servait à remplir la baignoire.

— Voilà qui est bien, dit le serpent. Maintenant, lorsque Karait a été tué, l'homme avait un bâton. Il peut l'avoir encore ; mais, quand il viendra au bain, le matin, il ne l'aura pas. J'attendrai ici qu'il vienne... Nagaina... m'entendez-vous ?... Je vais attendre ici, au frais, jusqu'au jour.

Aucune réponse ne vint du dehors, d'où Rikki-tikki conclut que Nagaina était partie. Nag se replia sur lui-même, anneau par anneau, tout autour du fond bombé de la jarre, et Rikki-tikki se tint tranquille comme la mort.

Au bout d'une heure, il commença d'avancer muscle par muscle, vers la jarre. Nag était endormi, et Rikki-tikki contempla son grand dos, se demandant quelle place offrirait la meilleure prise.

« Si je ne lui casse pas les reins au premier saut, se dit Rikki, il peut encore se battre ; et... s'il combat... ô Rikki ! »

Il considéra l'épaisseur du cou plus bas que le capuchon, c'en était trop pour ses mâchoires ; et une morsure près de la queue ne ferait que mettre Nag en fureur.

— Il faut que ce soit à la tête, dit-il enfin ; à la tête, au-dessus du capuchon ; et, quand une fois je le tiendrai par là, il ne faudra plus le lâcher.

Alors, il sauta. La tête reposait un peu en dehors de la jarre, sous la courbe de sa panse et, au moment où ses dents crochèrent, Rikki s'arc-bouta

du dos à la convexité de la cruche d'argile pour
clouer la tête à terre. Cela lui donna une seconde de
prise qu'il employa de son mieux. Puis, il fut cogné
de droite et de gauche comme un rat secoué par un
chien — en avant et en arrière sur le sol, en haut et
en bas, et en rond en grands cercles ; mais ses yeux
étaient rouges et il tenait bon, tandis que le corps
du serpent cinglait le plancher comme un fouet de
charrue, renversant les ustensiles d'étain, la boîte à
savon, la brosse à friction, et sonnait contre la paroi
de métal de la baignoire. Tout en crochant, il res-
serrait l'étau de ses mâchoires, car il ne doutait pas
d'être assommé et, pour l'honneur de la famille, il
préférait qu'on le trouvât les dents fermées sur sa
proie. Malade de vertige, moulu de coups, les
chocs, lui semblait-il, allaient le mettre en pièces,
lorsque, juste derrière lui, partit comme un coup de
tonnerre ; une rafale brûlante lui fit perdre connaissance et une flamme lui roussit le poil. L'homme,
réveillé par le bruit, avait déchargé les deux canons
de son fusil sur Nag, juste derrière le capuchon.

Rikki-tikki, les yeux fermés, continuait à tenir
bon, car à présent il était tout à fait certain d'être
mort ; mais la tête ne bougeait plus et l'homme, le
ramassant, dit :

— C'est encore la mangouste, Alice ; et c'est
notre vie que le petit bonhomme a sauvée, cette fois.

Alors vint la mère de Teddy, le visage tout blanc,
contempler ce qui restait de Nag ; et Rikki-tikki se
traîna jusqu'à la chambre de Teddy, où il passa le
reste de la nuit à se secouer délicatement pour se
rendre compte s'il était vraiment brisé en quarante
morceaux, comme il lui paraissait.

Le lendemain matin, il était fort raide, mais très
content de ses hauts faits.

— Maintenant, j'ai Nagaina à régler, et ce sera
pire que cinq Nags ; en outre, qui sait quand les
œufs dont elle a parlé vont éclore... Bonté divine ! Il
faut que j'aille voir Darzee, dit-il.

Sans attendre le déjeuner, Rikki-tikki courut au

buisson épineux où Darzee, à pleine voix, chantait un chant de triomphe. La nouvelle de la mort de Nag avait fait le tour du jardin, car le balayeur avait jeté le corps sur le fumier.

— Oh ! sotte touffe de plumes, dit Rikki-tikki avec colère. Est-ce le moment de chanter ?

— Nag est mort... est mort... est mort ! chanta Darzee. Le vaillant Rikki-tikki l'a saisi par la tête et n'a point lâché. L'homme a apporté le bâton qui fait *boum*, et Nag est tombé en deux morceaux ! Il ne recommencera plus à manger mes bébés.

— Tout cela est assez vrai ! Mais où est Nagaina ? demanda Rikki-tikki, en regardant soigneusement autour de lui.

— Nagaina est venue au conduit de la salle de bains pour appeler Nag, continua Darzee ; et Nag est sorti sur le bout d'un bâton... le balayeur l'a ramassé au bout d'un bâton, et l'a jeté sur le fumier !... Chantons le grand Rikki-tikki à l'œil rouge !

Et Darzee enfla son gosier et chanta.

— Si je pouvais atteindre à votre nid, je jetterais vos bébés dehors ! dit Rikki-tikki. Chaque chose en son temps. Vous êtes là dans votre nid, à peu près en sûreté, mais ici, en bas, c'est pour moi la guerre. Arrêtez-vous pour une minute de chanter, Darzee.

— Pour l'amour du grand, du beau Rikki-tikki, je vais m'arrêter, répondit Darzee... Qu'y a-t-il, ô Tueur du terrible Nag ?

— Pour la troisième fois, où est Nagaina ?

— Sur le fumier, près des écuries, menant le deuil de Nag... Glorieux est Rikki-tikki, le héros aux blanches dents.

— Au diable mes dents blanches ! avez-vous jamais ouï dire où elle garde ses œufs ?

— Dans la melonnière, au bout, tout près du mur, à l'endroit où le soleil tape presque tout le jour. Il y a des semaines qu'elle les a cachés là.

— Et vous n'avez jamais pensé que cela valût la peine de me le dire ?... Au bout, tout près du mur, dites-vous ?

— Rikki-tikki... vous n'allez pas manger ses œufs ?

— Pas exactement les manger ; non... Darzee, s'il vous reste un grain de bon sens, vous allez voler aux écuries, faire semblant d'avoir l'aile cassée, et laisser Nagaina vous donner la chasse jusqu'à ce buisson. Il me faut aller à la melonnière, et si j'y allais maintenant, elle me verrait.

Darzee était un petit compère dont la cervelle emplumée ne pouvait tenir plus d'une idée à la fois ; et sachant que les enfants de Nagaina naissaient dans des œufs, comme les siens, il ne lui semblait pas, à première vue, qu'il fût juste de les détruire. Mais sa femme était oiseau raisonnable, elle savait que les œufs de cobra voulaient dire de jeunes cobras un peu plus tard ; aussi s'envola-t-elle du nid, et laissa-t-elle Darzee tenir chaud aux bébés et continuer sa chanson sur la mort de Nag. Darzee, en quelques points, ressemblait beaucoup aux hommes.

Elle se mit à voleter près du fumier, sous le nez de Nagaina, et à gémir :

— Oh ! j'ai l'aile cassée !... Le petit garçon de la maison m'a jeté une pierre et l'a cassée.

Et de voleter plus désespérément que jamais.

Nagaina leva la tête et siffla :

— C'est vous qui avez averti Rikki-tikki quand je voulais le tuer. Sans mentir, vous avez mal choisi l'endroit pour boiter.

Et elle se dirigea vers la femme de Darzee en glissant sur la poussière.

— Le petit garçon l'a cassée d'un coup de pierre ! cria d'une voix perçante la femme de Darzee.

— Eh bien ! cela peut-être vous consolera, quand vous serez morte, de savoir que je vais régler aussi mes comptes avec le petit garçon. Mon mari gît sur le fumier ce matin, mais, avant la nuit, le petit garçon sera couché très tranquille dans la maison... A quoi bon courir ? Je suis sûre de vous attraper... Petite sotte, regardez-moi !

La femme de Darzee en savait trop pour faire pareille chose. Car une fois que les yeux d'un oiseau rencontrent ceux d'un serpent, il est pris d'une telle peur qu'il ne peut plus bouger. La femme de Darzee, en pépiant douloureusement, continua de voleter, sans quitter le sol, et Nagaina pressa l'allure.

Rikki-tikki les entendit remonter le sentier qui les éloignait des écuries, et galopa vers l'extrémité de la planche de melons au pied du mur. Là, dans la chaude litière, au-dessus des melons, il trouva, habilement cachés, vingt-cinq œufs de la grosseur à peu près des œufs de la poule de Bantam, mais avec des peaux blanchâtres en guise de coquilles.

— Je ne suis pas arrivé un jour trop tôt, dit-il.

Car il pouvait voir les jeunes cobras roulés dans l'intérieur de la peau, et il savait que, dès l'instant où ils éclosent, ils peuvent chacun tuer son homme non moins que sa mangouste. Il détacha d'un coup de dent les bouts des œufs, dare-dare, en prenant soin d'écraser les jeunes cobras, et en retournant de temps en temps la litière pour voir s'il n'en omettait aucun. A la fin, il ne resta plus que trois œufs et Rikki-tikki commençait à rire dans sa barbe, quand il entendit la femme de Darzee crier à tue-tête :

— Rikki-tikki, j'ai conduit Nagaina du côté de la maison... elle est entrée sous la véranda, et... oh ! venez vite... elle veut tuer !

Rikki-tikki écrasa deux œufs, redégringola de la melonnière avec le troisième œuf dans sa gueule et se précipita vers la véranda aussi vite que ses pattes pouvaient le porter.

Teddy, sa mère et son père étaient là, devant leur déjeuner du matin. Mais Rikki-tikki vit qu'ils ne mangeaient rien. Ils se tenaient dans une immobilité de pierre, et leurs visages étaient blancs. Nagaina, enroulée sur la natte, près de la chaise de Teddy, à distance commode pour atteindre la jambe nue du jeune garçon, se balançait de-ci, de-là, en chantant un chant de triomphe.

— Fils de l'homme qui a tué Nag, sifflait-elle, reste tranquille... Je ne suis pas encore prête... Attends un peu... Restez bien immobiles tous trois ! Si vous bougez, je frappe... et si vous ne bougez pas, je frappe encore... Oh ! insensés, qui avez tué mon Nag !

Les yeux de Teddy restaient fixés sur son père, et tout ce que son père pouvait faire était de murmurer :

— Reste tranquille, Teddy... Il ne faut pas bouger... Teddy, reste tranquille.

C'est alors que Rikki-tikki arriva et cria :

— Retournez-vous, Nagaina ; retournez-vous, et en garde !

— Chaque chose en son temps, dit-elle, sans remuer les yeux. Je réglerai tout à l'heure mon compte avec vous. Regardez vos amis, Rikki-tikki. Ils sont immobiles et blancs... Ils sont épouvantés... Ils n'osent bouger... Et, si vous approchez d'un pas, je frappe.

— Allez regarder vos œufs, dit Rikki, dans la melonnière près du mur. Allez voir, Nagaina !

Le grand serpent se retourna à demi, et vit l'œuf sur le sol de la véranda.

— Ah... h ! Donnez-le-moi, dit-elle.

Rikki-tikki posa ses pattes de chaque côté de l'œuf, tandis que ses yeux devenaient rouge sang.

— Quel prix pour un œuf de serpent ?... Pour un jeune cobra ?... Pour un jeune roi-cobra ?... Pour le dernier... le dernier des derniers de la couvée ? Les fourmis sont en train de manger tous les autres par terre, près des melons.

Nagaina pirouetta sur elle-même, oubliant tout le reste pour le salut de l'œuf unique ; et Rikki-tikki vit le père de Teddy avancer rapidement une large main, saisir Teddy par l'épaule et l'enlever par-dessus la table et les tasses à thé, à l'abri et hors de portée de Nagaina.

— Volée ! Volée ! Volée ! *Rikk-tck-tchk !* gloussa Rikki-tikki, triomphant. L'enfant est sauf, et c'est

moi... moi... moi... qui mordis Nag au capuchon, la
nuit dernière, dans la salle de bains.

Puis il se mit à sauter de tous côtés, des quatre
pattes ensemble, revenant raser le sol de la tête.

— Il m'a jeté de côté et d'autre, mais il n'a pas
pu me faire lâcher prise. Il était mort avant que
l'homme l'ait coupé en deux... C'est moi qui ai fait
cela ! *Rikki-tikki-tchk-tchk !*... Par ici, Nagaina. Par
ici et garde à vous ! Vous ne serez pas longtemps
veuve.

Nagaina vit qu'elle avait perdu toute chance de
tuer Teddy, et l'œuf gisait entre les pattes de Rikki-
tikki :

— Donnez-moi l'œuf, Rikki-tikki. Donnez-moi
le dernier de mes œufs, et je m'en irai pour ne plus
jamais revenir, dit-elle, en baissant son capuchon.

— Oui, vous vous en irez et vous ne reviendrez
plus jamais ; car vous irez sur le fumier rejoindre
Nag. En garde, la veuve ! L'homme est allé chercher son fusil ! En garde !

Rikki-tikki bondissait tout autour de Nagaina, en
se tenant juste hors de portée des coups, ses petits
yeux comme deux braises. Nagaina se replia sur
elle-même et se jeta sur lui. Rikki-tikki fit un saut en
l'air et retomba en arrière. Une fois, une autre, puis
encore, elle voulut le frapper, mais à chaque reprise
sa tête donnait avec un coup sourd contre la natte
de la véranda, tandis qu'elle se rassemblait sur elle-
même en spirale comme un ressort de montre. Puis
Rikki-tikki dansa en cercle pour arriver derrière elle,
et Nagaina tourna sur elle-même pour rester face à
face avec lui... et sa queue sur la natte bruissait
comme les feuilles sèches au vent.

Rikki-tikki avait oublié l'œuf. Il gisait encore sous
la véranda et Nagaina s'en rapprochait peu à peu,
jusqu'à ce qu'enfin, tandis que Rikki-tikki reprenait
haleine, elle le saisît entre ses dents, filât vers les
marches de la véranda et descendît le sentier
comme une flèche, Rikki-tikki derrière elle.

Lorsque le cobra court pour sauver sa vie, il

prend l'aspect d'une mèche de fouet qui cingle l'encolure d'un cheval. Rikki-tikki savait qu'il fallait la joindre, ou que tout serait à recommencer. Nagaina filait droit vers les longues herbes, près du buisson épineux et, tout en courant, Rikki-tikki entendit Darzee qui chantait toujours son absurde petit chant de triomphe. Mais la femme de Darzee, plus raisonnable, quitta son nid en voyant arriver Nagaina, et battit des ailes autour de sa tête. Avec l'aide de Darzee, ils auraient pu la faire retourner. Mais Nagaina ne fit que baisser son capuchon et continua sa route. Toutefois, cet instant de répit amena Rikki-tikki sur elle et, comme elle plongeait dans le trou de rat où elle et Nag avaient coutume de vivre, les petites dents blanches de Rikki-tikki se refermèrent sur sa queue, et il entra derrière elle. Or, très peu de mangoustes, quelles que soient leur sagesse et leur expérience, se soucieraient de suivre un cobra dans son trou. Il faisait noir, dans le trou ; et comment savoir s'il n'allait pas s'élargir et donner assez de place à Nagaina pour faire demi-tour et frapper ! Il tint bon, avec rage, les pieds écartés pour faire office de freins sur la pente sombre du terreau tiède et moite. Puis, l'herbe, autour de la bouche du trou, cessa de s'agiter, et Darzee dit :

— C'en est fini de Rikki-tikki ! Il nous faut chanter son chant de mort... Le vaillant Rikki est mort !... Car Nagaina le tuera sûrement sous terre.

C'est pourquoi il entonna une chanson des plus lugubres, improvisée sous le coup de l'émotion. Et, comme il arrivait juste à l'endroit le plus touchant, l'herbe bougea de nouveau, et Rikki-tikki, couvert de terre, se traîna hors du trou, une jambe après l'autre, en se léchant les moustaches. Darzee s'arrêta avec un petit cri de surprise. Rikki-tikki secoua un peu la poussière qui tachait sa fourrure, et éternua.

— C'est fini, dit-il. La veuve ne reviendra plus jamais.

Et les fourmis rouges, qui habitent parmi les tiges

d'herbe, l'entendirent et descendirent en longues processions pour voir s'il disait vrai.

Rikki-tikki se pelotonna sur lui-même dans l'herbe et dormit sur place... dormit, dormit jusqu'à une heure tardive de l'après-midi, car sa journée de travail avait été dure.

— Maintenant, dit-il, quand il se réveilla, je vais rentrer à la maison. Racontez au Chaudronnier, Darzee, pour qu'il le raconte au jardin, que Nagaina est morte.

Le Chaudronnier [9] est un oiseau qui fait un bruit tout semblable au coup d'un petit marteau sur un vase de cuivre ; et s'il fait toujours ce bruit, c'est qu'il est le crieur public de tout le jardin hindou, et qu'il raconte les nouvelles à ceux qui veulent bien l'entendre.

Lorsque Rikki-tikki remonta le sentier, il l'entendit préluder par les notes de son « garde-à-vous », on eût dit un de ces petits gongs sur lesquels on annonce le dîner ; puis sonna le monotone « *Ding-dong-tock !* Nag est mort... *dong !* Nagaina est morte ! *Ding-dong-tock !* » A ce signal, tous les oiseaux se mirent à chanter dans le jardin, et les grenouilles à coasser ; car Nag et Nagaina avaient coutume de manger les grenouilles aussi bien que les oiseaux.

Lorsque Rikki regagna la maison, Teddy, la mère de Teddy (les joues très blanches encore, car elle s'était évanouie) et le père de Teddy sortirent à sa rencontre, et faillirent pleurer d'attendrissement en l'embrassant. Ce soir-là, il mangea tout ce qu'on lui donna, jusqu'à ne pouvoir manger davantage, et il alla au lit, perché sur l'épaule de Teddy, où la mère de Teddy le trouva encore en revenant plus tard, pendant le cours de la nuit.

— Il nous a sauvé la vie et celle de notre fils, dit-elle à son mari. Est-ce croyable ?... Il nous a sauvé la vie à tous !

Rikki-tikki se réveilla en sursaut, car les mangoustes ne dorment que d'un œil.

— Oh ! c'est vous ! dit-il. De quoi vous tour-mentez-vous ? Tous les cobras sont morts ; et s'il en reste... je suis là.

Rikki-tikki pouvait à bon droit être fier de sa victoire ; mais il n'abusa pas de son droit, et il garda ce jardin, dorénavant, en vraie mangouste... de la dent et du jarret, si bien que jamais cobra n'osa montrer la tête dans l'enceinte des murs.

L'ODE DE DARZEE

(chantée en l'honneur de Rikki-tikki-tavi)

Tailleur et chantre je suis,
Je connais doubles déduits ;
Fier de ma vive chanson,
Fier de coudre ma maison.
Dessus, puis dessous, ainsi j'ai tissé ma musique,
ma maison.

Mère, relève la tête !
Plus de danger qui nous guette ;
Chante à tes petits encor,
Morte au jardin gît la mort.
L'effroi qui dormit sous les roses dort sur le fumier,
inerte et mort.

Qui donc nous délivre, qui ?
Quel est son nom tout-puissant ?
C'est le pur, le grand Rikki
Tikki, dont l'œil est de sang...
Rik-tikki-tikki, à l'ivoire en fleur, le chasseur dont
l'œil est de sang !

Rendez-lui grâces, oiseaux,
Avec queue en oriflamme,
Rossignol, prête des mots...
Non, car son los me réclame.
Écoutez, je chante un los à Rikki, ô queue en panache,
œil de flamme !...

(*Ici Rikki-tikki interrompit, de sorte que le reste de la chanson est perdu.*)

TOOMAI DES ELÉPHANTS

Je me souviens de qui je fus. J'ai brisé corde et chaîne.
Je me souviens de ma forêt et de ma vigueur ancienne.
Je ne veux plus vendre mon dos pour une botte de roseaux,
Je veux retourner à mes pairs, aux gîtes verts des taillis clos.

Je veux m'en aller jusqu'au jour, partir dans le matin nouveau.
Parmi le pur baiser des vents, la claire caresse de l'eau :
J'oublierai l'anneau de mon pied, l'entrave qui veut me soumettre.
Je veux revoir mes vieilles amours, les jeux de mes frères sans
    maître.

Kala Nag [1] — autrement dit Serpent Noir —
avait servi le Gouvernement de l'Inde, de toutes les
manières dont un éléphant peut servir, pendant
quarante-sept années ; et, comme il avait au moins
vingt ans lors de sa prise, cela lui faisait environ
soixante-dix ans à cette heure, l'âge mûr des éléphants.

Il se souvenait d'avoir, un gros bourrelet de cuir
attaché sur le front, poussé pour dégager un canon
enlisé dans la boue profonde ; et c'était avant la
guerre afghane de 1842 [2], alors qu'il n'avait pas
encore atteint la plénitude de sa force. Sa mère,
Radha Pyari — Radha la favorite — prise dans la
même chasse que lui, n'avait pas manqué de lui
dire, avant que ses petites dents, ses défenses de
lait, fussent tombées : « Les éléphants qui ont peur
attrapent toujours du mal » ; et Kala Nag connut
l'avis pour sage, car, la première fois qu'il vit un
obus éclater, il recula en criant, creva une rangée de

faisceaux, et les baïonnettes le piquèrent dans ses
parties les plus tendres. Aussi, ses vingt-cinq ans
sonnés, était-ce fini pour lui d'avoir peur et
devint-il par là même l'éléphant le plus choyé et le
mieux pansé dans le service du Gouvernement de
l'Inde. Il avait transporté des tentes, douze cents
livres de tentes, durant la marche à travers l'Inde
Supérieure ; il avait été hissé sur un navire au bout
d'une grue à vapeur ; et, après des jours et des jours
de traversée, on lui avait fait porter un mortier sur
le dos dans un pays étrange et rocailleux, très loin
de l'Inde ; il avait contemplé l'empereur Théodore
étendu mort dans Magdala [3] ; puis était rentré par
le même steamer, avec tous les titres, disaient les
soldats, à la médaille d'Abyssinie. Il y avait vu ses
camarades éléphants mourir de froid, d'épilepsie,
de faim et d'insolation dans un endroit appelé Ali
Musjid [4], dix ans plus tard ; quelques mois après,
envoyé à des milliers de milles dans le Sud, il
traînait et empilait de grosses poutres en bois de
teck, aux chantiers de Moulmein [5]. Là, il tuait à
moitié un jeune éléphant insubordonné qui voulait
esquiver sa juste part de travail. Après quoi, quit-
tant le transport des bois de charpente, il s'était vu
employer, avec quelques douzaines de compagnons
dressés à cette besogne, à la capture des éléphants
sauvages dans les montagnes de Garo [6].

Les éléphants, le Gouvernement de l'Inde y veille
avec un soin jaloux : il y a un service tout entier qui
ne s'occupe que de les traquer, de les prendre, de
les dompter, et de les distribuer d'un bout du pays
à l'autre suivant les besoins et les tâches.

Kala Nag, debout, mesurait dix bons pieds aux
épaules ; ses défenses avaient été rognées à cinq
pieds et, pour les empêcher de se fendre, leurs
extrémités étaient renforcées de bracelets de
cuivre ; mais il savait se servir de ces tronçons
mieux qu'éléphant non dressé de ses vraies
défenses aiguës. Quand, après d'interminables
semaines passées à rabattre avec précaution les élé-

phants épars dans les montagnes, les quarante ou cinquante monstres sauvages étaient poussés dans la dernière enceinte, et que la grosse herse, faite de ːroncs d'arbres liés, retombait avec fracas derrière ːːux, Kala Nag, au premier commandement, péné-ːːait dans ce pandémonium de feux et de barrisse-ːːːnts (c'était à la nuit close, en général, et la ːumière vacillante des torches rendait malaisé de juger les distances) : il choisissait dans toute la bande le plus farouche des porte-défenses, puis le martelait et le bousculait jusqu'à le réduire au calme, tandis que les hommes, montés sur le dos des autres éléphants, jetaient des nœuds coulants sur les plus petits et les attachaient. Rien dans l'art de combattre que ne connût Kala Nag, le vieux et sage Serpent Noir : il avait plus d'une fois, dans son temps, soutenu la charge du tigre blessé, et, sa trompe charnue soigneusement roulée pour éviter les accidents, frappé de côté dans l'air, d'un rapide mouvement de tête en coup de faulx, la brute bondissante — un coup de sa propre invention —, l'avait terrassée, et, agenouillé sur elle de tout le poids de ses genoux énormes, il en avait exprimé la vie accompagnée d'un râle et d'un hurlement ; après quoi, il ne restait plus sur le sol qu'une loque rayée, ébouriffée, qu'il tirait par la queue.

— Oui ! disait Grand Toomai, son cornac, le fils de Toomai le Noir, qui l'avait mené en Abyssinie, et le petit-fils de Toomai des Eléphants, qui l'avait vu prendre — il n'y a rien au monde que craigne le Serpent Noir, excepté moi. Il a vu trois générations de notre famille le nourrir et le panser, et il vivra pour en voir quatre.

— Il a peur de *moi* aussi ! disait Petit Toomai en se dressant de toute sa hauteur, quatre pieds, sans autre vêtement qu'un lambeau d'étoffe.

Il avait dix ans ; c'était le fils aîné de Grand Toomai, et, suivant la coutume, il prendrait la place de son père sur le cou de Kala Nag lorsqu'il serait grand lui-même, et manierait le lourd *ankus* [7] de fer, l'aiguillon des éléphants, que les mains de son père, de son grand-père et de son arrière-grand-père avaient poli. Il savait ce qu'il disait, car il était né à l'ombre de Kala Nag, il avait joué avec le bout de sa trompe avant de savoir marcher, il l'avait fait descendre à l'eau dès qu'il avait su marcher, et Kala Nag n'aurait pas eu l'idée de désobéir à la petite voix perçante qui lui criait ses ordres, pas plus qu'il n'aurait eu l'idée de tuer le petit bébé brun, le jour où Grand Toomai l'apporta sous les défenses de Kala Nag, et lui ordonna de saluer celui qui serait son maître.

— Oui, dit Petit Toomai, il a peur de *moi*.

Et il marcha à longues enjambées vers Kala Nag, l'appela « vieux gros cochon », et lui fit lever les pieds l'un après l'autre.

— *Wah !* dit Petit Toomai, tu es un gros éléphant.

Et il secoua sa tête ébouriffée, en répétant ce que disait son père :

— Le Gouvernement peut bien payer le prix des éléphants, mais c'est à nous, *mahouts* [8], qu'ils appartiennent. Quand tu seras vieux, Kala Nag, il viendra quelque riche Rajah, qui t'achètera au Gouvernement, à cause de ta taille et de tes bonnes manières, et tu n'auras plus rien à faire qu'à porter des boucles d'or à tes oreilles, un dais d'or sur ton dos, des draperies rouges brodées d'or sur tes flancs et à marcher en tête du cortège royal. Alors, je serai assis sur ton cou, ô Kala Nag, un *ankus* d'argent à la main, et des hommes courront devant nous, avec des bâtons dorés, en criant : « Place à l'éléphant du Roi ! » Ce sera beau, Kala Nag, mais pas aussi beau que de chasser dans les jungles.

— Peuh ! dit Grand Toomai, tu n'es qu'un petit garçon et aussi sauvage qu'un veau de buffle. Cette façon de passer sa vie à courir du haut en bas des montagnes n'est pas ce qu'il y a de mieux dans le service du Gouvernement. Je me fais vieux et je n'aime pas les éléphants sauvages. Qu'on me donne des lignes à éléphants, en brique, une stalle par bête, des pieux solides pour les amarrer en sûreté, et de larges routes unies pour les exercer, au lieu de ce va-et-vient toujours en camp volant... Ah ! les casernes de Cawnpore [9] avaient du bon. Tout près un bazar et trois heures seulement de travail par jour.

Petit Toomai se rappela les lignes à éléphants de Cawnpore, et ne dit rien. Il préférait beaucoup la vie de camp, et détestait ces larges routes unies, les distributions quotidiennes de foin au magasin à fourrage et les longues heures où il n'y avait rien à faire qu'à surveiller Kala Nag piétinant sur place entre ses piquets. Ce qu'aimait Petit Toomai, c'était l'escalade par les chemins enchevêtrés que seul un éléphant peut suivre, et puis le plongeon dans la vallée, la brève apparition des éléphants sauvages pâturant à des milles au loin, la fuite du sanglier et du paon effrayés sous les pieds de Kala Nag, les chaudes pluies aveuglantes, après quoi fumaient toutes les collines et toutes les vallées, les beaux matins pleins de brouillard quand personne ne savait où l'on camperait le soir, la poursuite patiente et minutieuse des éléphants sauvages, et la course folle, les flammes et le tohu-bohu de la dernière nuit, quand, rués en masse à l'intérieur des palissades, comme des rochers dans un éboulement, ils découvraient l'impossibilité de sortir, et se lançaient contre les poteaux énormes, repoussés enfin par des cris, des torches flamboyantes et des salves de cartouches à blanc. Même un petit garçon pouvait se rendre utile alors, et Toomai s'en acquittait mieux que trois petits garçons. Il tendait sa torche et l'agitait, et criait de son mieux. Mais le vrai bon temps arrivait quand on commençait à faire sortir les éléphants, quand le *keddah* [10], c'est-à-dire la palissade, ressemblait à un tableau de fin du monde, et que, ne pouvant plus s'entendre, les hommes étaient obligés de se faire des signes. Alors Petit Toomai, ses cheveux noirs, blanchis par le

soleil, flottant sur ses épaules, et l'air d'un lutin
dans la lumière des torches, grimpait sur un des
poteaux ébranlés ; et dès la première accalmie, on
entendait les cris aigus d'encouragement qu'il jetait
à Kala Nag, parmi les barrissements et les craque-
ments, le claquement des cordes et les grondements
des éléphants entravés.

— *Maîl, maîl, Kala Nag !* (Allons, allons, Ser-
pent Noir !) *Dant do !* (Un bon coup de défense !)
Somalo ! Somalo ! (Attention ! Attention !) *Maro !*
Maro ! (Frappe, frappe !) Prends garde au poteau !
Arré ! Arré ! Hai ! Yai ! Kya-a-ah !

Et le grand combat entre Kala Nag et l'éléphant
sauvage roulait çà et là à travers le *keddah*, et les
vieux preneurs d'éléphants essuyaient la sueur qui
leur inondait les yeux, et trouvaient le temps
d'adresser un signe de tête à Petit Toomai, tout
frétillant de joie au sommet du poteau.

Il fit plus que de frétiller ! Une nuit, il se laissa
glisser du haut de son poteau, se faufila parmi les
éléphants, ramassa le bout libre de la corde tombée
à terre et la jeta vivement à l'homme qui essayait
d'attraper un petit récalcitrant (les jeunes donnent
toujours plus de mal que les adultes). Kala Nag le
vit, le saisit dans sa trompe, le tendit à Grand
Toomai, qui le gifla dare-dare et le remit sur le
poteau. Le lendemain matin, il le gronda et lui dit :

— De bonnes lignes à éléphants, en brique, et
quelques tentes à porter, n'est-ce pas suffisant, que
tu aies besoin d'aller faire la chasse aux éléphants
pour ton compte, petit propre-à-rien ? Voilà, maintenant, que ces misérables chasseurs, dont la paye
n'approche pas de la mienne, ont parlé de l'affaire à
Petersen Sahib [11].

Petit Toomai eut peur. Il ne savait pas grand-
chose des Blancs, mais Petersen Sahib représentait
pour lui le plus grand homme blanc du monde : il
était le chef de toutes les opérations dans le *keddah*
— celui qui prenait tous les éléphants pour le Gouvernement de l'Inde, et qui en connaissait plus long

que personne au monde sur les us et coutumes des éléphants.

— Quoi ! qu'est-ce qui peut arriver ? dit Petit Toomai.

— Ce qui peut arriver ! le plus mauvais, tout simplement. Petersen Sahib est un fou : autrement, pourquoi traquer ces démons sauvages ?... Il peut même te forcer à devenir chasseur d'éléphants, à dormir n'importe où, dans ces jungles fiévreuses, à te faire un jour, en fin de compte, fouler à mort dans le *keddah*. Il est heureux que cette sottise se termine sans accident. La semaine prochaine, la chasse sera finie, et nous autres, des plaines, nous regagnons nos postes. Alors, nous marcherons sur de bonnes routes, et nous ne penserons plus à tout cela. Mais, fils, je suis fâché que tu te sois mêlé de cette besogne : c'est affaire à ces gens d'Assam, immondes rôdeurs de jungle qu'ils sont. Kala Nag ne veut obéir à personne qu'à moi, aussi me faut-il aller avec lui dans le *keddah*. Mais il n'est qu'un éléphant de combat, et il n'aide pas à lier les autres ; c'est pourquoi je demeure assis à mon aise, comme il convient à un mahout — non pas un simple chasseur ! — un mahout, dis-je, un homme pourvu d'une pension à la fin de son service. Est-ce que la famille de Toomai des Eléphants est bonne à se faire piétiner dans l'ordure d'un *keddah* ? Méchant ! Vilain ! Fils indigne ! Va-t'en laver Kala Nag, fais attention à ses oreilles, et vois s'il n'a pas d'épines dans les pieds ; autrement, Petersen Sahib t'attrapera, bien sûr, et fera de toi un traqueur sauvage... un de ces fainéants qui suivent les éléphants à la piste, un ours de la Jungle. Pouah ! Fi donc ! va !

Petit Toomai s'en alla sans mot dire, mais il conta ses griefs à Kala Nag, pendant qu'il examinait ses pieds.

— Cela ne fait rien, dit Petit Toomai, en retournant le bord de l'énorme oreille droite, ils ont dit mon nom à Petersen Sahib et peut-être... peut-être... qui sait ?... Aïe ! vois la grosse épine que je t'enlève là !

Les quelques jours suivants furent employés à rassembler les prises, à promener entre deux éléphants apprivoisés les animaux nouvellement capturés, pour éviter trop d'ennuis avec eux en descendant au sud, vers les plaines, puis à réunir les couvertures, les cordes et tout ce qui aurait pu se gâter ou se perdre dans la forêt. Petersen Sahib arriva sur le dos de son intelligente Pudmini : il revenait de compter leur paye à d'autres camps dans les montagnes, car la saison tirait à sa fin ; et maintenant un commis indigène, assis à une table sous un arbre, réglait leurs gages aux cornacs. Une fois payé, chaque homme retournait à son éléphant et rejoignait la colonne prête à partir. Les traqueurs, les chasseurs, les meneurs, tous les hommes du *keddah* régulier, qui passent dans les jungles une année ou deux, se tenaient sur le dos des éléphants appartenant aux forces permanentes de Petersen Sahib, ou bien adossés au tronc des arbres, leur fusil en travers des bras, ils plaisantaient les cornacs en partance, et riaient quand les nouvelles prises rompaient l'alignement pour courir de tous côtés. Grand Toomai se dirigea vers le commis avec Petit Toomai en arrière, et Machua Appa, le chef des trappeurs, dit à mi-voix à un de ses amis :

— Voilà de bonne graine de chasseur qui s'envole ! C'est pitié d'envoyer ce jeune coq de jungle muer dans les plaines.

Or, Petersen Sahib avait des oreilles tout autour de la tête, comme le doit un homme qui passe sa vie à épier le plus silencieux des êtres vivants — l'éléphant sauvage. Il se retourna sur le dos de Pudmini, où il était étendu de tout son long, et dit :

— Qu'est-ce donc ? Je ne savais pas qu'il y eût un homme parmi les chasseurs de plaine assez malin pour lier même un éléphant mort.

— Ce n'est pas un homme, mais un enfant. Il est entré dans le *keddah*, la dernière fois, et a jeté la corde à Barmao que voilà, pendant que nous tâchions d'éloigner de sa mère ce jeune éléphant qui a une verrue à l'épaule.

Machua Appa désigna du doigt Petit Toomai, Petersen Sahib le regarda, et Petit Toomai salua jusqu'à terre.

— Lui, jeter une corde ? Il n'est pas plus haut qu'un piquet... Petit, comment t'appelles-tu ? dit Petersen Sahib.

Petit Toomai avait trop peur pour desserrer les dents, mais Kala Nag était derrière lui ; le gamin fit un signe, et l'éléphant l'enleva dans sa trompe et le tint au niveau du front de Pudmini, en face du grand Petersen Sahib. Alors, Petit Toomai se couvrit le visage de ses mains, car il n'était qu'un enfant et, sauf en ce qui touchait les éléphants, aussi timide qu'enfant au monde.

— Oh ! oh ! dit Petersen Sahib en souriant sous sa moustache, pourquoi donc avoir appris à ton éléphant ce tour-là ? Est-ce pour t'aider à voler le blé vert sur le toit des maisons, quand on met à sécher les épis ?

— Pas le blé vert, Protecteur du Pauvre... les melons, dit Petit Toomai.

Et tous les hommes assis à l'entour remplirent l'air d'une explosion de rires. La plupart d'entre eux avaient dans leur jeune âge appris ce tour à leurs éléphants. Petit Toomai était suspendu à huit pieds en l'air, mais il aurait très fort désiré se trouver à huit pieds sous terre.

— C'est Toomai, mon fils, Sahib ! dit Grand Toomai, en fronçant les sourcils. C'est méchant garçon, et il finira en prison, Sahib.

— Pour ça, tu me permettras d'en douter ! repartit Petersen Sahib. Un garçon qui, à son âge, ose affronter un plein *keddah*, ne finit pas en prison... Tiens, petit, voici quatre annas [12] pour acheter des bonbons, parce que tu as une vraie petite tête sous ce chaume de cheveux. Le moment venu, tu pourras devenir un chasseur aussi.

Grand Toomai fronça les sourcils de plus belle.

— Rappelle-toi, cependant, que les *keddahs* ne sont pas faits pour les jeux des enfants, ajouta Petersen Sahib.

— Faudra-t-il n'y jamais entrer, Sahib ?
demanda Petit Toomai avec un gros soupir.

— Si ! répondit en souriant de nouveau Petersen
Sahib. Quand tu auras vu les éléphants danser !...
Ce sera le moment... Viens me trouver quand tu
auras vu danser les éléphants, et alors je te laisserai
entrer dans tous les *keddahs*.

Il y eut une autre explosion de rires, car la plai-
santerie est vieille parmi les chasseurs d'éléphants,
c'est une façon de dire *jamais*. Il y a, cachées au loin
dans les forêts, de grandes clairières unies que l'on
appelle les « salles de bal des éléphants », mais on ne
les découvre que par hasard, et nul homme n'a
jamais vu les éléphants danser. Lorsqu'un chasseur
se vante de son adresse et de sa bravoure, les autres
lui disent :

— Et quand est-ce que tu as vu danser les éléphants ?

Kala Nag reposa Petit Toomai sur le sol et
l'enfant salua de nouveau très bas, s'en fut avec son
père, et donna la pièce d'argent de quatre annas à
sa mère, qui nourrissait un dernier-né. Puis toute la
famille prit place sur le dos de Kala Nag, et la file
d'éléphants, grognant, criant, se déroula le long du
chemin de la montagne, vers la plaine. C'était une
marche très animée, à cause des nouveaux éléphants, qui causaient de l'embarras à chaque gué,
et que toutes les deux minutes il fallait flatter ou
battre.

Grand Toomai, fort mécontent, menait Kala
Nag avec dépit. Quant à Petit Toomai, il était trop
heureux pour parler : Petersen Sahib l'avait distingué et lui avait donné de l'argent ; il se sentait
comme un simple soldat appelé hors des rangs
pour recevoir les éloges de son commandant en
chef.

— Que veut dire Petersen Sahib avec la danse
des éléphants ? demanda-t-il enfin tout bas à sa
mère.

Grand Toomai l'entendit, et grommela :

— Que tu ne seras jamais de ces buffles-de-montagne de traqueurs. Voilà ce qu'il voulait dire... Hé ! là-bas, vous, en tête, qu'est-ce qui barre la route ?

A deux ou trois éléphants en avant, un cornac, un homme d'Assam, se retourna en criant avec colère :

— Amène Kala Nag, et cogne-moi sur ce poulain que j'ai là, pour lui apprendre à se conduire. Pourquoi Petersen Sahib m'a-t-il choisi pour descendre avec vous autres, ânes de rizières !... Amène ta bête contre son flanc, Toomai, et laisse-la travailler des défenses... Par tous les dieux des montagnes, ces nouveaux éléphants sont possédés... ou bien ils flairent leurs camarades dans la Jungle !

Kala Nag bourra le nouveau dans les côtes, à lui faire perdre le souffle, tandis que Toomai disait :

— Nous avons nettoyé les montagnes d'éléphants sauvages, à la dernière chasse. C'est seulement la négligence avec laquelle vous les conduisez. Suis-je donc chargé de l'ordre tout le long de la file ?

— Ecoutez-le ! cria l'autre cornac : « Nous avons nettoyé les montagnes !... » Oh ! oh ! Vous êtes malins, vous autres, gens de la plaine. Tout le monde, sauf un cul-terreux qui n'a jamais vu la Jungle, saurait ce qu'ils savent bien, eux, que la chasse est finie pour la saison : alors, ce soir, tous les éléphants sauvages feront... Mais pourquoi gaspiller ce qu'on sait devant une tortue de rivière ?

— Qu'est-ce qu'ils feront ? cria Petit Toomai.

— Ohé ! petit. Tu es donc là ? Eh bien ! je vais te le dire : car toi, tu as du bon sens. Ils danseront, voilà ! Et ton père, qui a nettoyé toutes les montagnes de tous les éléphants fera bien, ce soir, de mettre double chaîne à ses piquets.

— Qu'est-ce qu'il raconte ? fit Grand Toomai. Pendant quarante années, de père en fils, nous avons soigné les éléphants, et nous n'avons jamais ouï parler de ces danses-là.

— Oui, mais un homme des plaines, qui vit dans une hutte, ne connaît que les quatre murs de sa hutte... Eh bien ! laisse tes éléphants sans entraves, ce soir, tu verras ce qui arrivera. Quant à leur danse, j'ai vu la place où... *Bapree-bap* [13] ! combien de coudes a cette rivière Dihang [14] ? Voici encore un gué, il va falloir mettre les petits à la nage. Tenez-vous tranquilles, vous autres, là-bas derrière !...

Ainsi causant, se querellant et pataugeant à travers les rivières, leur première étape les conduisit jusqu'à une sorte de camp destiné à recevoir les nouveaux éléphants. Mais ils avaient perdu patience longtemps avant d'y arriver.

Là, les animaux furent attachés par les jambes de derrière aux piquets enfoncés à coups de lourdes masses ; on mit des cordes supplémentaires aux nouveaux ; on entassa devant eux le fourrage. Puis les cornacs de la montagne retournèrent vers Petersen Sahib, sous le soleil de l'après-midi, en recommandant aux hommes de la plaine de veiller mieux ce soir-là que de coutume, et ils riaient lorsque ceux-ci leur en demandaient la raison.

Petit Toomai présida au souper de Kala Nag ; et, comme le soir tombait, il erra par le camp, heureux au-delà de toute expression, en quête d'un tam-tam. Lorsqu'un enfant hindou se sent le cœur en liesse, il ne court pas de tous côtés et ne fait pas un vacarme désordonné. Il s'assoit par terre et se donne une petite fête à lui tout seul. Et Petit Toomai s'était vu adresser la parole par Petersen Sahib ! Faute de trouver ce qu'il cherchait, il aurait fait une maladie. Mais le marchand de sucreries du camp lui prêta un tam-tam — un tambour que l'on frappe du plat de la main — et l'enfant s'assit par terre, les jambes croisées, devant Kala Nag, au moment où les étoiles commençaient à paraître, le tam-tam sur les genoux, et il tambourina, tambourina, tambourina, et, plus il pensait au grand honneur qui lui avait été fait, plus il tambourinait, tout seul parmi le fourrage des éléphants. Il n'y avait ni air ni paroles, mais tambouriner le rendait heureux. Les nouveaux éléphants tiraient sur leurs cordes, piaulaient de temps à autre et trompetaient, et il pouvait entendre sa mère, dans la hutte du camp, qui endormait son petit frère, avec une vieille, vieille chanson sur le grand dieu Shiva [15], lequel a dit jadis à tous les animaux ce qu'ils devaient manger... C'est une berceuse très caressante et dont voici le premier couplet :

Shiva qui versa les moissons et qui fit souffler les vents,
Assis aux portes en fleur d'un jour des anciens temps,
Donnait à chacun sa part : vivre, labeur, destinée,
Du mendiant sur le seuil à la tête couronnée.
Toutes choses a-t-il faites, Shiva le Préservateur,
Mahadeo ! Mahadeo ! toutes choses :
L'épine pour le chameau roux, le foin pour les bœufs du labour,
Et le sein des mères pour la tête endormie, ô petit fils de mon amour !

Petit Toomai accompagnait la chanson d'un joyeux *tunk-a-tunk* à la fin de chaque couplet, jusqu'au moment où il eut sommeil et s'étendit lui-même sur le fourrage, à côté de Kala Nag. Enfin, les éléphants commencèrent à se coucher, l'un après l'autre, selon leur coutume ; et bientôt Kala Nag, à la droite de la ligne, demeura seul debout : il se balançait lentement de-ci, de-là, les oreilles tendues en avant pour écouter le vent du soir qui soufflait très doucement à travers les montagnes. L'air était rempli de tous les bruits de la nuit, qui, rassemblés, font un seul grand silence : le clic-clac d'une tige de bambou contre l'autre, le froufrou d'une chose vivante dans l'épaisseur de la brousse, le grattement et le cri étouffé d'un oiseau à demi réveillé (les oiseaux sont éveillés dans la nuit beaucoup plus souvent qu'on ne pense), une chute d'eau très loin...

Petit Toomai dormit quelque temps... Quand il s'éveilla, il faisait un éclatant clair de lune, et Kala Nag veillait toujours, debout, les oreilles dressées, Petit Toomai se retourna dans le fourrage bruissant, et considéra la courbe de l'énorme dos sur le ciel dont il cachait la moitié des étoiles ; et, pendant qu'il regardait, il entendit, si loin que ce bruit faisait à peine comme une piqûre d'épingle dans le silence, l'appel de cor d'un éléphant sauvage. Tous les éléphants, dans les lignes, sautèrent sur leurs pieds, comme frappés d'une balle, et leurs grognements finirent par réveiller les mahouts endormis ; ceux-ci sortirent et frappèrent sur les chevilles des piquets avec de gros maillets, puis serrèrent telle corde et nouèrent telle autre, et tout redevint tranquille. Un des nouveaux éléphants avait presque déchaussé son piquet : Grand Toomai ôta la chaîne de Kala Nag, la mit à l'autre comme entrave, le pied de devant relié au pied de derrière, puis il enroula une tresse d'herbe à la jambe de Kala Nag, et lui enjoignit de ne pas oublier qu'il était attaché solidement. Il savait que lui-même, son père et son grand-père avaient fait la même chose des centaines de fois. Kala Nag ne répondit pas à cet ordre par son glouglou habituel. Il resta immobile, regardant au loin à travers le clair de lune, la tête un peu relevée, les oreilles déployées comme des éventails, vers les grandes ondulations que faisaient les montagnes de Garo.

— Fais-y attention, s'il s'agite cette nuit ! dit Grand Toomai à Petit Toomai.

Et il rentra dans la hutte et se rendormit.

Petit Toomai allait tout juste se rendormir aussi, quand il entendit la corde de *caire* [16] (fibre de cocotier) se rompre avec un petit tintement. Et Kala Nag roula hors de ses piquets aussi lentement et silencieusement que roule un nuage hors d'une vallée. Petit Toomai trottina derrière lui, nu-pieds sur la route, dans le clair de lune, appelant à voix basse :

— Kala Nag ! Kala Nag ! Prends-moi avec toi, ô Kala Nag !

L'éléphant se retourna, sans bruit, revint de trois pas en arrière, abaissa sa trompe, enleva l'enfant sur son cou, et, avant que Petit Toomai eût seulement assujetti ses genoux, il se glissa dans la forêt.

Il vint des lignes une fanfare de furieux barrissements ; puis le silence se referma sur toutes choses, et Kala Nag se mit en marche. Parfois, une touffe de hautes herbes balayait ses flancs tout du long, telle une vague les flancs d'un navire, et parfois un bouquet pendant de poivriers sauvages lui grattait le dos d'un bout à l'autre, ou bien un bambou craquait au frôlement de son épaule ; mais, entre-temps, il se mouvait sans aucun bruit, dérivant à travers l'épaisse forêt de Garo comme à travers une fumée. Il suivait une route montante ; mais, bien que Petit Toomai guettât les étoiles par les éclaircies des arbres, il n'eût pu dire dans quelle direction. Enfin Kala Nag atteignit la crête et s'arrêta une minute, et Petit Toomai put voir les cimes des arbres, comme une fourrure tachetée s'éployant au clair de lune sur des milles de pays, et le brouillard d'un blanc bleuâtre, sur la rivière, dans le fond. Toomai se pencha en avant, regarda, et il sentit la forêt éveillée au-dessous de lui, éveillée, vivante et pleine d'êtres. Une de ces grosses chauves-souris brunes, qui se nourrissent de fruits, lui frôla l'oreille ; les piquants d'un porc-épic cliquetèrent sous bois ; et, dans l'obscurité, entre les troncs d'arbres, il entendit un sanglier qui fouillait avec ardeur la chaude terre molle, et flairait en fouillant. Puis, les branches se refermèrent sur sa tête, et Kala Nag se mit à descendre la pente de la vallée, non plus nonchalamment, cette fois, mais comme un canon échappé descend un talus à pic, d'un élan. Les énormes membres se mouvaient avec une régularité de pistons, par enjambées de huit pieds, et l'on entendait des froissements de peau ridée au pli des articulations. Les broussailles éventrées craquaient des deux côtés avec un bruit de toile déchirée ; les jeunes pousses qu'il écartait des épaules rebondissaient en arrière et lui cinglaient les flancs ; de grandes traînées de lianes emmêlées et compactes pendaient de ses défenses, tandis qu'il jetait la tête de part et d'autre et se creusait son chemin.

Alors, Petit Toomai s'aplatit contre le grand cou, de peur qu'une branche ballante ne le précipitât sur le sol, et il souhaita se retrouver encore dans les lignes. L'herbe devenait marécageuse, et les pieds de Kala Nag pompaient et collaient à terre quand il les posait, et le brouillard de la nuit, au fond de la vallée, glaçait Petit Toomai. Il y eut des éclaboussures et un pataugeage, une poussée d'eau rapide, et Kala Nag entra dans le lit d'une rivière, en sondant à chaque pas. Par-dessus le bruit du courant qui tourbillonnait autour des fortes jambes, Petit Toomai pouvait entendre d'autres bruits d'eau rejaillissante et de nouvelles fanfares en amont et en aval, des grognements énormes, des ronflements de colère ; et, dans le brouillard alentour, comme des vagues, roulaient des ombres.

— Hé ! dit-il à mi-voix, et ses dents claquèrent. Le peuple des éléphants est dehors, ce soir. C'est la danse alors !

Kala Nag sortit de l'eau avec fracas, souffla dans sa trompe pour l'éclaircir et commença une nouvelle ascension ; mais, cette fois, il ne marchait plus seul, et n'avait plus à se frayer de chemin. C'était chose faite : sur six pieds de large, en droite ligne devant lui, toute courbée, l'herbe de la Jungle essayait de se redresser et de se maintenir. Beaucoup d'éléphants devaient avoir suivi cette voie quelques minutes auparavant. Petit Toomai se retourna et, derrière lui, un grand mâle sauvage porte-défenses, aux petits yeux de pourceau, luisant comme des braises, émergeait tout juste de la rivière embrumée. Puis, les arbres se refermèrent encore, et ils continuèrent de monter, avec des fanfares et des cris et le bruit des branches brisées de toutes parts.

A la fin, Kala Nag s'arrêta entre deux troncs d'arbres, au sommet de la montagne : ils faisaient partie d'une enceinte poussée autour d'un espace irrégulier de trois ou quatre acres environ, et, sur tout cet espace, Petit Toomai pouvait le voir, le sol

avait été foulé jusqu'à prendre la dureté d'un carre-
lage de brique. Quelques arbres s'élevaient au
centre de la clairière, mais leur écorce était usée, et
le bois même apparaissait au-dessous, brillant et
poli, sous les taches de clair de lune. Des lianes
pendaient des branches supérieures, dont les fleurs
en forme de cloches, grands liserons d'un blanc de
cire, tombaient comme alourdies de sommeil
jusqu'à terre. Mais, dans les limites de la clairière, il
n'y avait pas un brin de verdure : rien que la terre
foulée ; le clair de lune lui donnait une teinte gris de
fer, excepté çà et là où se tenaient quelques éléphants aux ombres noires comme de l'encre. Petit
Toomai regardait en retenant son souffle, les yeux
écarquillés ; et, tandis qu'il regardait, des éléphants
toujours plus nombreux sortaient d'entre les troncs
d'arbres, en se dandinant, pour entrer dans l'espace
ouvert. Petit Toomai ne savait compter que jusqu'à
dix ; il compta et recompta sur ses doigts, jusqu'à
ce qu'il perdît son compte de dizaines, et la tête
commença de lui tourner. En dehors de la clairière,
il pouvait entendre le fracas des éléphants dans la
brousse, comme ils se frayaient un chemin vers le
sommet de la montagne ; mais, aussitôt arrivés dans
le cercle des troncs d'arbres, ils se mouvaient
comme des fantômes.

Il y avait là des mâles sauvages aux défenses
blanches, avec des feuilles mortes, des noix et des
branchettes restées aux plis de leurs cous et de leurs
oreilles, de grasses femelles nonchalantes avec leurs
éléphanteaux d'un noir rosé, hauts de trois ou
quatre pieds à peine, qui ne pouvaient rester en
place et couraient sous leurs mamelles ; de jeunes
éléphants dont les défenses commençaient juste à
pointer, et qui s'en montraient tout fiers ; de
flasques et maigres femelles, restées vieilles filles,
avec leurs inquiètes faces creuses et des trompes
d'écorce rude ; de vieux solitaires sillonnés, de
l'épaule au flanc, des cicatrices et des balafres de
naguère, les gâteaux de boue de leurs baignades à

l'écart pendant encore à leurs épaules ; et il y avait un éléphant avec une défense brisée et les marques du plein assaut, le terrible sillon des griffes d'un tigre à son flanc. Ils se faisaient vis-à-vis, ou se promenaient de long en large, deux à deux, ou restaient à se balancer et à se dandiner tout seuls. Il y en avait des douzaines et des douzaines. Toomai savait que, sur le cou de Kala Nag, aucun mal ne pouvait lui arriver, car un éléphant sauvage, même dans l'avalanche du *keddah*, ne lèverait pas sa trompe pour arracher un homme du cou d'un éléphant apprivoisé ; et ceux-là ne pensaient guère aux hommes cette nuit. Un moment, ils tressaillirent et dressèrent les oreilles : on entendait sonner les fers d'un anneau de pied dans la forêt. Mais c'était Pudmini, l'éléphante favorite de Petersen Sahib, sa chaîne cassée court, qui gravissait, grognant et soufflant, le versant de la montagne ; elle devait avoir brisé ses piquets, et venir droit du camp de Petersen Sahib. Et Petit Toomai vit un autre éléphant, qu'il ne connaissait pas, avec de profondes écorchures produites par des cordes sur le dos et le poitrail. Lui aussi devait s'être échappé d'un camp établi dans les montagnes d'alentour.

Enfin on n'entendit plus d'éléphants marcher dans la forêt, et Kala Nag roula pesamment d'entre les arbres, et s'avança parmi la foule, gloussant et gargouillant ; et tous les éléphants commencèrent à s'exprimer dans leur langage et à se mouvoir çà et là. Toujours couché, Petit Toomai découvrit des centaines de larges dos, d'oreilles branlantes, de trompes ballottées et de petits yeux roulants. Il entendait le cliquetis des défenses lorsqu'elles s'entrecroisaient par hasard ; le bruissement sec des trompes enlacées ; le frottement des flancs et des épaules énormes, dans la cohue ; l'incessant flic-flac et le *hissh* des grandes queues. Puis, un nuage couvrit la lune, et ce fut la nuit noire ; mais les poussées, les froissements et les gargouillements n'en continuèrent pas moins, égaux et réguliers.

L'enfant savait Kala Nag entouré d'éléphants et ne voyait aucune chance de le faire sortir de l'assemblée ; il serra les dents et frissonna. Dans un *keddah*, au moins, il y avait la lumière des torches et les cris, mais ici, on était tout seul dans les ténèbres, et, une fois, une trompe se leva et lui toucha le genou. Ensuite un éléphant trompeta et tous l'imitèrent pendant cinq ou dix terribles secondes.

La rosée pleuvait des arbres, en larges gouttes, sur les dos invisibles. Et un bruit s'éleva, sourd grondement peu prononcé d'abord, et Petit Toomai n'en aurait pu dire la nature ; le bruit monta, monta, et Kala Nag levait ses pieds de devant l'un après l'autre, et les reposait sur le sol — une, deux, une, deux ! — avec autant de précision que des marteaux de forge. Les éléphants frappaient du pied maintenant tous ensemble, et cela sonnait comme un tambour de guerre battu à la bouche d'une caverne. La rosée tombait toujours des arbres, jusqu'au moment où il n'en resta plus sur les feuilles ; et le sourd roulement continuait, le sol oscillait et frémissait tant que Petit Toomai se mit les mains sur les oreilles pour ne plus entendre. Mais une vibration profonde, immense, le parcourait tout entier : le heurt de ces centaines de pieds si lourds sur la terre à cru. Une fois ou deux, il sentit Kala Nag et tous les autres avancer de quelques pas, et le pilonnage devint alors un bruit de verdures écrasées, dont la sève giclait ; mais, une minute ou deux plus tard sonnait de nouveau le roulement des pieds sur la terre durcie. Un arbre craquait et gémissait quelque part près de lui. Il tendit le bras et sentit l'écorce, mais Kala Nag avança, toujours piétinant, et l'enfant ne savait plus où il était dans la clairière. Les éléphants ne donnaient plus signe de vie. Une fois seulement, deux ou trois petits piaillèrent ensemble ; alors, il entendit un coup sourd et le bruit d'une bagarre, et le pilonnage reprit. Il y avait bien, maintenant, deux grandes heures que cela durait, et Petit Toomai souffrait dans chacun de ses nerfs ; mais il sentait, à l'odeur de l'air, dans la nuit, que l'aube allait poindre.

Le matin parut, nappe de jaune pâle derrière les collines vertes ; et, avec le premier rayon, le piétinement s'arrêta, comme si la lumière eût été un ordre. Avant que le bruit eût fini de résonner dans la tête de Petit Toomai, avant même qu'il eût changé de position, il ne restait plus en vue un seul éléphant, sauf Kala Nag, Pudmini et l'éléphant marqué par les cordes ; et nul signe, nul murmure ni chuchotement sur les pentes des montagnes, ne laissait deviner où les autres étaient partis. Toomai regarda de tous ses yeux. La clairière, autant qu'il s'en souvenait, s'était élargie pendant la nuit. Un grand nombre d'arbres se dressaient au milieu, mais l'enceinte de broussaille et d'herbe de jungle se trouvait reculée. Petit Toomai regarda une fois encore ; maintenant, il comprenait le pilonnage. Les éléphants avaient élargi l'espace foulé, réduit en litière, à force de piétiner l'herbe épaisse et les cannes juteuses, puis la litière en brindilles, les brindilles en fibres menues, et les fibres en terre compacte.

— Ouf ! fit Petit Toomai, et ses paupières lui semblaient très lourdes ; Kala Nag, monseigneur, ne quittons pas Pudmini, et retournons au camp de Petersen Sahib, ou bien je vais tomber de ton cou.

Le troisième éléphant regarda partir les deux autres, renâcla, fit volte-face, et reprit la route par laquelle il était venu. Il devait appartenir à quelque établissement de petit prince indigène, à cinquante, soixante ou cent milles de là.

Deux heures plus tard, comme Petersen Sahib prenait son premier déjeuner, ses éléphants, dont les chaînes avaient été doublées cette nuit-là, commencèrent à trompeter, et Pudmini, crottée jusqu'aux épaules, suivie de Kala Nag clopinant sur ses pieds endoloris, firent leur entrée dans le camp. Le visage de Petit Toomai était blême et tiré, sa chevelure pleine de feuilles et trempée de rosée, mais il fit le geste de saluer Petersen Sahib, et cria d'une voix défaillante :

— La danse... la danse des éléphants ! Je l'ai vue... et je meurs !

Et comme Kala Nag se couchait, il glissa de son dos, évanoui.

Mais les enfants indigènes n'ont pas de nerfs dont il vaille la peine de parler : au bout de deux heures, il se réveillait, confortablement allongé dans le hamac de Petersen Sahib, la veste de chasse de Petersen Sahib sous la tête, un verre de lait chaud additionné d'un peu d'eau-de-vie et d'une pointe de quinine dans le ventre ; et, tandis que les vieux chasseurs des jungles, velus et balafrés, assis sur trois rangs de profondeur devant lui, le regardaient comme un revenant, il raconta son histoire en mots naïfs, à la manière des enfants, et conclut :

— Maintenant, si je mens d'un seul mot, envoyez des hommes pour voir ; et ils trouveront que les éléphants, en piétinant, ont agrandi leur salle de bal, et ils trouveront des dizaines et des dizaines et beaucoup de fois de dizaines de traces conduisant à cette salle de bal. Ils l'ont agrandie avec leurs pieds. Je l'ai vu. Kala Nag m'a pris avec lui, et j'ai vu. Même, Kala Nag a les jambes très fatiguées.

Petit Toomai se renversa en arrière, et dormit tout l'après-midi ; il dormait encore au crépuscule, et, pendant qu'il dormait, Petersen Sahib et Machua Appa suivirent la trace des deux éléphants sur un parcours de quinze milles à travers les montagnes. Petersen Sahib avait passé dix-huit ans de sa vie à prendre des éléphants, et n'avait qu'une seule fois jusque-là découvert semblable salle de bal. Machua Appa n'eut pas besoin de regarder deux fois la clairière pour voir ce qui s'était passé, ni de gratter de l'orteil la terre compacte et battue.

— L'enfant dit vrai, prononça-t-il. Tout cela s'est fait la nuit dernière, et j'ai compté soixante-dix pistes qui traversent la rivière. Voyez, Sahib, où l'anneau de fer de Pudmini a entamé l'écorce de cet arbre ! Oui, elle était là aussi.

Ils s'entre-regardèrent, puis leurs yeux errèrent de haut en bas, et ils s'émerveillèrent ; car les coutumes des éléphants dépassent l'esprit d'aucun homme noir ou blanc.

— Quarante-cinq années, dit Machua Appa, j'ai suivi monseigneur l'Eléphant, mais jamais je n'ouïs dire qu'un enfant d'homme ait vu ce qu'a vu cet enfant. Par tous les dieux des montagnes, c'est... que peut-on dire ?...

Et il secoua la tête.

Lorsqu'ils revinrent au camp, c'était l'heure du souper. Petersen Sahib mangeait seul dans sa tente, mais il donna ordre qu'on distribuât deux moutons et quelques volailles, avec double ration de farine, de riz et de sel, car il savait qu'il y aurait fête. Grand Toomai, monté de la plaine en toute hâte se mettre en quête de son fils et de son éléphant, maintenant qu'il les avait trouvés, les regardait comme s'il avait peur de tous deux.

Et il y eut fête, en effet, autour des grands feux de camp allumés sur le front des lignes d'éléphants au piquet, et Petit Toomai en fut le héros. Les grands chasseurs d'éléphants, à peau bronzée, traqueurs, conducteurs et lanceurs de cordes, et ceux qui savent tous les secrets pour dompter les éléphants les plus rebelles se le passèrent de l'un à l'autre, et lui firent une marque au front avec le sang d'un cœur de coq de jungle fraîchement tué, pour lui donner rang de forestier initié dès à présent et libre dans toute l'étendue des jungles.

Et, à la fin, quand tombèrent les flammes mourantes, et qu'aux reflets rouges de la braise les éléphants apparurent comme s'ils avaient été trempés aussi da s le sang, Machua Appa, le chef de tous les rabat eurs, de tous les *keddahs* — Machua Appa, l'*alter ego* de Petersen Sahib, qui n'avait jamais vu de route battue en quarante ans, Machua

Appa, si grand, si grand qu'on ne l'appelait jamais
autrement que Machua Appa — sauta sur ses pieds
en enlevant Petit Toomai à bout de bras au-dessus
de sa tête, et cria :

— Ecoutez, Frères ! Ecoutez aussi, vous, Messeigneurs, là, dans les lignes, car c'est moi, Machua
Appa, qui parle ! Ce petit ne s'appellera plus Petit
Toomai, mais Toomai des Eléphants, comme son
arrière-grand-père avant lui. Ce que jamais homme
ne vit, lui l'a vu durant la longue nuit, et la faveur
du peuple éléphant et des dieux des jungles
l'accompagne. Il deviendra un grand traqueur, il
deviendra plus grand que moi, oui, moi, Machua
Appa ! Il suivra la voie fraîche, la voie vieille et la
voie double, d'un œil clair ! Que nul mal ne
l'atteigne dans le *keddah* lorsqu'il courra sous le
ventre des solitaires afin de les garrotter, et s'il glisse
sous les pieds d'un mâle qui le charge, que le mâle
le reconnaisse et ne l'écrase pas. *Aihai !* Messeigneurs, ici près dans les chaînes, cria-t-il en courant
sur le front de la ligne de piquets, voici le petit qui a
vu vos danses au fond de vos retraites cachées, le
spectacle que jamais homme ne contempla ! Rendez-lui hommage, Messeigneurs ! *Salaam karo* [17],
mes enfants. Faites votre salut à Toomai des Eléphants ! Gunga Pershad, ahaa ! Hira Guj, Birchi
Guj, Kuttar Guj, ahaa ! Pudmini, tu l'as vu à la
danse, et toi aussi Kala Nag, ô ma perle des Eléphants !... Ahaa ! Ensemble ! A Toomai des Eléphants ! *Barrao ! ! !*

Alors, au signal de cette clameur sauvage, sur
toute la ligne les trompes se levèrent jusqu'à ce que
chacun touchât du bout le front de chaque éléphant, et tous entonnèrent le grand salut, l'éclatante
salve de trompettes que seul entend le Vice-Roi des
Indes, le Salaam-ut du Keddah.

Mais cette fois, en l'unique honneur de Petit
Toomai, qui avait vu ce que jamais homme ne vit
auparavant, la danse des éléphants, la nuit, tout
seul, au cœur des montagnes de Garo !

SHIVA ET LA SAUTERELLE

(La chanson que la mère de Toomai chantait à son bébé.)

Shiva qui versa les moissons et qui fit souffler les vents,
Assis aux portes en fleur d'un jour des anciens temps,
Donnait à chacun sa part : vivre, labeur, destinée,
Du mendiant sur le seuil à la tête couronnée.
Toutes choses a-t-il faites, Shiva le Préservateur,
Mahadeo ! Mahadeo ! toutes choses :
L'épine pour le chameau roux, le foin pour les bœufs du labour,
Et le sein des mères pour la tête endormie, ô petit fils de mon
   amour !

Au riche il donne du blé, du mil au pauvre, il apporte
Des reliefs à l'homme saint qui quête de porte en porte,
Au tigre des bestiaux, des charognes au vautour,
Des os aux loups méchants qui la nuit hurlent alentour ;
Nul ne lui parut trop haut, nul ne lui sembla trop bas...
A ses côtés Parvâti [18] suivait chacun de leurs pas ;
Puis, par jeu, de son mari pour éprouver le dessein
Elle prit la sauterelle et la cacha dans son sein !
C'est ainsi que fut joué Shiva le Préservateur,
Mahadeo ! Mahadeo ! Viens, regarde,
Très grands sont les chameaux roux, pesants les bœufs de labour,
Mais c'était la Moindre des Petites choses, ô petit fils de mon
   amour.

Lorsque tous furent passés, elle dit, rieuse : O Maître,
Tant de milliers d'affamés as-tu donc pu les repaître ?
Shiva, riant, répondit : Tous ont une part, la leur,
Tous, même le tout-petit qui se cache sur ton cœur.
La voleuse Parvâti tira de sa robe ouverte
Le moindre des Tout-Petits qui rongeait une herbe verte,
Ce voyant, elle craignit et s'émerveilla devant
Shiva le Dispensateur qui nourrit chaque vivant.
Toutes choses a-t-il faites, Shiva le Préservateur,
Mahadeo ! Mahadeo ! toutes choses :
L'épine pour le chameau roux, le foin pour les bœufs du labour,
Et le sein des mères pour la tête endormie, ô petit fils de mon
   amour !

SERVICE DE LA REINE

Essayez toujours les fractions
    ou la simple règle de trois,
Mais la façon de Mirontaine
    ne sera pas celle de Mironton [1].
Tortillez-le, retournez-le, faites-
    en une tresse jusqu'à la Saint-Glinglin,
Mais la façon de Carabi ne sera
    pas celle de Carabo.

Il avait plu à verse pendant un grand mois — plu sur un camp de trente mille hommes et de milliers de chameaux, d'éléphants, de chevaux, de bœufs et de mulets, tous rassemblés en un endroit appelé Rawal Pindi [2], pour être passés en revue par le Vice-Roi de l'Inde.

Le Vice-Roi recevait la visite de l'Amir d'Afghanistan — roi sauvage d'un pays plus sauvage encore, et l'Amir avait amené comme gardes du corps huit cents hommes avec leurs chevaux, qui n'avaient jamais vu un camp ni une locomotive de leur vie — des hommes sauvages et des chevaux sauvages, nés quelque part au fond de l'Asie centrale. Chaque nuit on pouvait être sûr qu'une troupe de ces chevaux briseraient leurs entraves et galoperaient du haut en bas du camp à travers la boue, dans l'obscurité, ou que les chameaux rompraient leurs entraves et se mettraient à courir et à tomber par-dessus les cordes des tentes, et l'on peut imaginer quel agrément c'était là pour des gens qui avaient envie de dormir.

Ma tente était dressée loin des lignes de chameaux, et je la croyais à l'abri ; mais, une nuit
quelqu'un passa brusquement la tête dans l'intérieur, et s'écria :

— Sortez, vite ! Ils viennent ! Ma tente est par
terre !

Je savais qui ce « ils » voulait dire ; aussi j'enfilai
mes bottes, mon caoutchouc, et me précipitai
dehors dans le gâchis. La petite Vixen, mon fox-
terrier, sortit par l'autre côté ; puis, on entendit
gronder, grogner, gargouiller, et je vis la tente
s'affaler, tandis que le mât se cassait net, et se
mettre à danser comme un fantôme en démence.
Un chameau s'était empêtré dedans, et, tout
furieux et mouillé que je fusse, je ne pus m'empêcher de rire. Puis je continuai de courir, car je ne
savais pas combien de chameaux pouvaient s'être
échappés ; et, peu de temps après, hors de vue du
camp, je pataugeais à travers la boue. A la fin, je
trébuchai sur la culasse d'un canon, et j'aperçus
que je me trouvai non loin des lignes de l'artillerie,
là où on dételait les canons pour la nuit. Ne me
souciant pas de barboter plus longtemps dans la
brume et dans le noir, je mis mon caoutchouc sur la
bouche d'un canon, construisis une sorte de wig-
wam à l'aide de deux ou trois refouloirs trouvés là
par hasard, et m'étendis le long de l'affût d'un autre
canon, inquiet d'où Vixen était passée, et d'où je
pouvais bien me trouver moi-même.

Au moment où je me préparais à dormir, j'entendis un cliquetis de harnais et un grognement, tandis
qu'un mulet passait devant moi en secouant ses
oreilles mouillées. Il appartenait à une batterie de
canons à vis, car je distinguais un bruit de cour-
roies, d'anneaux, de chaînes et de toutes sortes de
ferraille sur sa selle matelassée. Les canons à vis
sont de tout petits canons faits de deux parties que
l'on visse ensemble quand arrive le moment de s'en
servir. On les hisse sur les montagnes, partout où
peut passer un mulet, et ils rendent de grands
services pour combattre en terrain rocailleux.

Derrière le mulet, venait un chameau, dont les gros pieds mous s'écrasaient et glissaient dans la boue, et qui balançait le cou comme une poule égarée. Heureusement, j'entendais assez le langage des bêtes — non pas des bêtes sauvages, mais celui des bêtes de camp, naturellement — que m'avaient appris des indigènes, pour savoir ce qu'il disait. Ce devait être le même qui s'était étalé dans ma tente, car il interpella le mulet :

— Que faire ? Où aller ? Je me suis battu avec une chose blanche qui flottait, et elle a pris un bâton et m'a frappé au cou.

C'était le mât brisé de ma tente, et cela me fit plaisir.

— Continuons-nous à courir ?

— Ah ! c'est vous, dit le Mulet, vous et vos collègues, qui avez ainsi bouleversé le camp ? On vous rossera en conséquence ce matin, mais autant vous donner un acompte.

J'entendis le cliquetis des harnais, et le chameau reçut dans les côtes deux ruades qui sonnèrent comme sur un tambour.

— Cela vous apprendra, dit-il, à courir une autre fois à travers une batterie de mulets, la nuit, en criant : « Au voleur et au feu ! » Couchez-vous, et tenez votre grand niais de cou tranquille.

Le Chameau se replia à la façon des chameaux, en équerre, et se coucha en geignant. On entendit dans l'obscurité un bruit rythmé de sabots sur le sol, et un grand cheval de troupe arriva au petit galop d'ordonnance, comme à la parade, franchit la culasse d'un canon et retomba tout près du mulet.

— C'est honteux, dit-il, en soufflant par les naseaux. Ces chameaux ont encore dévalé dans nos lignes... c'est la troisième fois, cette semaine. Le moyen pour un cheval de rester en forme si on ne le laisse pas dormir !... Qui va là ?

— Je suis le mulet d'affût du canon numéro deux de la Première Batterie à Vis, dit le Mulet, et l'autre est un de vos amis. Il m'a réveillé aussi. Et vous ?

— Numéro quinze, troupe E, Cinquième Lanciers... Le cheval de Dick Cunliffe. Un peu de
place, s'il vous plaît, là.

— Oh ! pardon, dit le Mulet. Il fait si noir qu'on
n'y voit guère. Ces chameaux sont-ils assez dégoû-
tants ? J'ai quitté mes lignes pour chercher un peu
de calme et de repos par ici.

— Messeigneurs, dit le Chameau avec humilité,
nous avons fait de mauvais rêves dans la nuit et
nous avons eu très peur ! Je ne suis qu'un des
chameaux de convoi du 39ᵉ d'Infanterie Indigène,
et je ne suis pas aussi brave que vous, Messeigneurs.

— Alors, pourquoi ne pas rester à porter les
bagages du 39ᵉ d'Infanterie Indigène, au lieu de
courir partout dans le camp ? dit le Mulet.

— C'étaient de si mauvais rêves, dit le Chameau. Je suis bien fâché. Ecoutez !... Qu'est-ce que
c'est ?... Faut-il courir encore ?

— Couchez-vous, reprit le Mulet, ou bien vous
allez vous rompre vos longues perches de jambes
entre les canons. Il dressa l'oreille, aux écoutes.

— Des bœufs ! dit-il. Des bœufs de batterie. Ma
parole, vous et les vôtres avez réveillé le camp pour
de bon ! Il faut un joli boucan pour faire lever un
bœuf de batterie.

J'entendis une chaîne traîner au ras du sol, et un
attelage de ces grands bœufs blancs taciturnes qui
traînent les lourds canons de siège, quand les éléphants ne veulent plus avancer sous le feu, arriva
en s'épaulant ; sur leurs talons, marchant presque
sur la chaîne, suivait un autre mulet de batterie, qui
appelait avec affolement « Billy ».

— C'est une de nos recrues, dit le vieux Mulet
au Cheval de Troupe. Ici, jeunesse. Assez braillé,
l'obscurité n'a jamais encore fait de mal à personne.

Les bœufs de batterie se couchèrent en même
temps et se mirent à ruminer, mais le Jeune Mulet
se blottit contre Billy.

— Des choses ! fit-il. D'affreuses et horribles

choses, Billy ! C'est entré dans nos lignes tandis que nous dormions. Pensez-vous que ça va nous tuer ?

— J'ai grande envie de t'allonger un coup de pied numéro un, dit Billy. A-t-on idée d'un mulet de quatre pieds six pouces, avec ton éducation, qui déshonore la Batterie devant ce gentleman ?

— Doucement, doucement ! dit le Cheval de Troupe. Souvenez-vous qu'on est toujours comme cela pour commencer. La première fois que j'ai vu un homme (c'était en Australie, et j'avais trois ans), j'ai couru une demi-journée, et si ç'avait été un chameau, je courrais encore.

Presque tous nos chevaux de cavalerie anglaise dans l'Inde sont importés d'Australie, et sont dressés par les soldats eux-mêmes.

— C'est vrai, après tout, reprit Billy. Assez tremblé comme cela, jeunesse. La première fois qu'on me plaça sur le dos le harnais complet avec toutes ses chaînes, je me dressai sur mes jambes de devant, et à force de ruades jetai tout à terre. Je n'avais pas encore acquis la véritable science de ruer, mais ceux de la batterie disaient n'avoir jamais rien vu de tel.

— Mais ce n'était ni harnais ni rien qui tintât, dit le Jeune Mulet. Vous savez, Billy, que maintenant cela ne me fait rien. C'étaient des choses grandes comme des arbres, et elles tombaient du haut en bas des lignes et gargouillaient ; ma bride s'est cassée et je ne pouvais pas trouver mon conducteur... je ne pouvais même pas vous trouver, Billy ; alors je me suis sauvé avec... avec ces gentlemen.

— Hum ! fit Billy. A l'annonce de la débandade des chameaux, j'ai filé pour mon propre compte. Lorsqu'un mulet de batterie... de batterie de canon à vis... traite de gentlemen des bœufs de batterie, il faut qu'il se sente bien ému. Qui êtes-vous, vous autres, là, par terre ?

Les bœufs refoulèrent leur nourriture, et répondirent tous deux à la fois :

— Le septième joug du premier canon de la

Grosse Batterie de Siège. Nous dormions, lorsque les chameaux sont arrivés, mais quand on nous a marché dessus, nous nous sommes levés et nous sommes partis. Il vaut mieux dormir tranquilles dans la boue que d'être dérangés sur une bonne litière. Nous avons dit à notre ami qu'il n'y avait pas de quoi s'effrayer, mais il savait tant de choses qu'il en a pensé autrement. Wah !

Ils continuèrent à ruminer.

— Voilà ce que c'est d'avoir peur, dit Billy. On se fait blaguer par des bœufs de batterie. Je pense que cela te fait plaisir, jeunesse.

Les dents du Jeune Mulet sonnèrent, et j'entendis qu'il parlait de ne plus avoir peur d'aucun vieux bifteck du monde ; mais les bœufs se contentèrent de faire cliqueter leurs cornes l'un contre l'autre, et continuèrent de ruminer.

— Ne te fâche pas, maintenant, après avoir eu peur. C'est la pire espèce de couardise, dit le Cheval de Troupe. Je trouve très pardonnable d'avoir peur la nuit, lorsqu'on voit des choses qu'on ne comprend pas. On s'est échappé de nos piquets des douzaines de fois, par bandes de quatre cent cinquante ensemble, et cela parce qu'une nouvelle recrue s'était mise à nous conter des histoires de serpents-fouets qu'on trouve chez nous, en Australie, au point que nous mourions de peur à la seule vue des cordes pendantes de nos licous.

— Tout cela est bel et bon dans le camp, observa Billy ; je ne laisse pas de m'emballer moi-même, pour la farce, quand je reste à l'écurie un jour ou deux ; mais que faites-vous en campagne ?

— Oh ! c'est une tout autre paire de bottes, dit le Cheval de Troupe. J'ai Dick Cunliffe sur le dos, alors, et il m'enfonce ses genoux dans les côtes : tout ce que j'ai à faire, c'est de regarder où je mets le pied, de bien rassembler mon arrière-main et d'obéir aux rênes.

— Qu'est-ce que cela, obéir aux rênes ? demanda le Jeune Mulet.

— Par les gommiers bleus d'Australie, renâcla le Cheval de Troupe, voulez-vous me faire croire qu'on ne vous a pas appris dans votre métier ce que c'est que d'obéir aux rênes ? A quoi êtes-vous bons si vous ne pouvez pas tourner tout de suite lorsque la rêne vous presse l'encolure ? C'est une question de vie ou de mort pour votre homme et, bien entendu, de vie ou de mort pour vous. On commence à appuyer, l'arrière-main rassemblé, au moment où on sent la pression de la rêne sur l'encolure. Si on n'a pas la place de tourner, on pointe un peu et on se reçoit sur ses jambes de derrière. Voilà ce que c'est que d'obéir aux rênes.

— On ne nous apprend pas les choses de cette façon, dit Billy, le Mulet, froidement. On nous enseigne à obéir à l'homme qui nous tient la figure : à avancer lorsqu'il le dit, et à reculer lorsqu'il le dit également. Je suppose que cela revient au même. Maintenant, tout ce beau métier de fantasia et de panache, qui doit être bien mauvais pour vos jarrets, à quoi vous mène-t-il ?

— Cela dépend, répondit le Cheval. Généralement, il me faut entrer au milieu d'un tas d'hommes hurlants et chevelus, armés de couteaux... de longs couteaux brillants, pires que les couteaux du vétérinaire... et il me faut faire attention à ce que la botte de Dick touche juste, sans appuyer, la botte de son voisin. Je vois la lance de Dick à droite de mon œil droit, et je sais qu'il n'y a pas de danger. Je n'envie pas la place de l'homme ou du cheval qui se trouveraient dans notre chemin, à Dick et à moi, lorsque nous sommes pressés.

— Est-ce que les couteaux font mal ? demanda le Jeune Mulet.

— Heu... j'en ai reçu une estafilade en travers du poitrail une fois... mais ce n'était pas la faute de Dick...

— Je me serais bien occupé de qui c'était la faute, si on m'avait fait mal ! interrompit le Jeune Mulet.

— Il faut s'en occuper, repartit le Cheval de Troupe. Si vous n'avez pas confiance dans votre homme, aussi bien décamper tout de suite. Quelques-uns de nos chevaux s'y entendent, et je ne les blâme pas. Comme je le disais, ce n'était pas la faute de Dick. L'homme était couché sur le sol, et je m'allongeais pour ne pas l'écraser, mais il me lança une estocade de bas en haut. La prochaine fois que je franchis un homme couché par terre, je pose le pied dessus... et ferme.

— Hem ! dit Billy ; tout cela paraît bien absurde. Les couteaux me font l'effet de sales outils en toutes circonstances. Mieux vaut escalader une montagne, une selle bien équilibrée sur le dos, se cramponner des quatre pieds et des oreilles, grimper, ramper et se faufiler, jusqu'à ce qu'on débouche à des centaines de pieds au-dessus de tout le monde, sur une saillie — juste la place de ses sabots. Alors, on s'arrête et on ne bouge plus... ne demande jamais à un homme de te tenir la tête, jeunesse... on ne bouge pas pendant qu'on visse les canons, et puis on regarde tomber parmi les hautes branches des arbres, très loin au-dessous, les petits obus pareils à des coquelicots.

— Vous ne butez donc jamais ? demanda le Cheval de Troupe.

— On dit que lorsqu'un mulet bronche, on peut fendre l'oreille à une poule, répondit Billy. De temps en temps, peut-être, une selle mal paquetée fera verser un mulet, mais c'est très rare. Je voudrais pouvoir vous apprendre votre métier. C'est une belle chose. Eh bien ! Il m'a fallu trois ans pour découvrir ce que les hommes me voulaient. Toute la science consiste à ne pas se détacher sur la ligne du ciel, parce que, si vous le faites, on peut vous tirer dessus. Souviens-toi de cela, jeunesse. Reste toujours caché le mieux possible, même s'il faut faire un détour d'un mille dans ce but. C'est moi qui mène la batterie quand on en arrive à ce genre d'escalade.

— Se laisser fusiller sans une chance de courir sus aux gens qui tirent ? fit le Cheval de Troupe en réfléchissant profondément. Je ne pourrais pas supporter cette idée-là. Je voudrais charger... avec Dick.

— Oh ! non, vous ne voudriez pas ; vous savez qu'aussitôt en position, ce sont les canons qui font toute la charge. Voilà qui est scientifique et net : mais les couteaux... pouah !

Il y avait quelque temps que le chameau de convoi balançait sa tête de-ci et de-là, cherchant à glisser un mot dans la conversation. Et je l'entendis qui disait timidement, en toussant pour s'éclaircir la gorge :

— J'ai... j'ai... j'ai fait un peu la guerre, mais ce n'était pas en grimpant, ni en courant comme cela.

— Non. Maintenant que tu le dis, repartit Billy, on s'en aperçoit. Tu n'as pas beaucoup l'air fait pour grimper ou courir... Eh bien ! comment cela se passait-il chez toi, balle de foin ?

— De la vraie manière, répondit le Chameau. Nous nous couchions tous...

— Oh ! Croupière et Martingale ! s'exclama le Cheval de Troupe entre ses dents. Couché !

— Nous nous couchions, une centaine environ... continua le Chameau, en un grand carré, et les hommes empilaient nos *kajawahs* [3], nos charges et nos selles, à l'extérieur du carré, puis ils tiraient par-dessus notre dos... oui... de toutes les faces du carré.

— Quelle sorte d'hommes ? N'importe quels hommes au hasard ? demanda le Cheval de Troupe. On nous apprend à l'école du cavalier à nous coucher et à laisser nos maîtres tirer par-dessus nous, mais Dick Cunliffe est le seul homme à qui je me fierais pour cela. Cela me chatouille au passage des sangles et, en outre, je n'y vois rien, avec la tête sur le sol.

— Que vous importe qui tire par-dessus vous ? répondit le Chameau. Il y a beaucoup d'hommes et beaucoup de chameaux tout près, et des masses de fumée. Je n'ai pas peur, alors. Je reste tranquille, et j'attends.

— Et cependant, dit Billy, vous faites de mauvais rêves, et vous bouleversez le camp la nuit. Eh bien ! Avant que je m'étende — je ne parle pas de me coucher — et que je laisse un homme tirer par-dessus mon corps, mes talons et ma tête auraient quelque chose à se dire. A-t-on jamais entendu parler de choses pareilles !

Il y eut un long silence. Puis, un des bœufs de batterie leva sa grosse tête pour dire :

— Tout cela est vraiment fort absurde. Il n'y a qu'une manière de combattre.

— Oh ! allez-y, dit Billy. Je vous en prie, ne vous gênez pas pour moi. Je suppose que vous autres vous combattez en vous tenant debout sur la queue ?

— Une seule manière, dirent-ils tous deux ensemble (ils devaient être jumeaux). La voici : Mettre nos vingt attelages au gros canon aussitôt que Double-Queue commence à trompeter. (Double-Queue est le nom d'argot de camp, par lequel on désigne l'éléphant.)

— Pourquoi Double-Queue trompette-t-il ? demanda le Jeune Mulet.

— Pour déclarer qu'il n'ira pas plus près de la fumée en face... Double-Queue est un grand poltron... Alors, nous tirons tous ensemble le gros canon... *Heya-Hullah ! Heeyah ! Hullah !* Nous ne grimpons pas, nous autres, comme des chats, ni ne courons comme des veaux. Nous cheminons par la plaine unie, nos vingt jougs à la fois, jusqu'à ce qu'on nous détèle ; puis, nous paissons tandis que les gros canons causent à travers la plaine avec quelque ville derrière des murs de terre. Et des pans de mur croulent, et la poussière s'élève comme si là-bas de grands troupeaux rentraient à l'étable.

— Oh ! Et vous choisissez ce moment-là pour paître ? dit le Jeune Mulet.

— Ce moment ou un autre. Manger est toujours bon. Nous mangeons jusqu'à ce qu'on nous remette le joug, et tirons de nouveau le canon pour revenir où Double-Queue l'attend. Parfois, il y a dans la ville de gros canons qui répondent, et quelques-uns d'entre nous sont tués, mais alors, il y a plus à paître pour ceux qui restent. C'est le Destin... voilà tout... N'importe, Double-Queue est un grand poltron. Voilà la vraie manière de combattre... Nous sommes deux frères, nous venons de Hapour [4]. Notre père était taureau sacré de Shiva. Nous avons dit.

— Eh bien ! j'ai certainement appris quelque chose ce soir, dit le Cheval de Troupe. Et vous, Messieurs de la Batterie des Canons à Vis, vous sentez-vous enclins à manger quand on vous tire dessus avec de gros canons, et que Double-Queue suit par-derrière ?

— A peu près autant qu'à vous vautrer par terre et à laisser des hommes s'étaler sur nous, ou à courir parmi des gens à coutelas. Je n'ai jamais entendu pareilles billevesées. Une saillie de montagne, un fardeau bien équilibré, un conducteur à qui s'en remettre pour vous laisser poser les pieds à votre choix, et je suis votre mulet ; mais... les autres choses... non ! dit Billy, en frappant du pied.

— Evidemment, reprit le Cheval de Troupe, tout le monde n'est pas fait du même bois, et je vois bien que dans la famille, du côté de votre père, on devait être lent à saisir beaucoup de choses.

— La famille de mon père ne vous regarde pas ! s'écria Billy avec colère ; car tous les mulets détestent s'entendre rappeler que leur père est un âne. Mon père était un gentleman du Sud, qui n'aurait pas été gêné de mettre en charpie n'importe quel cheval. Mets-toi ça dans la tête, gros Brumby !

Brumby veut dire rossard sans origine. Imaginez les sentiments d'Ormonde [5] si un cheval d'omnibus le traitait de carcan et vous pouvez vous figurer ce

que ressentit le cheval australien. Je vis le blanc de
ses yeux étinceler dans l'obscurité.

— Dites donc, fils de baudet d'importation
malgais [6], fit-il en serrant les dents, je vous
apprendrai que je suis apparenté, du côté de ma
mère, à Carbine, le vainqueur de la Coupe de
Melbourne [7], et nous ne sommes pas habitués, dans
mon pays, à nous laisser passer sur le ventre par un
mulet à langue de perroquet et à tête de cochon
dans une batterie de pétardières et de chassepots.
Etes-vous prêt ?

— Debout, sur les jambes de derrière ! brailla
Billy.

Tous deux se cabrèrent face à face et je m'atten-
dais à un furieux combat, lorsqu'une voix gargouil-
lante et qui roulait sourdement sortit de l'obscurité
à droite.

— Enfants, qu'avez-vous à vous battre ? Cal-
mez-vous.

Les deux bêtes retombèrent en renâclant de
dégoût, car cheval ni mulet ne peuvent souffrir la
voix de l'éléphant.

— C'est Double-Queue ! dit le Cheval de
Troupe. Je ne peux pas le supporter. Une queue à
chaque bout, c'est trop.

— Exactement mon avis, dit Billy, en se pressant
contre le cheval pour se rassurer. On a des points
communs.

— Nous tenons ça de nos mètres, dit le Cheval
de Troupe. A quoi bon se chamailler pour si peu !...
Eh ! Double-Queue, êtes-vous attaché ?

— Oui, répondit Double-Queue, dont le rire
roula tout le long de sa trompe. Je suis au piquet
pour la nuit. J'ai entendu ce que vous disiez, vous
autres. Mais n'ayez pas peur, je reste où je suis.

Les Bœufs et le Chameau dirent à mi-voix :

— Peur de Double-Queue, quelle absurdité !

Et les Bœufs continuèrent :

— Nous sommes fâchés que vous ayez entendu,
mais, c'est vrai. Double-Queue, pourquoi avez-
vous peur des canons lorsqu'ils parlent ?

— Eh bien ! dit Double-Queue, en frottant une de ses jambes de derrière contre l'autre, exactement comme un petit garçon qui récite une fable, je ne sais pas tout à fait si vous comprendriez.

— Nous ne comprenons pas, mais cependant il faut tirer jusqu'au bout les canons, reprirent les Bœufs.

— Je le sais et je sais aussi que vous êtes beaucoup plus braves que vous ne pensez. Mais, pour moi, c'est différent. Le capitaine de ma batterie m'a appelé l'autre jour « pachyderme anachronique ».

— Quelque autre façon de combattre, je suppose ? dit Billy qui reprenait ses esprits.

— Vous, vous ne savez pas ce que cela veut dire, naturellement. Moi, je le sais. Cela signifie : entre le zist et le zest, et c'est juste où j'en suis. Je puis voir dans ma tête ce qui arrivera quand un obus éclate ; et vous autres, Bœufs, vous ne pouvez pas.

— Moi, je peux, dit le Cheval de Troupe... à peu près du moins. J'essaie de n'y pas penser.

— Je vois mieux que vous, et j'y pense, moi. J'ai plus de surface qu'un autre à préserver, et je sais qu'une fois malade, personne ne connaît la manière de me soigner. Tout ce qu'ils peuvent faire est de suspendre la solde de mon cornac jusqu'à ce que je me remette, et je ne peux pas me fier à mon cornac.

— Ah ! dit le Cheval de Troupe. Cela explique tout. Je peux me fier à Dick.

— On me percherait un régiment entier de Dicks sur le dos, sans que je me comporte mieux. J'en sais juste assez pour me sentir mal à l'aise, et pas assez pour aller de l'avant malgré tout.

— Nous ne comprenons pas, dirent les Bœufs.

— Je sais que vous ne comprenez pas. Ce n'est pas à vous que je parle. Vous ne savez pas ce que c'est que du sang.

— Oui, nous le savons, répliquèrent les Bœufs. C'est une chose rouge qui imbibe la terre et qui sent.

Le Cheval de Troupe lança une ruade, fit un bond, et s'ébroua.

— Ne parlez pas de cela, dit-il. Je le sens d'ici, rien que d'y penser. Cela donne envie de se sauver... quand on n'a pas Dick sur le dos.

— Mais il n'y en a pas ici, dirent le Chameau et les Bœufs. Pourquoi êtes-vous si stupide ?

— C'est une sale chose, dit Billy. Je n'ai pas envie de me sauver, mais je n'aime pas en parler.

— Vous y êtes ! dit Double-Queue, en agitant sa queue pour expliquer.

— Sûrement. Oui, nous avons été ici toute la nuit, dirent les Bœufs.

Double-Queue frappa le sol du pied, en faisant résonner son anneau de fer.

— Oh ! je ne vous parle pas, à vous. Vous ne pouvez pas voir à l'intérieur de vos têtes.

— Non. Nous voyons par nos quatre yeux, dirent les Bœufs. Nous voyons droit en face de nous.

— Si je n'étais capable que de cela et de rien d'autre, vous n'auriez pas besoin de tirer les gros canons. Si je ressemblais à mon capitaine — il peut voir, lui, les choses à l'intérieur de sa tête avant que le feu commence, et il tremble du haut en bas, mais il en sait trop pour fuir —, si je lui ressemblais, je pourrais tirer les canons à votre place. Mais si j'étais aussi malin que tout cela, je ne serais jamais venu ici. Je serais roi dans la forêt, comme j'avais coutume, dormant la moitié du jour et me baignant à mon gré. Je n'ai pas pris mon bain depuis un mois.

— Tout cela sonne très bien, dit Billy, mais il ne suffit pas de donner à une chose un nom qui n'en finit pas pour y changer quoi que ce soit.

— Chut ! fit le Cheval de Troupe. Je crois que je comprends ce que Double-Queue veut dire.

— Vous comprendrez mieux dans une minute, dit Double-Queue en colère. Pour le moment, expliquez-moi pourquoi vous n'aimez pas ceci !

Il se mit à trompeter furieusement de toute sa force.

— Arrêtez ! dirent ensemble Billy et le Cheval de Troupe.

Et je pus les entendre trépigner et frémir. La trompette d'un éléphant impressionne toujours désagréablement, surtout dans la nuit noire.

— Je ne m'arrêterai pas, dit Double-Queue. Tâchez de m'expliquer cela, s'il vous plaît ? *Hhrrmph ! Rrrt ! Rrrmph ! Rrrhha !*

Puis il s'arrêta tout à coup, et j'entendis dans l'obscurité une petite plainte qui m'apprit que Vixen m'avait enfin retrouvé. Elle savait aussi bien que moi que la chose au monde que redoute le plus l'éléphant, c'est un petit chien qui aboie ; aussi, elle se mit en devoir de persécuter Double-Queue dans ses piquets et jappa autour de ses gros pieds. Double-Queue s'agita et cria :

— Allez-vous-en, petit chien ! Ne flairez pas mes chevilles, ou bien je vais vous donner un coup de pied. Bon petit chien... gentil petit chien. Là ! là ! Rentrez à la maison, vilaine petite bête jappante !... Oh ! personne ne l'ôtera donc de là ? Il va me mordre dans une minute.

— Paraît, dit Billy au Cheval de Troupe, que notre ami Double-Queue a peur à peu près de tout. Si on m'avait donné une pleine ration par chien auquel j'ai rué dans les mâchoires sur le champ de manœuvre, je serais à cette heure presque aussi gros que Double-Queue

Je sifflai et Vixen courut à moi, toute crottée, me lécha le nez, et me raconta une longue histoire sur ses recherches à ma suite dans le camp. Je ne lui ai jamais laissé savoir que je comprenais le langage des bêtes, de peur qu'elle ne prenne ensuite toutes sortes de liberté. Aussi je la boutonnai dans le devant de mon manteau, tandis que Double-Queue s'agitait, foulait le sol, et grondait en lui-même :

— C'est extraordinaire ! Tout à fait extraordinaire ! Un mal qui court dans notre famille... Maintenant, où est-elle passée, la sale petite bête ?

Je l'entendis tâter autour de lui avec sa trompe.

— Je crois que nous avons tous nos faiblesses, chacun les siennes, continua-t-il en se mouchant.

— Tout à l'heure, vous autres, Messieurs, paraissiez inquiets, je crois, lorsque je trompetais.

— Pas inquiets exactement, dit le Cheval de Troupe, mais cela me faisait comme si j'avais eu des frelons à la place de ma selle. Ne recommencez pas.

— J'ai peur d'un petit chien, et le Chameau que voici a peur, la nuit, des mauvais rêves.

— C'est heureux de n'avoir pas à combattre tous de la même façon, dit le Cheval de Troupe.

— Ce que je voudrais savoir, dit le Jeune Mulet, qui avait gardé le silence pendant longtemps, ce que je voudrais savoir, c'est pourquoi il nous faut combattre.

— Parce qu'on nous le dit, fit le Cheval de Troupe, avec un ébrouement de mépris.

— Ordre donné, dit Billy, le Mulet.

Et ses dents sonnèrent.

— *Hukm hai*[8] ! (C'est l'ordre), dit le Chameau avec un glouglou.

Et Double-Queue et les Bœufs répétèrent :

— *Hukm hai !*

— Oui, mais qui donne les ordres ? demanda le Mulet de Recrue.

— L'homme qui marche à votre tête.

— Ou qu'on porte sur le dos.

— Qui tient votre caveçon.

— Ou vous tord la queue, dirent Billy, le Cheval de Troupe, le Chameau et les Bœufs l'un après l'autre.

— Mais, à eux, qui donne les ordres ?

— Voilà que tu veux trop en savoir, jeunesse dit Billy, bon moyen de s'attirer un coup de pied. Tout ce qu'il faut, c'est obéir à l'homme qui vous tient la figure, et sans faire de questions.

— Il a raison, dit Double-Queue. Je ne peux pas toujours obéir, parce que je suis entre le zist et le zest ; mais Billy a raison. Obéissez à l'homme près de vous, qui donne l'ordre, ou bien vous arrêtez toute la batterie, et on vous rosse par-dessus le marché.

Les Bœufs de Batterie se levèrent pour s'en aller.

— Le matin vient, dirent-ils. Nous allons nous en retourner à nos lignes. C'est vrai, que nous ne voyons que devant nos yeux, et que nous ne sommes pas très habiles ; mais c'est nous cependant les seuls, ce soir, qui n'ayons pas eu peur. Bonsoir, gens de cœur.

Personne ne répondit, et le Cheval de Troupe demanda, pour changer de conversation :

— Où est ce petit chien ? Un chien quelque part, cela veut dire un homme.

— Ici, jappa Vixen, sous la culasse du canon, avec mon homme. C'est vous, grosse bête, gros étourneau de chameau, là-bas, c'est vous qui avez renversé notre tente. Mon homme est très en colère.

— Peuh ! dirent les Bœufs. Il doit être blanc ?

— Naturellement, il l'est, dit Vixen : croyez-vous que c'est un bouvier noir qui me soigne ?

— *Huah ! Ouach ! Ugh !* firent les Bœufs. Allons-nous-en promptement.

Ils plongèrent dans la boue, et firent si bien qu'ils enfilèrent leur joug dans le timon d'un caisson de munitions, où il resta fixé.

— Maintenant, ça y est, dit Billy tranquillement ; ne vous débattez pas. Vous voilà en panne jusqu'au jour... Que diable vous prend-il ?

Les Bœufs faisaient entendre les longs ronflements sifflants, familiers au bétail hindou, se poussaient, se bousculaient, tournaient sur eux-mêmes, piétinaient, glissaient et faillirent choir, pour finir, dans la boue tout en grondant de fureur.

— Vous allez vous casser le cou d'ici un instant, dit le Cheval de Troupe. Quelle mouche vous pique lorsqu'on parle d'homme blanc ? Je vis avec eux.

— Ils... nous... mangent ! Tire ! dit le Bœuf le plus proche.

Le joug claqua avec un bruit sec, et ils disparurent pesamment.

Je ne savais pas auparavant ce qui effarouchait le bétail hindou à la vue des Anglais : nous mangeons du bœuf ! — viande à laquelle ne touche jamais un conducteur de bétail — et, naturellement, le bétail n'aime pas cela.

— Qu'on me fouette avec mes chaînes de bât, si j'avais pensé que deux gros blocs pareils pouvaient perdre la tête ! dit Billy.

— N'importe, je vais voir cet homme. La plupart des hommes blancs, je le sais, ont des choses dans leurs poches, dit le Cheval de Troupe.

— Je vous laisse, alors. Je ne peux pas dire que je les aime plus que cela. D'ailleurs, les hommes blancs sans gîte pour dormir sont la plupart du temps des voleurs, et j'ai sur le dos pas mal de propriété du Gouvernement. Viens, jeunesse, et retournons à nos lignes. Bonne nuit, Australie. Au revoir, à la parade demain, je suppose ? Bonne nuit, vieille balle de foin !... Tâche, une autre fois, de ne plus me frapper, hein ? Bonne nuit, Double-Queue ! Si vous nous dépassez sur le terrain, demain, ne trompetez pas. Cela dérange l'alignement.

Billy, le Mulet, s'en alla clopinant, de son pas à la fois boiteux et martial de vieux militaire ; la tête du Cheval de Troupe vint fouiller dans ma poitrine, et je lui donnai des biscuits tandis que Vixen, qui est la plus vaine des petites chiennes, lui contait des mensonges au sujet des douzaines de chevaux que nous possédions, elle et moi.

— Je vais à la parade, demain, dans mon dog-cart, dit-elle. Où serez-vous ?

— A la gauche du second escadron. C'est moi qui règle le pas pour toute la troupe, ma petite dame, répondit-il poliment. Maintenant, il me faut retourner auprès de Dick. Ma queue est toute crottée et il lui faudra deux heures de grosse besogne pour me panser avant la manœuvre.

La grande revue des trente mille hommes au complet avait lieu dans l'après-midi, et Vixen et moi nous occupions une bonne place, tout près du Vice-Roi et de l'Amir d'Afghanistan. Celui-ci, coiffé d'un haut et gros bonnet d'astrakan noir, portait une grande étoile de diamants au milieu. La première partie de la revue fut superbe, et les régiments défilèrent vague sur vague de jambes se mouvant toutes ensemble et de fusils tous en ligne, jusqu'à nous brouiller les yeux. Puis la Cavalerie déboucha au son du beau galop de *Bonnie Dundee* [9], et Vixen dressa les oreilles sur la banquette du dog-cart. Le second escadron de lanciers fila devant nous, et le cheval de troupe parut, la queue en soie parfilée faisant des courbettes, une oreille droite et l'autre couchée, réglant l'allure pour tout l'escadron. Et ses jambes allaient comme sur une mesure de valse. Puis vinrent les gros canons et j'aperçus Double-Queue avec deux autres éléphants, attelés de front à un canon de siège de quarante, tandis que vingt attelages de bœufs marchaient derrière. La septième paire, qui portait un joug neuf, semblait quelque peu lasse et courbatue. Enfin, arrivèrent les canons à vis ; Billy, le Mulet, se comportait comme s'il eût commandé toutes les troupes, et les cuivres de son harnais huilé de frais faisaient cligner les yeux. J'applaudis, tout seul, Billy le Mulet, mais il n'aurait pour rien au monde regardé à droite ou à gauche.

La pluie se remit à tomber et, pendant quelque temps, il fit trop de brume pour distinguer les mouvements des troupes. Elles avaient formé un grand demi-cercle à travers la plaine et se déployaient en ligne. Cette ligne s'allongea, s'allongea, toujours, jusqu'à compter trois quarts de mille d'une aile à l'autre — solide mur d'hommes, de chevaux et de fusils. Puis cela marcha droit sur le Vice-Roi et l'Amir, et à mesure que cela se rapprochait, le sol se mit à trembler comme le pont d'un steamer lorsque les machines forcent la vapeur.

A moins d'y être on n'imagine pas l'effet
effrayant de cette ruée en masse de troupes sur les
spectateurs, même sachant que ce n'est qu'une
revue. Je regardai l'Amir. Jusque-là, il n'avait pas
manifesté signe d'étonnement ou de quoi que ce
fût ; mais alors, ses yeux commencèrent à s'ouvrir
de plus en plus, il rassembla les rênes de son cheval
et regarda derrière lui. Un instant, il sembla sur le
point de tirer son sabre et de se tailler une route à
travers les Anglais, hommes et femmes, qui se trouvaient dans les voitures à l'arrière.

Enfin la marche en avant s'arrêta court, le sol
cessa de trembler, la ligne tout entière salua, et
trente musiques commencèrent à jouer ensemble.
C'était la fin de la revue, et les régiments retournèrent à leurs camps sous la pluie, tandis qu'une
musique d'infanterie attaquait :

> *Les animaux allaient deux par deux,*
>   *Hourra !*
> *Les animaux allaient deux par deux,*
> *L'éléphant et le mulet de batterie,*
> *Et ils entrèrent tous dans l'Arche*
> *Pour se mettre à l'abri de la pluie !*

J'entendis alors un vieux chef d'Asie centrale, à
longue chevelure grise, venu du Nord avec l'Amir,
poser ces questions à un officier indigène :

— Maintenant, dit-il, comment a-t-on accompli
cette chose étonnante ?

L'Officier répondit :

— Un ordre a été donné, auquel on a obéi.

— Mais les bêtes sont-elles donc aussi sages que
les hommes ? demanda le Chef.

— Elles obéissent comme font les hommes :
mulet, cheval, éléphant ou bœuf obéit à son
conducteur, le conducteur à son sergent, le sergent
à son lieutenant, le lieutenant à son capitaine, le
capitaine à son major, le major à son colonel, le
colonel au brigadier commandant trois régiments,
le brigadier au général, qui obéit au Vice-Roi, qui

est le serviteur de l'Impératrice. Voilà comment cela se fait.

— Je voudrais bien qu'il en soit de même en Afghanistan ! dit le Chef ; car, là, nous n'obéissons qu'à notre propre volonté.

— Et c'est pour cela, dit l'Officier indigène, en frisant sa moustache, qu'il faut à votre Amir, auquel vous n'obéissez pas, venir ici prendre des ordres de notre Vice-Roi.

CHANT DE PARADE
DES ANIMAUX DU CAMP [10]

Eléphants de batterie.

Alexandre nous emprunta la force de l'Alcide,
La sagesse de nos fronts, la ruse de nos genoux,
Depuis, aux cours asservies pèse encor son joug solide.
Aux attelages de dix pieds faites place, tous,
        Au cortège
    Des grosses pièces de siège !

Bœufs de batterie.

Ces héros enharnachés ont peur d'un boulet de Quatre,
La poudre les incommode, ils n'aiment plus à se battre,
Alors, nous entrons en jeu, nous halons, nous autres,
   bœufs,
Aux attelages de vingt jougs faites place, tous,
        Au cortège
    Des grosses pièces de siège !

Chevaux de cavalerie.

Par ma marque à l'épaule, il n'est pas de chansons
Qui vaillent l'air des Lanciers, Houzards et Dragons,
Mieux me plaît qu'« Au Pansage » ou bien « A l'Ecurie »
Le galop pour défiler de *Bonnie Dundee*.

Du foin, des égards, de l'étrille et du mors,
De bons cavaliers et l'espace au-dehors,
Par escadrons ! En colonne ! et je parie
Qu'on vous voit bien défiler à *Bonnie Dundee*.

Mulets de bât.

Quand mes compagnons et moi nous prenons, le long du chemin
   de la côte,

Un sentier perdu de cailloux bossus, nous marchons sans faire
   de faute,

> Car on peut grouiller et grimper, mes gars,
> N'importe où, paraître et dire : Voilà !
> Mais lorsqu'à la cime on se range,
> Le bonheur complet, c'est si l'on avait
> Une patte ou deux de rechange !

Merci donc, sergent, qui passe devant lorsque la route n'est pas
   large,
Et sur toi malheur, failli conducteur, qui n'amarres pas droit
   ta charge :

> Car on peut grouiller et grimper, mes gars,
> N'importe où, paraître et dire : Voilà !
> Mais lorsqu'à la cime on se range,
> Le bonheur complet, c'est si l'on avait
> Une patte ou deux de rechange !

Chameaux du commissariat.

> Nous n'avons jamais eu nul vieux refrain chameau
> Pour aider à traîner notre cahin-caha,
> Mais chacun de nos cous est un trombone en peau
> (*Rtt-ta-ta-ta !* Chacun est un trombone en peau !)
> Notre seule chanson de marche, écoutez-la :
> *Peux pas ! Veux pas ! N'irai pas ! Rien savoir !*
> Qu'on se le passe et allez voir !
> Un bât tourne, tant pis, si ce n'est pas le mien !
> Une charge a glissé — halte, hurrah ! Crions bien !
> *Urr ! Yarrh ! Grr ! Arrh !*
> Quelqu'un écope et pas pour rien !

Tous les animaux ensemble.

> Nous sommes les enfants du Camp,
> Nous servons chacun à son rang,
> Fils du joug, du bât, des fardeaux,
> Harnais au flanc, ou sac au dos.
> Voyez notre ligne ondulée,
> Ainsi qu'une entrave doublée,
> Qui, par la plaine, va, glissant,
> Tout balayer au champ du sang ;
> Tandis qu'à nos côtés les hommes,
> Poudreux, muets et les yeux lourds,
> Ne savent pas pourquoi nous sommes,
> Eux et nous, voués sans retour
> A souffrir et marcher toujours.
> *Nous sommes les enfants du Camp,*
> *Nous servons chacun à son rang,*
> *Fils du joug, du bât, des fardeaux,*
> *Harnais au flanc et sac au dos !*

NOTES

La lettre (K) signale les mots qui ont fait l'objet d'une annotation par Kipling dans une publication de 1937 « Author's Notes on the Names in *The Jungle Books* », reprise dans l'édition Sussex des œuvres complètes de l'auteur.

PRÉFACE

1. Eléphant femelle monté par Pedersen Sahib dans « Toomai des éléphants ».

2. Montagne qui domine Simla.

3. Il s'agit des singes qui habitent ces montagnes (nom savant : *presbytes illiger*).

4. Serpents venimeux (thanatos = mort, ophis = serpent). Le chercheur intrépide n'est autre que la mangouste Rikki-tikki-tavi.

5. « Impératrice des Indes » : nom d'un paquebot.

LES FRÈRES DE MOWGLI

1. *Chil* : nom hindi du milan. Dans l'édition américaine il porte le nom de Rann. (K).

2. *Mang* : ce nom est inventé par Kipling. (K).

3. *Seeonee* : le district de Seoni (orthographe moderne) se trouve dans le centre de l'Inde, dans l'Etat du Madhya Pradesh. Kipling connaissait seulement des photos de cette région, prises par ses amis Hill.

4. *Tabaqui* : Kipling dit avoir inventé ce nom. (K).

5. *Gidur-log* : en hindi, « Gidur » veut dire chacal, et « log » désigne les gens (voir plus loin la formation du nom des « Bandar-log », le Peuple singe). (K).

6. *Shere Khan* : le titre de « khan » est donné aux personnages importants ou aux souverains musulmans ; il signifie « seigneur ». « Shere », d'après Kipling, veut dire « tigre » dans certains dialectes indiens. (K).

7. *Waingunga* : rivière du centre de l'Inde qui se jette dans la Godaveri. (K).

8. *Sambhur* : type de cerf.

9. *Mowgli* : nom inventé par Kipling. (K).

10. *Akela* : signifie « solitaire » en hindi. (K).

11. *Baloo* : signifie « ours » en hindi. (K).

12. *Bagheera* : signifie « panthère » en hindi. (K).

13. On sait que pour les hindous la vache est un animal sacré. Cette recommandation de Bagheera annonce aussi le retour de Mowgli parmi les siens : la panthère offrira un autre taureau pour prix de son départ (voir *Le Second Livre de la jungle*).

14. *Sahi* : le nom du porc-épic est Ikki dans d'autres éditions.

15. *Oodeypore* : l'orthographe moderne de cette ville du Rajasthan est Udaipur. Le gigantesque palais de cette ville fut construit à partir du seizième siècle, et Kipling en aurait visité la ménagerie (qui n'existe plus de nos jours).

LA CHASSE DE KAA

1. *Kaa* : le nom fut inventé par Kipling pour imiter le sifflement d'un gros serpent. (K).

2. *Hathi* : nom hindi de l'éléphant. (K).

3. *Bandar-log* : voir note 5 page 40.

4. Kipling note l'existence de nombreuses cités abandonnées en Inde, qui sont souvent d'anciennes capitales de royaumes vaincus. La visite de Chittor (Chittorgarh) l'avait impressionné, et il est possible qu'il s'en soit souvenu (par exemple, lorsqu'il fait mention de l'histoire des « Grottes Froides » dans *Le Second Livre de la Jungle*, p. 142). Mais la ville de Chittor, loin d'être enfouie dans la jungle, est construite sur un plateau et domine la région. (K).

AU TIGRE, AU TIGRE

1. Référence ironique au poème de William Blake (recueilli dans *Songs of Experience*) « The Tyger » : « Tyger, Tyger, burning bright ». Contrairement au terrible tigre de Blake, Shere Khan est boiteux.

2. Cette marque au front est portée par les prêtres et par les gens ayant accompli leur prière.

3. L'attitude blasée du prêtre est due aux nombreux comptes rendus d'enfants-loup qui font effectivement état de morsures et de marques diverses sur le corps.

4. *Arré* : exclamation utilisée pour attirer l'attention ou pour exprimer étonnement ou réprobation.

5. *Khanhiwara* : petite ville située au nord-est de Seoni (Kaniwara). (K).

6. Les potiers sont en général effectivement de basse caste.

7. *Houkas* : nom donné en Inde au narghilé.

8. *Rama* : Rama est un roi, incarnation de Vishnu, et le personnage principal du grand poème épique, le *Ramayana*. (K).

9. *dhâk* : arbre voisin du flamboyant, aux fleurs de couleur orange vif.

10. La chaîne des dames est une figure de danse.

11. La roupie se divise en seize annas.

12. Voir pp. 48-49.

13. Le *tulsi* est un genre de basilic.

14. Cette histoire est contée dans « Dans le Rukh ».

15. *Mor* : nom hindoustani du paon. (K).

LE PHOQUE BLANC

1. *Novastoshnah* : nom de la partie nord-est de l'île de Saint-Paul (voir note suivante). (K).

2. L'île de Saint-Paul se trouve à l'ouest de l'Alaska, dans l'archipel des îles Pribilof (du nom du navigateur russe qui les découvrit en 1786) ; cet archipel est célèbre pour ses phoques. La plupart des références de cette nouvelle proviennent d'un livre de Henry W. Elliott, *An Arctic Province*, Londres, Sampson Low, Marston, Searle & Rivington, 1886. Voir en particulier le chapitre x, « Wonderful Seal Islands », p. 188-253.

3. D'après l'*Encyclopedia Britannica*, il s'agit en fait de l'otarie à fourrure et non du phoque (*Callorhinus ursinus*). Sa fourrure est communément appelée, par abus, loutre de mer ou loutre d'Alaska. Voir Elliott, chapitre 7, p. 127-144.

4. Cette colline se trouve sur l'île de Saint-Paul.

5. Déformation du mot russe pour « célibataire ».

6. Femelle du phoque. (K).

7. Il s'agit de l'orque ou épaulard qui s'attaque aux phoques.

8. *Lukannon* : plage du sud de l'île de Saint-Paul.

9. *Otter island* : petit îlot des Pribilof.

10. *Kotick* : bébé-phoque. (K).

11. Jeu qui consiste à se tenir sur un rocher et à le garder contre les attaques des adversaires.

12. Il s'agit en fait d'un archipel à l'ouest du Chili découvert par le marin espagnol qui lui a donné son nom. L'une de ses îles est celle où séjourna Alexandre Selkirk, modèle de Robinson Crusoé.

13. C'est-à-dire originaire des îles Aléoutiennes, proches de l'Alaska.

14. Ces noms de lieux se trouvent sur la partie de l'île appelée Novastoshnah.

15. *Walrus Islet* : littéralement l'« îlot du morse » ; cet îlot se trouve à quelques milles de Novastoshnah.

16. Mot russe qui signifie « morse ». Kipling joue sur le nom de l'île. (K).

17. *Sea-Cow* : littéralement, vache de mer. L'animal particulier que décrit Kipling est sans doute la Rhytine de Steller (du nom du compagnon de Behring échoué sur ces îles et qui en livra une description) aujourd'hui disparue. (K).

18. Archipel situé au sud de l'océan Indien. Il fut découvert par Kerguelen de Trémarec en 1772 et servit de base pour la chasse aux phoques.

19. Archipel du Pacifique, à l'ouest de l'Equateur.

20. L'île de la Géorgie du sud se trouve à l'est des Malouines. Les Orcades sont situées au nord de l'Ecosse. L'île d'Emeraude fait partie des îles de la reine Elizabeth. L'île du Petit-Rossignol appartient à l'archipel de Tristan da Cunha au sud de l'Atlantique. L'île de Gough, omise à cet endroit dans la traduction, se trouve au sud de cet archipel. L'île de Bouvet est au sud-est de Tristan da Cunha. Les îles Crozet (de leur nom moderne) sont au sud de l'océan Indien, à l'ouest des Kerguelen. Toutes ces îles servirent de centre de chasse au phoque et à l'otarie. Au sud du cap de Bonne-Espérance, il peut s'agir de l'île du Prince Edouard.

21. Ce cap se trouve en Argentine.

22. *Masafuera* : île de l'archipel Juan Fernandez (voir note 12 page 128).

23. Le *Frog-Footman* est un personnage d'*Alice au pays des merveilles* de Lewis Carroll, qui salue sans répondre.

RIKKI-TIKKI-TAVI

1. *Nag* : déformation de « naga », mot sanscrit pour le serpent et plus particulièrement pour le cobra. (K).

2. *Segowlee* : lieu fictif. Le cantonnement désigne la partie d'une ville où résidaient les Britanniques.

3. *Darzee* : signifie « tailleur » en hindi. Le nom exact de l'oiseau est la « fauvette couturière ». (K).

4. *Chuchundra* : nom hindi de ce petit animal. (K).

5. Ces roses sont de couleur jaune.

6. *Brahma* : première des trois divinités principales de l'hindouisme avec Shiva et Vishnu.

7. *Karait* : nom d'un serpent venimeux (*Bungarus*). (K).

8. *Chua* : nom hindi du rat ou de la souris.

9. *Chaudronnier* : il s'agit exactement du barbu, qui est un petit oiseau grimpeur.

TOOMAI DES ELÉPHANTS

1. Le livre du père de Rudyard Kipling (John Lockwood Kipling, *Beast and Man in India*, Londres, 1886) mentionne ces deux animaux. « Kala Nag » signifie bien « serpent noir ».

2. La première guerre afghane (1839-1842) avait pour but de placer un régime pro-britannique en Afghanistan qui fasse obstacle à l'influence russe en Asie centrale. Kipling fait souvent référence aux conflits dans cette partie du monde, dans *Kim*, dans « The Drums of Fore and Aft » (*Wee Willie Winkie*).

3. Après la victoire des forces anglaises, l'Empereur Théodore, Négus d'Abyssinie, se donna la mort en 1868.

4. *Ali Musjid* : ville fortifiée d'Afghanistan, d'où partit la deuxième guerre afghane (1878-1880).

5. *Moulmein* : port de Birmanie. Voir le premier vers du poème « La route de Mandalay » : « By the old Mulmein Pagoda lookin' lazy at the sea ».

6. *Garo* : ces montagnes se trouvent dans la province de l'Assam, située au nord de l'actuel Bangladesh.

7. *Ankus* : aiguillon de l'éléphant. Voir la nouvelle intitulée « L'ankus du roi » dans *Le Second Livre de la jungle*, p. 135.

8. *Mahout* : désigne un cornac en hindi.

9. *Cawnpore* : aujourd'hui également orthographiée « Kanpur », cette ville de l'Uttar Pradesh était une ville-garnison.

10. *Keddah* : le terme désigne l'enceinte où sont gardés les éléphants.

11. *Sahib* : terme de respect.

12. Voir note 11 page 113.

13. *Bapree-bap* : interjection marquant la surprise ou la tristesse. (transformé par les Anglais en « bobbery-bob ! »).

14. *Dihang* : nom du Brahmapoutre au début de son cours.

15. *Shiva* : le dieu hindou est parfois identifié à Brahma (voir note 6 page 151) et à ce titre représente la fertilité. Il peut aussi symboliser la destruction. Il est parfois nommé « Mahadev » (voir la chanson).

16. *Caire* : suivant les formes, ce mot qui s'écrit parfois *coir* ou *coire* désigne la fibre obtenue à partir de l'écorce de noix de coco et qui est tressée pour servir de corde (*kayiru* signifie « corde » en tamoul et en malayalam).

17. *Salaam karo* : « Salut ! » en hindoustani.

18. *Parvâti* : l'épouse de Shiva représente la nature.

SERVICE DE LA REINE

1. *Mirontaine* et *Mironton* : les traducteurs ont ici adapté pour les lecteurs français la référence du texte original qui mentionnait Tweedledum et Tweedledee, deux personnages de Lewis Carroll tirés de son *A travers le miroir*.

2. *Rawal Pindi* : cette ville se trouve de nos jours au Pakistan entre Lahore et Peshawar. Grande garnison anglaise, elle fut le siège de la rencontre entre Lord Dufferin, vice-roi des Indes, et l'Emir d'Afghanistan, Abdur Rahman en 1885. Kipling en fit le compte rendu pour le journal de Lahore, *Civil and Military Gazette*. Des extraits de ce compte rendu sont reproduits dans T. Pinney (éd.), *Kipling's India : Uncollected Sketches 1884-1888*, Londres, Macmillan, 1986.

3. *Kajawahs* : grands paniers portés par les chameaux.

4. *Hapour* : ville de l'Uttar Pradesh, située à soixante kilomètres à l'est de Delhi.

5. *Ormonde* : nom d'un cheval de course. Le mot « brumby » est de l'argot australien.

6. *Malagais* : de Malaga, ville d'Espagne.

7. La coupe de Melbourne est l'équivalent du Derby. Carbine fut vainqueur de cette épreuve.

8. *Hukm hai* : « c'est un ordre » en hindoustani ; cet ordre est mentionné par l'officier à la fin de la nouvelle.

9. *Bonnie Dundee* : air militaire dont les paroles sont de Walter Scott (autrement orthographié « Bonny »).

10. Ces chansons peuvent se chanter sur des airs de l'armée britannique. Le *Readers' Guide* indique ainsi que celle des éléphants et celle des bœufs suivent le rythme de « The British Grenadiers », celle des chevaux de cavalerie l'air de « Bonny Dundee », les mulets de bât « The Lincolnshire Preacher ».

ANNEXE

Extraits du rapport de sir William Henry
Sleeman, *An Account of Wolves Nurturing Children
in Their Dens*, Plymouth, 1852. Repris dans
Zoologist, XII (1888), p. 87-98.

Ce rapport vise à établir la « vérité » au sujet des
enfants-loups. Le lecteur du *Livre de la jungle* y
reconnaît des épisodes qui rappellent certains passages des histoires de Mowgli (par exemple, ci-
dessous, le rapport entre la famille et l'enfant élevé
ou la visite nocturne des animaux). Kipling le
connaissait peut-être — ces histoires étaient, de
toute façon, assez répandues, et la ressemblance
entre le rapport de l'officiel britannique et les nouvelles de Kipling souligne cette popularité.

Sleeman raconte l'histoire d'un petit garçon
enlevé à l'âge de trois ans par un loup, alors qu'il se
promenait avec son père. Six ans plus tard, l'enfant
est retrouvé par des soldats et ramené à ses parents
qui le reconnaissent à d'anciennes marques de brûlure.

« La mère le ramena au village, où tous les villageois le reconnurent. Elle le garda deux mois ; tous
les chasseurs des alentours faisaient porter du gibier
pour que l'enfant se nourrisse. Celui-ci persistait à
tremper son visage dans l'eau pour se désaltérer,

mais il buvait l'eau et ne la lapait pas comme aurait fait un chien ou un loup. Il se dégageait toujours de son corps une odeur épouvantable. Lorsque sa mère se mettait au travail, l'enfant courait à la jungle ; elle ne réussit jamais à le faire parler. Il suivait sa mère pour obtenir d'elle de la nourriture, mais ne lui témoigna jamais d'affection, et elle ne parvint jamais à l'aimer véritablement ; deux mois plus tard, comme elle ne voyait pas de quel secours il pourrait être, et désespérant d'arriver à faire quelque chose de lui, elle l'abandonna à la charité de la communauté villageoise. Il apprit vite à manger le pain qui lui était donné, et se nourrissait de ce qu'il pouvait trouver pendant la journée ; mais le soir il retournait toujours à la jungle. Il marmonnait, mais on ne parvint jamais à lui faire articuler des sons distincts. L'avant de ses genoux et ses coudes étaient durs d'avoir couru à quatre pattes avec les loups. Si on lui passe des vêtements, il les retire et ce faisant les met en pièces. Il continue de préférer la chair crue à la viande cuite, et se nourrit de charogne dès qu'il peut mettre la main dessus. Les garçons du village s'amusent souvent à attraper des grenouilles et à les lui jeter, et il les prend et les mange. Lorsqu'un bœuf meurt et qu'on le dépèce, il en mange, comme les chiens du village. Le garçon se trouve toujours au village, et cette description est celle de la mère elle-même, qui vit encore à Chupra. Elle n'a jamais ressenti d'affection pour lui et il n'en a jamais montré envers elle. Son histoire est confirmée par tous les voisins, par les propriétaires terriens, cultivateurs et commerçants du village » (p. 92).

Sleeman recense ensuite d'autres cas, assez rapidement, pour en venir à l'histoire plus longue d'un garçon trouvé par un soldat en compagnie de loups et ramené au village. Janoo lui apprend à marcher, à comprendre quelques signes, à préparer le narghilé.

« Une nuit, alors que le garçon était couché sous l'arbre, à côté de Janoo, celui-ci vit deux loups s'approcher subrepticement et renifler le garçon. Puis ils le touchèrent, et il se leva ; loin d'avoir peur, le garçon leur posa les mains sur la tête et ils se mirent à jouer avec lui. Ils gambadaient autour de lui, et il leur lança de la paille et des feuilles. Janoo tenta de les écarter, mais n'y parvint pas, et commença à avoir peur ; il appela la sentinelle, Meer Akbur Allee, et lui dit que les loups allaient dévorer le garçon. Celui-ci répliqua : "Viens, et laisse-le, sinon ils te mangeront aussi" ; mais lorsqu'il les vit jouer ensemble sa peur se calma et il se tint tranquille. Il s'enhardit peu à peu et les chassa ; mais après s'être éloignés quelque peu, les loups revinrent et jouèrent à nouveau avec l'enfant. Janoo finit par les chasser tout à fait. La nuit suivante, trois loups vinrent, et l'enfant joua avec eux. Quelques nuits plus tard, ce furent quatre loups mais jamais plus ; ils vinrent quatre ou cinq fois, et Janoo n'avait plus peur d'eux ; et il pense que les deux premiers étaient certainement les deux louveteaux avec qui on avait trouvé l'enfant, et qu'ils ne l'enlevèrent pas car ils avaient reconnu son odeur ; ils lui léchèrent le visage lorsqu'il leur mit les mains sur la tête » (p. 95-96).

Le rapport de Sleeman conclut à l'impossibilité pour un enfant-loup de devenir homme :

« Je doute qu'aucun garçon qui a passé de nombreuses années en compagnie de loups puisse jamais avoir l'intellect moyen d'un homme. Je n'ai jamais entendu parler d'un homme qui ait été épargné et nourri par des loups ; et comme on a retrouvé beaucoup d'enfants qui avaient passé de nombreuses années avec des loups, il faut en conclure qu'ils meurent sans atteindre l'âge adulte, à force de se nourrir exclusivement de chair animale ; ou alors ils sont tués par les loups eux-mêmes, ou par d'autres animaux de la jungle à qui ils ne peuvent échapper, contrairement aux loups, car ils ne sont pas assez rapides. Le loup ou les loups qui les recueillent et les nourrissent meurent certainement ou sont tués en quelques années ; et d'autres loups tuent et dévorent probablement les enfants. Les tigres se nourrissent généralement pendant deux ou trois jours du bœuf qu'ils ont tué, et ils restent toujours, même quand ils ne mangent pas, cachés à proximité ; s'ils voyaient un garçon se nourrir de leur proie, ils le tueraient assurément, et le dévoreraient. Si un garçon trouvait sur son chemin une carcasse de ce genre, il voudrait certainement s'en nourrir. Les tigres surprennent souvent les chiens et les loups qui mangent leur proie, et les tuent. Ils tueraient encore plus aisément un garçon, et seraient certainement disposés à s'en repaître. Si l'on trouvait le cadavre d'un enfant dans la jungle, ou dans la plaine, il éveillerait peu d'intérêt, car les cadavres sont monnaie courante, et sont rapidement mangés par les chiens, les chacals, les vautours, etc., etc., et ne donnerait lieu à aucune enquête particulière » (p. 98).

BIBLIOGRAPHIE

Œuvres de Kipling

Les œuvres de Kipling ont connu de multiples éditions. Les nouvelles, les poèmes et les romans paraissaient en général d'abord en revue, puis étaient repris sous forme de livres. Les éditions indienne, anglaise ou américaine n'étaient pas nécessairement simultanées. On indique dans la chronologie la date de première parution des recueils. On pourra se reporter à Flora V. Livingston, *Bibliography of the Works of Rudyard Kipling*, New York, Edgar H. Wells & Co., 1927 (avec une mise à jour en 1938) ou à J. McG. Stewart, *Rudyard Kipling : A Bibliographical Catalogue*, Halifax, 1959. Notons que la présente traduction est le premier texte de Kipling publié en français ; elle est due à Robert d'Humières et Louis Fabulet qui devaient par la suite traduire d'autres œuvres de l'auteur et contribuer à sa célébrité de ce côté-ci de la Manche. Il existe deux autres éditions des *Livres de la jungle* en français : *Le Livre de la jungle* et *Le Second Livre de la jungle*, trad. Jean-Pierre Richard, préface Jean Gattégno, Paris, Le Livre de Poche, 1988 ; *Le Livre de la jungle* et *Le Second Livre de la jungle*, trad. Philippe Jaudel, Paris, Gallimard, Bibliothèque de la Pléiade, volume II, 1992.

Adaptations

Cinéma.

Elephant Boy, d'après « Toomai des éléphants ». (1937)
Mise en scène : Robert Flaherty et Zoltan Korda.

Interprètes : Sabu (Toomai), Walter Hudd, Allan Jeayes,
W.E. Holloway, Wilfrid Hyde White.

Jungle Book, d'après *Le Livre de la jungle*. (1942)
Mise en scène : Zoltan Korda (et André de Toth).
Musique : Miklos Rosza.
Interprètes : Sabu (Mowgli), Joseph Calleia (Buldeo),
John Qualen (le barbier), Frank Puglia (le Pundit), Rose-
mary de Camp (Messua).

Jungle Book, d'après *Le Livre de la jungle*. (1967)
Dessin animé de W. Reitherman, produit par Walt Dis-
ney.
Musique : G. Bruns, T. Gilkyson, R.M. et R.B. Sherman.
Voix : George Sanders (Shere Khan), S. Holloway (Kaa),
B. Reithman (Mowgli).

Rikki-tikki-tavi, d'après la nouvelle du *Livre de la jungle*.
(1975)
Mise en scène : A. Zguridi.

Musique.

Œuvres de Charles Koechlin

Trois poèmes (extraits du *Livre de la jungle* de Rudyard
Kipling, traduction de L. Fabulet et R. d'Humières), op. 18
(1899-1901)
       « Berceuse Phoque ». Mezzo-soprano ou soprano
   avec chœur soprano, contralto, piano ou orchestre.
       « Chanson de nuit dans la jungle ». Contralto et
   basse avec chœur soprano, contralto et piano ou
   orchestre.
       « Chant de Kala-Nag ». Ténor avec chœur ténor et
   piano ou orchestre.

La Course de Printemps. Poème symphonique d'après *Le
Livre de la jungle* de Rudyard Kipling, op. 95 (1911, orches-
tré en 1925-1927).

La Méditation de Purun Bhagat. Poème symphonique
d'après *Le Livre de la jungle* de Rudyard Kipling, op. 159
(1936).

La Loi de la jungle. Poème symphonique d'après *Le Livre
de la jungle* de Rudyard Kipling, op. 175 (1939).

Les Bandar-log (Scherzo des singes). Poème symphonique d'après *Le Livre de la jungle* de Rudyard Kipling,
op. 176 (1939).

Opéra.

Baa Baa Black Sheep. Musique de Michael Berkeley, livret de David Malouf, d'après la nouvelle « Baa Baa Black Sheep » (« Bêê Bêê Brebis galeuse ») et les histoires de Mowgli des *Livres de la jungle* (1993).

Repères critiques

Chakraverty, Suhash, *The Raj Syndrome : A Study in Imperial Perceptions*, Delhi, Penguin, 1991.

Chevrillon, André, *Kipling*, Paris, Plon, 1936.

Dobrée, Bonamy, *Rudyard Kipling : Realist and Fabulist*, Londres, Oxford University Press, 1967.

Eliot, T.S., « Rudyard Kipling » dans *A Choice of Kipling's Verse Made by T.S. Eliot*, Londres, Faber, 1941.

Elliott, Henry W., *An Arctic Province*, Londres, Sampson Low, Marston, Searle & Rivington, 1886.

Escarpit, Robert, *Rudyard Kipling : servitudes et grandeurs impériales*, Paris, Hachette, 1955.

Gilbert, Elliot L. (éd.), *Kipling and the Critics*, New York, New York University Press, 1965.

Green, Roger Lancelyn (éd.), *Kipling : The Critical Heritage*, Londres, Routledge and Kegan Paul, 1971.

Kipling, John Lockwood, *Beast and Man in India*, Londres, 1891.

Mohanty, S.P., « Kipling's Children and the Colour Line » dans *Race and Class*, vol. 31, juillet-septembre 1989, n° 1, p. 21-40.

Nandy, Ashis, *The Intimate Enemy : Loss and Recovery of Self Under Colonialism*, Delhi, Oxford University Press, 1983.

Orel, Harold (éd.), *Kipling : Interviews and Recollections*, 2 volumes, Londres, Macmillan 1983.

Raine, Craig, « Introduction » à Rudyard Kipling, *Selected Poetry*, Harmondsworth, Penguin, 1992.

Rutherford, Andrew (éd.), *Kipling's Mind and Art*, Edimbourg et Londres, Oliver & Boyd, 1964.

Sleeman, Sir William Henry, *An Account of Wolves Nurturing Children in Their Dens*, Plymouth, 1852.

Tomkins, J.M.S., *The Art of Rudyard Kipling*, Londres, Methuen, 1959.

Wilson, Angus, *The Strange Ride of Rudyard Kipling*, Londres, Secker & Warburg, 1977.

Il faut également mentionner le *Readers' Guide to Kipling's Work* de R.L. Green, A. Mason, R.E. Harbord, en huit volumes, Canterbury, Gibbs & Sons, 1961-1972.

CHRONOLOGIE

On trouvera dans trois ouvrages très différents les uns des autres davantage de renseignements : Harold Orel, *A Kipling Chronology*, Londres, Macmillan, 1990 ; Angus Wilson, *The Strange Ride of Rudyard Kipling*, Londres, Secker & Warburg, 1977 ; et bien sûr *Something of Myself*.

1865 : Rudyard Kipling naît à Bombay le 30 décembre. Son père, John Lockwood, est professeur à la Jeejeebhoy School of Art de Bombay. Une des sœurs d'Alice Macdonald, sa mère, est mariée au peintre préraphaélite Burne-Jones.

1868 : Naissance de sa sœur Alice, surnommée Trix.

1871 : Kipling se rend en Angleterre pour échapper aux rigueurs de l'été et acquérir une éducation anglaise, comme la plupart des enfants de familles anglaises en Inde. Il reste jusqu'à l'âge de 11 ans chez les Holloway, à Southsea. C'est une période de sa vie particulièrement malheureuse (il parle dans son autobiographie de la maison où il vivait comme de la « maison de la désolation »).

1878 : Rudyard Kipling entre au United Services College, Westward Ho ! dans le Devon (source de *Stalky and Co.*) ; c'est une école où la majorité des élèves est née aux colonies. Il effectue sa première visite en France en compagnie de son père, venu s'occuper de la partie indienne de l'exposition universelle.

1882 : Il retourne en Inde où son père est, depuis 1875, conservateur du musée de Lahore et directeur d'une école de beaux-arts (Mayo School of Art). Ce retour au pays lui semble idyllique. Il est engagé au *Civil and Military Gazette* de Lahore, quotidien diffusé au Pendjab, qui dépend du

Pioneer d'Allahabad. Il travaille beaucoup ; il reste toute sa vie un infatigable travailleur.

1883 : Il passe l'été à Simla, dans l'Himalaya, comme beaucoup d'Anglais qui recherchaient la fraîcheur des stations de montagne. C'est là que, depuis 1865, se rend l'administration britannique à la saison chaude.

1884 : Kipling lit *L'Ile au trésor*, et publie une première histoire, « The Tragedy of Crusoe, CS ».

1885 : Il rencontre Mrs. Burton au cours d'un nouveau séjour à Simla : c'est à elle qu'il dédiera *Simples Contes des montagnes*, recueil dont il entame la rédaction en publiant quelques nouvelles dans le *Civil and Military Gazette*.

Il écrit d'autres nouvelles : « The Strange Ride of Morrowbie Jukes » (« L'Etrange chevauchée de Morrowbie Jukes ») et « The Phantom Rickshaw » (« Le "Rickshaw" fantôme ») recueillies ultérieurement dans *Wee Willie Winkie*. Il se rend à la frontière du Nord-Ouest pour couvrir la rencontre entre le vice-roi et l'émir d'Afghanistan à laquelle fait allusion la dernière nouvelle du *Livre de la jungle*.

1886 : *Departmental Ditties (Refrains administratifs*, recueil de poèmes publiés dans la *Gazette* et dans le *Pioneer).* Kipling entre dans une loge maçonnique de Lahore.

1887 : Il passe l'été à Simla. Il est envoyé à Allahabad pour travailler au *Pioneer* dont il dirige un supplément hebdomadaire (*The Week's News*). Il effectue un voyage dans le Rajputana, l'actuel Rajasthan, où il visite Chitor, l'une des sources de la cité abandonnée du *Livre de la jungle*.

1888 : *Plain Tales from the Hills (Simples Contes des montagnes)* paraît en janvier. L'édition américaine et l'édition anglaise paraîtront en 1890. Kipling signe un contrat avec l'Indian Railway Library pour publier ses recueils en édition de poche : *Soldiers Three (Trois hommes de troupe), The Story of the Gadsbys (L'Histoire des Gadsby), In Black and White (Dessins en noir et blanc), Under the Deodars (Sous les Déodars), The Phantom Rickshaw (Le « Rickshaw » fantôme)* qui contient la nouvelle « The Man Who Would Be King » (« L'Homme qui voulut être roi »), *Wee Willie Winkie*. Il passe son dernier été à Simla.

1889 : Kipling quitte définitivement l'Inde par Calcutta le 9 mars, passe par Rangoon, le Japon, et les Etats-Unis : il raconte ce voyage dans *From Sea to Sea (D'une mer à l'autre)*. De retour à Londres, il est pauvre mais cherche à conserver son indépendance financière et intellectuelle. Il devient rapidement célèbre, en deux ans environ, est accepté dans différents clubs de la capitale, donne des entretiens à divers journaux. Il publie, entre autres, le poème « The Ballad of East and West ».

1890 : Parution de *The Courting of Dinah Shadd and other stories (Comment Mulvaney prit femme et autres contes)*. Première version de *The Light That Failed (La Lumière qui s'éteint)*. Il se rend à Naples où il séjourne chez Lord Dufferin, ancien vice-roi des Indes.

1891 : Deuxième version de *The Light That Failed* ; le roman paraît d'abord aux Etats-Unis. Kipling se lance dans un long voyage en Afrique du Sud, Australie, Nouvelle-Zélande, à Ceylan, passe rapidement par le sud de l'Inde qu'il ne connaissait pas, fait une visite à Lahore : c'est là sa dernière visite en Inde. Le but de ce voyage était d'aller voir Stevenson à Samoa, mais il n'y parvient pas. Publication de *Life's Handicap (Les Handicaps de la vie)*.

1892 : *The Naulahka* (roman) en collaboration avec Wolcott Balestier. Il épouse la sœur de celui-ci, Caroline Balestier, le 18 janvier à Londres. Le couple s'installe à Brattleboro, Vermont. Naissance de Joséphine, leur première fille. Ils vivent quatre ans et demi aux Etats-Unis mais c'est l'Inde qui occupe l'imagination de l'écrivain. Il compose notamment *Le Livre de la jungle* et la majeure partie de *Kim*. Kipling écrit cette année-là la nouvelle « Les Frères de Mowgli ».

1893 : *Many Inventions (Tours et Détours)*.

1894 : *Jungle Book (Le Livre de la jungle)*.

1895 : *The Second Jungle Book (Le Second Livre de la jungle)*.

1896 : Il revient vivre en Angleterre où il termine *Captains Courageous (Capitaines courageux)* qui est publié l'année suivante. Parution du recueil de poèmes *The Seven Seas (Les Sept Océans)*. Naissance d'une deuxième fille, Elsie.

1897 : Kipling s'installe dans le Sussex, à Rottingdean. Il est élu à l'Athenaeum, le club le plus prestigieux de la capitale, dont il est le plus jeune membre. Jubilé de diamant de la reine Victoria, Impératrice des Indes ; il fait paraître à cette occasion l'un de ses poèmes les plus commentés, « Recessional » (*Times* du 17 juillet). Naissance de son fils John.

1898 : *The Day's Work (La Tâche quotidienne)*. Voyage en Afrique du Sud, où il passe tous les hivers jusqu'en 1908 et se lie d'amitié notamment avec Cecil Rhodes.

1899 : *Stalky and Co (Stalky et Cie)*. Publication dans le *Times* du poème « The White Man's Burden » (« Le Fardeau de l'homme blanc ») à propos de la guerre des Philippines.

Voyage aux Etats-Unis où il tombe gravement malade et où sa fille Joséphine meurt. Il ne retournera plus jamais aux Etats-Unis. Début de la guerre des Boers : il publie dans le *Daily Mail* un poème, « The Absent Minded Beggar » (« Le Mendiant distrait »), en réaction à la défaite des troupes anglaises. Il fait paraître ce poème afin de réunir de l'argent pour les familles de soldats et recueille 250 000 livres. *Le Livre de la jungle* paraît en français.

1901 : Parution de *Kim*, d'abord en revue puis en livre. La reine Victoria meurt. Edouard VII lui succède.

1902 : La famille Kipling s'installe définitivement à Bateman's, Burwash, dans le Sussex. Mort de Cecil Rhodes. Parution de *Just So Stories (Histoires comme ça)*.

1903 : *The Five Nations (Les Cinq Nations)*, recueil de poèmes. Kipling refuse la décoration de l'ordre de St Michael et St George. Il refusera toujours les décorations et positions officielles et politiques, n'acceptant que les titres récompensant son œuvre.

1904 : *Traffics and Discoveries (Périples et Découvertes)*, recueil de nouvelles qui contient notamment les histoires qui portent sur l'Afrique du Sud. Il refuse la proposition du parti conservateur qui lui offrait d'être candidat aux élections législatives dans la circonscription d'Edimbourg.

1906 : *Puck of Pook's Hill (Puck de Pook's Hill)*.

1907 : Il reçoit deux doctorats *honoris causa* de l'université de Durham et de l'université d'Oxford. Il reçoit le prix Nobel de littérature, attribué pour la première fois à un écrivain anglais.

1908 : L'université de Cambridge lui décerne à son tour un doctorat *honoris causa*. Il commence à prendre position contre les ambitions allemandes. Son anti-germanisme ira s'accroissant.

1909 : *Actions and Reactions (Actions et Réactions)*. Kipling écrit la « chanson de la patrouille » des scouts de Baden-Powell. Le manuel à l'usage des scouts que celui-ci avait publié l'année précédente s'inspire de l'imaginaire du *Livre de la jungle*. Kipling, ami de Bonar Law, participe à des réunions politiques.

1910 : *Rewards and Fairies (Des fées et des dons)* : ces nouvelles constituent la suite de *Puck of Pook's Hill*. Alice Kipling, mère de l'auteur, meurt.

1911 : Mort de John Lockwood Kipling. Rudyard Kipling refuse d'accompagner le roi George V lors de son voyage en Inde.

1912 : *Songs from Books* recueille les chansons et poèmes contenus dans les romans et les nouvelles.

1913 : Il se rend en Egypte, où il retrouve l'atmosphère qu'il aimait en Inde.

1914 : Parution du poème sur la déclaration de guerre : « For All We Have and We Are » (« Pour tout ce que nous avons et tout ce que nous sommes »).

1915 : John Kipling meurt au front, à la bataille de Loos. Il est porté disparu et son père cherchera pendant deux ans à savoir ce qu'il est devenu. Son corps n'a été identifié que très récemment.

1917 : *A Diversity of Creatures (Diverses Créatures)*. Il publie pendant les années de guerre de nombreux pamphlets et poèmes de circonstance, comme *The Eyes of Asia*, recueil imaginaire de lettres de soldats indiens servant dans l'armée anglaise.

1919 : *The Years Between (Les Années intermédiaires)*, recueil de poèmes.

1920 : *Letters of Travel (Lettres de voyage)*. Il participe avec Rider Haggard à l'éphémère *Liberty League*, organe d'information anti-bolchevique.

1921 : Il se voit décerner un doctorat de l'université de Paris et de l'université de Strasbourg. Il est reçu par le Président de la République.

1922 : Baldwin, cousin de Kipling, entre au cabinet Bonar Law, et sera Premier ministre à plusieurs reprises. Les liens de Kipling avec la politique restent distants, en partie à cause d'une santé fragile.

1923 : *The Irish Guards in the Great War (Les Gardes irlandais pendant la Grande Guerre)* recueil de poèmes. *Land and Sea Tales (Contes de la vie terrestre et maritime)*.

1926 : *Debits and Credits (Dettes et Créances)*. Il rencontre Poincaré ainsi que Clemenceau dont il deviendra l'ami. Il reçoit la médaille d'or de la Société Royale de Littérature, décernée seulement trois fois jusqu'alors (à Walter Scott, George Meredith, Thomas Hardy).

1927 : Fondation de la Société Kipling.

1928 : *A Book of Words (Paroles en volume)*, recueil de discours.

1930 : *Thy Servant a Dog (Ton chien et fidèle serviteur)*.

1931 : Inauguration de New Delhi, la nouvelle capitale construite par l'architecte Lutyens.

1932 : *Limits and Renewals (Limites et Renouvellements)*, dernier recueil de Kipling. Il est fait Honorary Fellow de Magdalene College, Cambridge.

1933 : Dernière édition complète des poèmes de son vivant. Parution de *Souvenirs of France (Souvenirs de France)*.

Kipling qui parle français, a fait de nombreux voyages en France, notamment depuis la fin de la guerre. Grand amateur de voiture, il sillonne les routes françaises.

1934 : Il refuse la Légion d'honneur.

1935 : Il entame son autobiographie *Something of Myself (Un peu de moi-même)* qui paraîtra après sa mort.

1936 : Il meurt le 18 janvier et est enterré à Westminster Abbey, à côté de Dickens et Hardy. Son ami le roi George V meurt le 20 janvier.

1939 : Parution de la Sussex Edition de ses œuvres complètes, revue par l'auteur.

1940 : Edition définitive des poèmes.

1986 : Edition des poèmes de jeunesse : *Early Verse by Rudyard Kipling 1879-1889*, éd. A. Rutherford, Oxford, Clarendon Press.

1990 : Début de la parution de la correspondance (éditée par Trevor Pinney).

TABLE

Introduction 7

LE LIVRE DE LA JUNGLE 35

Préface 37
Les Frères de Mowgli 39
La chasse de Kaa 65
« Au tigre, au tigre ! » 97
Le Phoque Blanc 121
Rikki-tikki-tavi 147
Toomai des Eléphants 169
Service de la reine 193

Notes 217
Annexe : Extraits du rapport de
    sir William Henry Sleeman 223
Bibliographie 227
Chronologie 231

DERNIÈRES PARUTIONS

ARISTOTE
Petits Traités d'histoire naturelle (979)
Physique (887)
AVERROÈS
L'Intelligence et la pensée (974)
L'Islam et la raison (1132)
BERKELEY
Trois Dialogues entre Hylas et Philonous (990)
BOÈCE
Traités théologiques (876)
CHÉNIER (Marie-Joseph)
Théâtre (1128)
COMMYNES
Mémoires sur Charles VIII et l'Italie, livres VII et VIII (bilingue) (1093)
DÉMOSTHÈNE
Philippiques, suivi de **ESCHINE**, Contre Ctésiphon (1061)
DESCARTES
Discours de la méthode (1091)
DIDEROT
Le Rêve de d'Alembert (1134)
DUJARDIN
Les lauriers sont coupés (1092)
ESCHYLE
L'Orestie (1125)
GALIEN
Traités philosophiques et logiques (880)
GOLDONI
Le Café. Les Amoureux (bilingue) (1109)
HEGEL
Principes de la philosophie du droit (664)
HÉRACLITE
Fragments (1097)
HIPPOCRATE
L'Art de la médecine (838)
HOFMANNSTHAL
Électre. Le Chevalier à la rose. Ariane à Naxos (bilingue) (868)
HUME
Essais esthétiques (1096)
IDRÎSÎ
La Première Géographie de l'Occident (1069)
JAMES
Daisy Miller (bilingue) (1146)
Les Papiers d'Aspern (bilingue) (1159)
KANT
Critique de la faculté de juger (1088)
Critique de la raison pure (1142)

LEIBNIZ
Discours de métaphysique (1028)
LEOPOLD (Aldo)
Almanach d'un comté des sables (1060)
LONG & SEDLEY
Les Philosophes hellénistiques (641 à 643), 3 vol. sous coffret (1147)
LORRIS
Le Roman de la Rose (bilingue) (1003)
NIETZSCHE
Par-delà bien et mal (1057)
L'ORIENT AU TEMPS DES CROISADES (1121)
PLATON
Alcibiade (988)
Apologie de Socrate. Criton (848)
Le Banquet (987)
Philèbe (705)
La République (653)
PLINE LE JEUNE
Lettres, livres I à X (1129)
PLOTIN
Traités I à VI (1155)
POUCHKINE
Boris Godounov. Théâtre complet (1055)
PROUST
Écrits sur l'art (1053)
RIVAS
Don Alvaro ou la Force du destin (bilingue) (1130)
RODENBACH
Bruges-la-Morte (1011)
ROUSSEAU
Les Confessions (1019 et 1020)
Dialogues. Le Lévite d'Éphraïm (1021)
Du contrat social (1058)
SAND
Histoire de ma vie (1139 et 1140)
MME DE STAËL
Delphine (1099 et 1100)
THOMAS D'AQUIN
Somme contre les Gentils (1045 à 1048), 4 vol. sous coffret (1049)
TITE-LIVE
Histoire romaine, livres XXXVI à XLV (1005 et 1035)
TRAKL
Poèmes I et II (bilingue) (1104 et 1105)
WILDE
Le Portrait de Mr. W.H. (1007)
WITTGENSTEIN
Remarques mêlées (815)

ALLAIS
À se tordre (1149)

BALZAC
Eugénie Grandet (1110)

BEAUMARCHAIS
Le Barbier de Séville (1138)
Le Mariage de Figaro (977)

CHATEAUBRIAND
Mémoires d'outre-tombe, livres I à V (906)

COLLODI
Les Aventures de Pinocchio (bilingue) (1087)

CORNEILLE
Le Cid (1079)
Horace (1117)
L'Illusion comique (951)
La Place Royale (1116)
Trois Discours sur le poème
dramatique (1025)

DIDEROT
Jacques le Fataliste (904)
Lettre sur les aveugles. Lettre sur les
sourds et muets (1081)
Paradoxe sur le comédien (1131)

ESCHYLE
Les Perses (1127)

FLAUBERT
Bouvard et Pécuchet (1063)
L'Éducation sentimentale (1103)
Salammbô (1112)

FONTENELLE
Entretiens sur la pluralité des mondes (1024)

FURETIÈRE
Le Roman bourgeois (1073)

GOGOL
Nouvelles de Pétersbourg (1018)

HOMÈRE
L'Iliade (1124)

HUGO
Les Châtiments (1017)
Hernani (968)
Quatrevingt-treize (1160)
Ruy Blas (908)

JAMES
Le Tour d'écrou (bilingue) (1034)

LAFORGUE
Moralités légendaires (1108)

LESAGE
Turcaret (982)

LORRAIN
Monsieur de Phocas (1111)

MARIVAUX
La Double Inconstance (952)
Les Fausses Confidences (978)
L'Île des esclaves (1064)
Le Jeu de l'amour et du hasard (976)

MAUPASSANT
Bel-Ami (1071)

MOLIÈRE
Dom Juan (903)
Le Misanthrope (981)
Tartuffe (995)

MONTAIGNE
Sans commencement et sans fin. Extraits
des Essais (980)

MUSSET
Les Caprices de Marianne (971)
Lorenzaccio (1026)
On ne badine pas avec l'amour (907)

PLAUTE
Amphitryon (bilingue) (1015)

PROUST
Un amour de Swann (1113)

RACINE
Bérénice (902)
Iphigénie (1022)
Phèdre (1027)
Les Plaideurs (999)

ROTROU
Le Véritable Saint Genest (1052)

ROUSSEAU
Les Rêveries du promeneur solitaire (905)

SAINT-SIMON
Mémoires (extraits) (1075)

SÉNÈQUE
Médée (992)

SHAKESPEARE
Henry V (bilingue) (1120)

SOPHOCLE
Antigone (1023)

STENDHAL
La Chartreuse de Parme (1119)

VALINCOUR
Lettres à Madame la marquise *** sur La
Princesse de Clèves (1114)

WILDE
L'Importance d'être constant (bilingue)
(1074)

ZOLA
L'Assommoir (1085)
Au Bonheur des Dames (1086)
Germinal (1072)
Nana (1106)

GF Flammarion

02/11/98062-XI-2002 - Impr. MAURY Eurolivres, 45300 Manchecourt.
N° d'édition FG074706. - Avril 1994. - Printed in France.